Chère lectrice,

Un temps à soi… « Une chambre à soi », aurait dit Virginia Woolf, de manière imagée.

Autrement dit, le rêve. *Un* rêve.

Car sans doute appartenez-vous, comme beaucoup de femmes, aujourd'hui, à la catégorie de celles qui sont pressées. Temps morts, heures creuses — vous ne connaissez guère, sauf (peut-être) pendant les vacances. Et même si, par hasard, une minute se libère, affirmeriez-vous que vous ne vous sentez pas ni un tout petit peu inutile ni un tout petit peu honteuse ?

Pourtant, la paresse et l'égoïsme ont certaines vertus à découvrir absolument…

Bien des métiers féminins exigent un sens élevé de l'altruisme : instruire, soigner — autant de gestes que l'on prolonge à la maison en donnant tout l'amour et le soutien dont on est capable. Alors quand, quand penser à soi, prendre un temps rien qu'à soi ? Quand se rappeler, par exemple, que les mains et les bras ne sont pas seulement faits pour bercer les enfants, mais aussi pour *créer* ? Que l'attention portée aux autres peut s'éteindre, de temps en temps, afin que les yeux se ferment et *rêvent* ? Quand retrouver de la *disponibilité* ?

Eh bien, pourquoi pas chaque fois que le besoin d'en conquérir se fait sentir ? Quoi qu'il arrive, et en chassant ce vague sentiment de culpabilité qui voudrait entamer votre joie de n'être qu'avec vous-même, d'être enfin é-go-ïs-te. En préservant, par exemple, tous les mois, ce temps d'intimité où vous vous plongez dans la passion intense, émouvante et romantique des quatre romans de votre collection fétiche, qui porte si bien son nom : Emotions.

Bonne lecture,

La mémoire du cœur

ANNA ADAMS

La mémoire du cœur

ÉMOTIONS

éditions Harlequin

Cet ouvrage a été publié en langue anglaise
sous le titre :
THE SECRET FATHER

Traduction française de
JULIETTE BOUCHERY

HARLEQUIN®

est une marque déposée du Groupe Harlequin
et Émotions® est une marque déposée d'Harlequin S.A.

Photos de couverture
Femme : © PHOTODISC / GETTY IMAGES
Coucher de soleil : © HANS NELEMAN / PHOTONICA

Toute représentation ou reproduction, par quelque procédé que ce soit, constituerait
une contrefaçon sanctionnée par les articles 425 et suivants du Code pénal.
© 2003, Anna Adams. © 2005, Traduction française . Harlequin S.A.
83-85, boulevard Vincent-Auriol, 75013 PARIS — Tél. . 01 42 16 63 63
Service Lectrices — Tél. : 01 45 82 47 47
ISBN 2-280-07917-8 — ISSN 1768-773X

Prologue

Depuis quelque temps, tout s'était mis à aller de travers dans la vie d'Olivia Kendall et elle se retrouvait à présent avec trois problèmes de taille à résoudre : non seulement elle était enceinte, mais elle ne parvenait pas à retrouver le père de son enfant. Enfin, quand son propre père, le grand patron de *Kendall Press*, découvrirait la vérité, il la mettrait probablement à la porte. La seule chose qui importerait à ses yeux serait de ne pas être mêlé ni de près ni de loin au scandale que la grossesse de sa fille n'allait pas manquer de provoquer.

Diplômée depuis six mois seulement de l'école de journalisme de l'Université Columbia, elle venait de passer l'été et l'automne à se familiariser avec les rouages de la tentaculaire entreprise de son père. Elle ne pouvait pas se permettre de perdre son emploi : même si elle parvenait enfin à retrouver le Lieutenant Zach Calvert, elle aurait besoin de son salaire pour faire vivre son enfant !

Derrière elle, la porte s'ouvrit et instantanément, tous les journalistes de la salle des dépêches se penchèrent sur leurs écrans. Après la réunion quotidienne de la rédaction, le grand Kendall parcourait toujours les bureaux à la recherche de sa fille. Sa détermination à comprendre par elle-même le fonctionnement de l'entreprise l'irritait souverainement.

Traversant la grande salle remplie d'ordinateurs, il se planta derrière elle. Comme elle ne réagissait pas, il finit par demander :

— Tu vois quelque chose d'intéressant ?

— Il y a plusieurs bons sujets, se contenta-t-elle de répondre en tirant furtivement sur son corsage.

Sa grossesse n'était pas encore visible mais James Kendall avait un radar pour capter les secrets. Tirant une chaise à lui, il s'assit et baissa la voix pour gronder :

— Tu te mets sur la défensive parce que tu sais que j'ai raison. Tu te disperses dans ces tâches subalternes.

— J'apprends comment fonctionne *Kendall Press*.

— Je t'apprendrai, moi, comme mon père m'a appris.

— Je connais les méthodes d'éducation de ton père.

— Mon père m'a laissé une entreprise saine ; tu hériteras d'un empire. Qui d'autre pourrait te montrer comment le diriger ?

Olivia s'écarta avec impatience. Dans son état d'esprit actuel, elle ne supportait ni les discours de son père, ni la curiosité de ses collègues. Elle ne pensait qu'à une seule chose : la disparition du père de son enfant ! Pilote dans la Navy, Zach était parti pour une mission d'entraînement de deux semaines... et il n'était pas revenu. Cela faisait plus d'un mois maintenant, sans un mot, sans un coup de fil. Elle avait laissé des messages innombrables sur son portable — en vain.

Avec le recul, certains aspects de leur relation commençaient à lui sembler louches : il ne lui avait jamais donné le numéro de son appartement ou celui de son bureau. Elle aurait été incapable de dire où il travaillait exactement : ils s'étaient toujours retrouvés en ville. Elle savait seulement qu'il était à Chicago depuis la fin de l'été pour une formation spéciale sur un engin dont il évitait de parler. Elle n'était allée chez lui qu'une seule fois, et ce, uniquement parce qu'ils avaient follement envie l'un de l'autre et que son père était à la maison ce soir-là. A ce niveau, cela ne s'appelait plus de la discrétion mais de la cachotterie.

Un éclair de panique la transperça. A force de ressasser tout cela, elle allait se rendre malade et cela ferait du mal au bébé. Depuis dix jours déjà, elle travaillait trop, dormait trop peu et ne mangeait quasiment rien. Stupide ! C'était trop stupide de s'être mise dans une situation pareille ! Cette fois, c'était fini, elle n'appellerait plus, ne supplierait plus Zach de lui faire signe...

Son père lui saisit le bras et la fit pivoter vers lui.

— Qu'est-ce qui ne va pas, Olivia ? La vérité cette fois.

— Je ne veux plus me disputer avec toi au sujet de nos conceptions du journalisme, dit-elle en évitant son regard perçant. Tu as raison d'être fier de ce que tu as accompli mais je veux apprendre mon métier à ma façon.

— Tu n'as plus confiance en moi. Pourquoi ?

Parce qu'elle allait avoir le bébé de Zach Calvert ! Parce qu'elle redoutait la réaction de son père qui pourrait parfaitement la jeter à la rue sans ressources quand il le saurait ! Elle l'avait déjà vu se montrer implacable pour des motifs moins graves. Si seulement elle avait un foyer comme celui de Zach... Quel plaisir elle prenait à l'écouter décrire sa petite ville du Tennessee et son innombrable famille ! C'était un monde presque inimaginable pour elle, fille unique d'un fils unique.

— Olivia, dis-moi la vérité ! ordonna son père.

Elle le fixa sans répondre — en fait, ses pensées restaient tournées vers Zach et les siens... Et s'il était rentré chez lui, tout simplement ? Cette fois, elle eut envie de tout avouer. Si quelqu'un était capable de retrouver un homme au fin fond du Tennessee, c'était bien son père.

— Nom de Dieu, gronda celui-ci, le regard noir. Ton pilote t'a plaquée, c'est ça ?

Il n'avait cessé de répéter que Zach, à vingt-six ans, était trop vieux pour elle et que son job était trop dangereux. Autrement dit, il ne voulait pas la voir tomber amoureuse d'un homme dont la carrière pourrait la détourner d'un siège à la tête de *Kendall Press*. De lassitude, elle capitula :

— Il était parti pour un entraînement, il aurait dû revenir depuis quinze jours. S'il est rentré, il m'évite.

— Tu as téléphoné ? Tu es allée chez lui ?

— Je n'ai qu'un numéro de portable. Il ne répond pas. J'ai usé la sonnette de son immeuble… Et provoqué la méfiance de son gardien qui, s'il me revoit devant la porte, ne manquea pas d'appeler la police.

Il se cabra comme si elle l'avait frappé.

— Ce type, c'est sérieux pour toi ?

De justesse, elle se retint de poser la main sur son ventre. La vérité — l'aveu de son amour pour Zach — ne parvint pas à franchir la boule qui lui nouait la gorge. Oui, il comptait plus que tout pour elle, mais elle n'avait que vingt et un ans et elle n'était plus sûre de rien. Elle cligna des yeux pour retenir ses larmes… et vit l'expression abasourdie de son père.

— Où suivait-il son entraînement ? demanda-t-il sèchement. L'adresse exacte.

— Il ne pouvait pas me le dire.

A moins qu'il n'ait choisi de ne pas le faire ?

— Que sais-tu de sa famille ?

— J'ai vu des photos chez lui, et je lui ai posé des questions. Il m'a parlé d'eux…

Ses grands-parents, serrés dans les bras l'un de l'autre ; ses cousines Sophie et Molly, quasiment ses sœurs. Sa mère Beth, pour qui il semblait se faire du souci. Veuve, elle ne s'était jamais remariée et Zach craignait qu'elle ne se sente seule depuis son départ. Un homme capable de s'inquiéter pour sa mère devrait tout de même se préoccuper de la solitude de sa jeune amante !

— Tu penses qu'il est effectivement parti en mission ?

Elle hocha affirmativement la tête et fit un effort pour réfléchir.

— Il a peut-être demandé une permission pour retourner au Tennessee ? S'il avait le mal du pays…

— C'est un gars du Sud ? Ecoute, prends un congé, va le voir, réglez vos comptes et oubliez-vous. Il serait temps pour toi de te concentrer sur ton boulot.

— Il ne m'a pas invitée.

Non… il lui avait seulement donné envie de connaître sa famille et appris à aimer son pays ! Ses chères montagnes, embrumées ou éclatantes de soleil, remplissaient chaque photo, chaque souvenir, il en parlait avec une véritable passion. Son père et elle ne connaissaient pas d'attachement comparable.

Brusquement, elle se pencha sur son écran ; le mot « pilote » venait d'attirer son regard dans un gros titre. Quand elle cliqua sur l'article, une photo commença à prendre forme sous ses yeux… une photo de Zach ! Puis le titre entier parut : « Pilote disparu en mission. La Navy refuse tout commentaire. » Elle se pétrifia sous le choc ; sans réfléchir, elle pressa sa paume sur la photo en serrant les paupières de toutes ses forces. Non. Elle avait tout imaginé, elle pensait justement à lui et… Respire, respire… Elle se força à ouvrir les yeux — le titre n'avait pas changé. Zach, Seigneur, Zach ! En un instant, sa vie venait de basculer — pour toujours.

Son père la retint au moment où son front allait heurter l'écran. Elle se redressa lentement, comme on évolue sous l'eau. S'arrachant aux mains de son père, elle croisa les bras sur son ventre encore plat. Son bébé. Elle ne pouvait pas se permettre le luxe de sombrer.

Zach n'était plus là. Elle serait l'unique parent du petit. Elle ne saurait jamais si Zach l'avait aimée, au moins un peu, au moins assez pour vouloir cet enfant.

— Papa, souffla-t-elle, le regard toujours rivé sur le visage de son amant mort. Je suis enceinte.

1.

Un index péremptoire se ficha dans le dos du shérif Zach Calvert.

— C'est toi qui fais la loi par ici, dit une voix de femme. Tu ne peux pas leur dire de se presser un peu ?

Zach se retourna avec un sourire. Tammy Henderson, qui s'impatientait derrière lui dans la file d'attente de l'unique banque de Bardill's Ridge, tenait avec son mari le magasin de matériel agricole. Sous son coude, il reconnut la petite sacoche dont elle se servait pour ses dépôts en liquide.

— Combien de fois est-ce que je vous ai demandé de m'appeler avant d'apporter ça ? soupira le jeune shérif.

Elle serra fermement la trousse contre elle.

— Oui, mais on a suivi ton conseil. On fait trois dépôts par semaine, maintenant.

Il ne pouvait guère demander davantage : dans ce coin tranquille, on estimait que les voleurs existaient surtout chez les autres. Ennuyé, il se retourna vers le guichet pour vérifier l'heure sur la grande horloge.

— On n'avance pas. C'est mon week-end pour prendre Lily…

Tammy retourna sa propre montre, qui glissait toujours sous son poignet.

— A quelle heure dois-tu être chez Hélène ?

— 10 heures.

A 10 h 01, son ex risquait de faire un scandale devant leur fillette de quatre ans. Hélène aimait lui infliger ce genre de punition et elle avait un atout de taille : elle savait qu'il ferait n'importe quoi pour éviter de peiner la petite.

— J'ai entendu dire que Hélène voudrait t'empêcher de voir Lil…

Il n'eut qu'à hausser les sourcils pour que Tammy se taise instantanément en rougissant. En la voyant détourner les yeux, il se fit l'effet d'une brute. Pourtant, les ragots se répandaient si vite dans le voisinage ; d'ici à ce qu'il devienne le sujet principal de conversation autour des tables du café aménagé dans l'ancien dépôt ferroviaire… Et si jamais Lily entendait ce qu'on disait de sa mère !

La grande aiguille de l'horloge balayait les secondes une à une. Le type devant lui, un chasseur en tenue de camouflage, était agité de tics nerveux qui le faisaient tressauter des pieds à la tête. Zach soupira. Il n'avait qu'à renoncer, se résigner à payer des frais de retard pour la mensualité de son crédit auto… Il se détournait pour sortir quand un guichet se libéra. Immédiatement, la première personne de la file s'y précipita et le chasseur prit sa place en tiraillant sa veste. Trois minutes et demie plus tard, il s'avançait à son tour vers le deuxième guichet.

Zach leva de nouveau les yeux vers l'horloge. Dans vingt-deux minutes exactement, Hélène exploserait de rage… à moins qu'il ne parvienne à se présenter à l'heure. Si un guichet se libérait dans la minute, c'était encore possible.

Le type en tenue de camouflage se retourna. Zach allait pousser un soupir de soulagement quand l'autre homme ouvrit sa vareuse, révélant la raison de son malaise : l'énorme fusil d'assaut qu'il portait en bandoulière.

— Personne ne bouge ou je tire dans le tas.

14

Une émotion intense — la peur sans doute — faisait monter sa voix dans les aigus et ses mains agrippées à son arme tremblaient violemment. Mauvais, très mauvais, pensa Zach : s'il avait peur, il risquait de tirer au moindre mouvement. Zach se coula le plus discrètement possible devant Tammy Henderson. Plus question de passer prendre Lily dans les temps, pensa-t-il confusément. Puis le regard fou du braqueur se posa sur lui.

— J'ai dit personne ne bouge et surtout pas vous, shérif. C'est moi qui commande ici !

Essuyant sa bouche du dos de la main, il releva son arme, le doigt crispé sur la gâchette. Si celle-ci avait été sensible, la moitié des clients seraient déjà morts. Zach serra les poings, envahi d'une rage subite. Qui était ce type pour oser terroriser des gens qui ne lui avaient rien fait !

— Ne pensez même pas à déclencher l'alarme, grinçait le braqueur. D'ici, je peux voir tout ce qui vient.

Une jeune femme que Zach connaissait de vue se pressait contre le comptoir, terrifiée. L'homme voulut la repousser près des autres mais il tremblait si violemment que le canon la frappa au menton. Elle poussa un petit cri, ses yeux très bleus élargis de terreur, brillant de larmes. Zach eut une vision fugace dans laquelle il brisait littéralement ce type en deux.

— Si une voiture de police se montre, vous êtes morts. Si quelqu'un fait un geste, vous êtes morts.

Balayant ses victimes d'un regard haineux, il frappa le sol de son godillot de soldat en hurlant :

— Par terre, tout le monde !

Zach prit tout son temps pour obtempérer. Derrière lui, Tammy faisait des efforts visibles pour cacher sa sacoche d'argent. Voilà une attitude qui risquait de lui attirer de sérieux ennuis ! D'un geste vif, il saisit la petite sacoche et l'envoya glisser aux pieds du voleur.

— Tu veux qu'il te prenne pour une avare ? marmotta-t-il.

— Tu en as encore, la petite dame ?

Se précipitant, le type ramassa la sacoche. Zach se concentra sur l'arme. Comme s'il avait un schéma sous les yeux, il vit exactement comment désarmer l'homme et l'envoyer au tapis, inconscient et sur le ventre — un point bonus s'il obtenait une position idéale pour lui passer les menottes. Les citoyens qu'il était chargé de protéger étaient à plat ventre autour de lui pendant que l'homme fouillait le sac à main de Tammy. Se relevant avec une détente qui tenait presque de la lévitation, Zach bondit en avant et son pied percuta la pommette du braqueur. L'homme tournoya comme une grotesque poupée, avant de s'affaler sur le sol, assommé. Zach s'empara en vitesse de son arme et la démonta en quelques gestes.

Il savait qu'il était un ancien pilote d'hélicoptère de la Navy, et qu'une blessure à la tête lui avait volé une tranche de souvenirs couvrant à peu près deux années de sa vie. Parfois, il se découvrait des capacités inattendues, des connaissances qu'il n'aurait pas dû avoir. Comme cette invraisemblable pièce d'artillerie par exemple : elle n'avait qu'un rapport très lointain avec le pistolet qu'il portait dans l'exercice de ses fonctions, mais il avait su faire les gestes nécessaires pour la rendre inoffensive. Ensuite, obéissant toujours à cet inquiétant instinct, il saisit le poignet de l'homme pour vérifier son pouls.

— Quand tu sortiras de l'infirmerie de la prison, lâcha-t-il, tu devras envisager un autre métier.

Les autres, clients et guichetiers, se relevaient lentement en échangeant des murmures choqués. Zach se retourna vers l'employé le plus proche :

— Sonne l'alarme, tu veux ? Et préviens Leland Nash.

Nash était le directeur de la banque, et aussi le nouveau mari de son ex-femme. D'un seul coup de fil, il allait pouvoir engager les formalités nécessaires, et supplier Hélène de lui permettre de prendre Lily demain.

16

Il se retourna vers l'homme qui gisait devant lui. Sa petite ville venait de courir un danger réel — mais ses propres actes le troublaient presque davantage. Jusqu'ici, il avait toujours su contrôler la fureur qui grondait au fond de lui. En balançant ce type la tête la première sur un sol de marbre, il avait pris un sacré risque. Les exécutions sommaires ne faisaient pas partie de ses attributions.

A la rédaction du magazine *Pertinence*, en plein cœur de Chicago, la porte du bureau d'Olivia Kendall s'ouvrit à la volée et Brian Minsky, son assistant, entra en brandissant une feuille de papier.

Ils travaillaient ensemble depuis la création de *Pertinence* et elle savait qu'il ne se déchaînait pas ainsi sans raison. Intéressée, elle attendit la suite, encore à moitié concentrée sur l'article qu'elle achevait d'annoter. Son visiteur se laissa tomber sur le siège qui lui faisait face... et resta muet. Surprise, elle leva les yeux, retira ses lunettes...

— Maintenant, tu es avec moi, s'écria Brian, satisfait.

— J'y suis. Raconte.

— Ecoute ça. Cette histoire est spéciale.

Elle avait appris à le laisser dire les choses à sa façon. Avec un plaisir visible, il se lança :

— Voilà. Tu fais la queue à la banque depuis trente-huit minutes pour régler une mensualité de ton emprunt voiture.

— C'est spécial, ça ?

Il lui lança une grimace et enchaîna :

— Le type devant toi arrive au guichet, ouvre sa veste... il a une *énorme* arme d'assaut cachée dessous. Il ordonne à tout le monde de se mettre à plat ventre pendant qu'on lui file le fric. Que fais-tu ?

— Je me couche par terre.

Elle pensa à Evan, son fils de cinq ans. Face contre terre, elle serait en train de prier de toutes ses forces pour qu'elle le retrouve à la maison. Elle ajouta :

— Et si je m'en sors indemne, je m'arrange pour faire prélever mes mensualités automatiquement, à l'avenir.

Brian se mit à rire.

— Attends, je n'ai pas terminé. Tu es le shérif local, et le type a bien reconnu ton uniforme…

Il la regardait, le regard brillant. Elle sourit, amusée, attendant la chute de l'histoire.

— Je vais te dire ce qu'il a fait ! clama son assistant, survolté. Il a pris ce braqueur armé jusqu'aux dents, il l'a démoli en deux temps trois mouvements et il lui a dit de se chercher un autre métier une fois qu'il serait sorti de tôle.

— Tu plaisantes ! Tu as raison, c'est particulier. Le shérif allait trop souvent au cinéma ? Il ne s'est pas rendu compte du risque qu'il faisait courir aux autres otages ?

— Il dit que non. L'instinct a joué, et il a maîtrisé un type armé… d'un seul coup de pied.

Elle se pencha en avant, sidérée.

— Maintenant, tu mesures l'intérêt, lança-t-il, enchanté de son effet. Cette histoire cache quelque chose. Nos lecteurs verront le fait divers en entrefilet dans leur quotidien du groupe Kendall, ils voudront en savoir davantage et ce sera à nous, l'hebdomadaire, de leur donner l'info. Robot tueur ou homme en chair et en os ? Un type ne réagit pas comme ça sans un sérieux entraînement. Sinon, j'aurais moins souffert au lycée !

Il posa son papier sur le bureau, le fit glisser vers elle. Elle remit ses lunettes, le retourna et vit qu'il s'agissait d'une photo. Un visage d'homme qui lui coupa le souffle.

Non ! Pas une deuxième fois !

Il avait quelques années de plus, ses cheveux blonds étaient plus longs qu'autrefois, ses yeux plus cyniques et son corps plus mince… et pourtant, cette fois encore, l'homme de la photo, le shérif fou, était le lieutenant Zach Calvert. Très en forme pour un homme mort depuis six ans !

Muette, elle parcourut la légende sous la photo. La première fois, son père s'était renseigné auprès de la Navy et un certain commandant Gould lui avait appris que l'appareil de Zach s'était écrasé suite à une panne inattendue lors d'un vol de routine. L'article d'aujourd'hui ne mentionnait ni la Navy, ni la mort supposée du héros de l'histoire.

Elle revint à la photo. Non, elle ne se trompait pas, c'était bien le père d'Evan, celui qu'elle disait être « au ciel » en espérant que l'idée d'avoir un père quelque part le consolerait quand il enviait ses petits camarades d'en avoir un à la maison.

Etourdie par le choc, elle sentait la fureur, l'incrédulité et le soulagement lutter en elle — mais de très loin, comme si cela la concernait à peine. Au moins, cette fois, elle ne tomberait pas en pièces devant une fichue photo. Elle avait fait son deuil, c'était fini — Zach Calvert était mort pour elle, s'il ne l'était pas pour les autres. Shérif à Bardill's Ridge, au Tennessee ? C'était donc là qu'on allait, *ensuite* ?

Deux jours plus tard, l'avion d'Olivia creva les nuages pour descendre vers l'aéroport de Knoxville. Le choc s'était dissipé, remplacé par un calme pragmatique. Elle ne savait pas à quoi jouait Zach et elle ne tenait pas à le savoir, mais son fils devait avoir la chance de connaître son père et d'être aimé de lui. Elle voulait croire que Zach se montrerait plus généreux avec Evan qu'envers elle.

Il s'était donné beaucoup de mal pour la quitter ! Comment avait-il convaincu son officier supérieur de servir ce mensonge concernant sa disparition ? Elle avait eu quelques difficultés à empêcher son père d'éclaircir cette question et venait de le laisser en tête à tête avec Evan, en espérant que le petit l'accaparerait suffisamment pour l'empêcher de donner la chasse au fameux commandant Gould. Quant à elle, elle voulait parler à Zach.

A trois reprises, elle avait téléphoné à son bureau sans parvenir à articuler un mot — puis elle avait demandé à Brian d'organiser le rendez-vous. C'était beaucoup mieux ainsi, car elle voulait voir le visage de Zach quand il entendrait sa voix pour la première fois. Elle ne savait plus du tout que penser de lui. Six ans plus tôt, elle aurait tout parié sur son intégrité et sa capacité à aimer, mais aujourd'hui ? Avant de l'inviter à entrer dans la vie de son fils, elle devait savoir à qui elle avait affaire.

Pourquoi acceptait-il cette interview alors qu'il avait tant tenu à lui échapper six ans auparavant ? L'aurait-il oubliée ? Eh bien, pas de problème ! Elle voulait uniquement l'informer qu'il était le père d'Evan. Cette démarche accomplie, elle aurait fait sa part.

L'avion descendait souplement vers le sol. Nerveuse, elle reprit le dossier qu'elle connaissait par cœur. Après l'accident, Zach avait passé trois mois dans un hôpital près de San Diego ; quatre mois plus tard, il épousait l'une de ses infirmières ; huit mois après le mariage naissait leur fille Lily. Voilà qui pourrait expliquer son silence ! Couchait-il déjà avec cette Hélène quand ils s'étaient connus ? Même six ans après, l'idée restait humiliante.

Au fond, elle s'en voulait de lui avoir accordé sa confiance. Zach était son premier amour. Il s'était intéressé à elle et elle avait eu le sentiment que plus rien d'autre ne comptait pour lui. Il était si beau, drôle, tendre et charmant, et atout non négligeable, il ne serait pas du tout du goût de son père… comment résister dans ces conditions ? Le fait d'apprendre qu'il n'était pas mort changeait tout, le choc lui ouvrait les yeux et elle ne croyait plus en leur passion. En fait, l'histoire était sordide ; elle avait pris un risque stupide en oubliant de se protéger une nuit avec un amant un peu louche qui s'était volatilisé par la suite.

Ensuite, elle s'était efforcée d'inventer pour Evan un père tendre et aimant mais bien entendu, l'histoire s'arrêtait toujours avant le moment où il l'abandonnait.

Après avoir longtemps chéri le souvenir de Zach, elle avait décidé de penser à lui le moins possible — mais Evan se réveillait parfois avec un regard rêveur identique à celui de son père ; ses petites pattes pataudes s'affinaient, se mettaient à ressembler aux mains de Zach…

Refermant brusquement le dossier, elle se pencha vers le hublot pour contempler la forêt qui filait si vite sous le ventre de l'avion. Une forêt immense, aussi mystérieuse que l'homme qui lui avait fait un enfant. Qu'avait-il cherché auprès d'elle ? Si on ne veut plus voir une fille, la moindre des choses est de lui passer un coup de fil pour lui annoncer qu'elle ne fait plus partie de vos projets ! Toute cette mise en scène n'avait aucun sens.

Les montagnes se dressaient droit devant, jaillissant de la plaine. En découvrant le profil familier de certains pics, elle se fit l'effet d'une intruse. Six années plus tôt, elle espérait en silence que Zach l'inviterait chez lui pour rencontrer sa famille. Aujourd'hui, et peut-être devant eux, elle devrait tenter de le juger et décider si oui ou non elle apprendrait à Evan que son père vivait toujours. Et Brian qui attendait qu'elle lui rapporte matière pour rédiger un article !

L'avion atterrit, elle récupéra son sac de voyage et le fourra dans le coffre de sa voiture de location. Dès qu'elle quitta l'aéroport, la route commença à grimper. Bientôt, elle filait d'un lacet à l'autre, l'ample ruban de la route nationale tranchant son chemin dans le granit et l'argile rouge des grands contreforts, hérissés de sapins et striés de torrents glacés.

Comme un mauvais présage, un nuage cacha le soleil, ternissant les feuillages rouges et or de l'automne. Il y avait très peu de circulation. Bientôt, ses tympans commencèrent à réagir à l'altitude. Maladroitement, sans quitter la route des yeux, elle fouilla son sac pour y prendre du chewing-gum. En tâtonnant, elle sentit que le paquet était vide : Evan avait dû trouver sa réserve. Elle dut se contenter de bâiller pour alléger la pression de ses tympans. Un premier panneau annonça Bardill's Ridge et elle ravala un petit soupir nerveux. Si elle parvenait à trouver rapidement le bureau du shérif, elle serait à l'heure.

La bretelle de sortie plongeait au plus profond des bois. Aucun signe de vie. Elle pouvait encore faire demi-tour, pensa-t-elle tout à coup. Retrouver la grand-route et la civilisation, prendre un avion pour rentrer. Bardill's Ridge était devant, son monde à elle derrière… Ouvrant sa vitre, elle respira un air incroyablement pur qui sentait le pin. Oui, elle pouvait parfaitement rentrer, reprendre sa vie avec Evan, dire à Brian que l'article ne donnait rien. Tandis que si elle continuait, cela pouvait changer sa vie à tout jamais. Elle rapporterait peut-être un père à son fils. Avait-elle vraiment le choix ? Elle continua. Quelques kilomètres plus loin, un clocher blanc parut entre les feuillages. Juste derrière, une coupole rouge émergeait d'un toit d'ardoises noires. Très très Amérique profonde ! Son pouls reprit un rythme plus normal. Le pittoresque même du lieu la rassurait. Elle saurait affronter une petite ville de ce genre.

Elle doubla un tracteur dont le chauffeur la salua en soulevant sa casquette de base-ball. On n'avait pas cette courtoisie à Chicago ! Déjà, les premières maisons se dressaient devant elle. Elle passa devant un magasin de matériel agricole, « Henderson's » d'après l'enseigne qui courait le long de la véranda sans rambarde qui tenait lieu de quai de chargement. Dans un tourbillon de brins de paille, plusieurs hommes chargeaient des sacs à l'arrière de leurs pick-up boueux. Quand elle passa devant eux, ils se retournèrent comme un seul homme. Les inconnus ne passaient pas inaperçus par ici !

Elle dépassa la bibliothèque municipale, des magasins… partout, des visages curieux se retournaient sur son passage.

Un peu plus loin, une enseigne décorée d'ours et de lapins annonçait la crèche, et elle eut un pincement douloureux en pensant à Evan. Les trottoirs étaient plus animés qu'elle ne s'y attendait, il y avait même quelques immeubles de bureaux. On la suivait toujours du regard et elle pensa que quoi qu'elle décide pour Evan, Zach serait obligé d'expliquer son passage dans la petite ville !

Il était 2 h 05 quand elle trouva la place et la grande église blanche. Un petit square entouré d'une barrière de ferronnerie empêchait le passage de ce côté ; en face, un cinéma, sans doute un ancien théâtre à en juger par ses décorations de style 1880, annonçait un film récent. Le bâtiment de brique rouge de l'autre côté devait abriter la mairie, le tribunal… et le bureau du shérif.

Elle se gara, saisit sa mallette et se hâta vers la grille du square. Le vent s'était levé, ses talons glissaient sur les pavés ronds. Une fois le square traversé, elle franchit une autre grille, traversa la rue et, le souffle court, grimpa l'impressionnante volée de marches menant au tribunal. Un plan des locaux s'affichait près de l'entrée ; elle trouva les cellules un niveau plus bas, au bout d'un long couloir. Dévalant l'escalier, elle découvrit une porte vitrée donnant sur un parking. Ravalant un juron, elle s'efforça de mettre un peu d'ordre dans ses cheveux malmenés par le vent et se hâta, talons claquant sèchement sur le dallage de marbre.

Elle se retrouva devant la porte exactement à l'heure prévue pour le rendez-vous. Elle prit un instant pour se donner une contenance, tira sur sa jupe, ajusta le décolleté de son pull et regarda sa main droite trembler sur la poignée. Au fond, tout était simple : si elle avait su qu'elle était enceinte, elle le lui aurait dit avant son départ. Elle ne faisait que réparer cette omission. Si la nouvelle le laissait froid, tant pis !

Elle ouvrit la porte, s'attendant à trouver d'abord un espace d'accueil ou un secrétariat — mais elle tomba sur Zach en personne qui, à son entrée, leva les yeux des dossiers éparpillés sur un grand bureau à l'ancienne.

Son uniforme bleu sombre mettait en valeur son corps mince et musclé, ses cheveux blond sombre encadraient son visage et effleuraient son col. Elle fut immédiatement choquée par la lueur désabusée de ses yeux verts. C'était le même homme, mais il ne regardait plus le monde de la même façon. Quelque chose avait creusé son visage, et rendu son regard extrêmement las.

Elle s'accrocha à la poignée pour maîtriser un mouvement de recul involontaire. Tranquillement, il se leva, contourna son bureau et s'avança vers elle. Son regard la balaya de la tête aux pieds — non pas comme il le faisait quand ils étaient amants mais comme on prend la mesure d'un inconnu dont on se méfie un peu. Le choc lui coupa le souffle. Avait-elle changé à ce point ? C'était impossible et pourtant… rien dans le sourire poli de Zach ne suggérait qu'il se souvenait d'elle. Il lui tendit la main en demandant :

— Olivia Kendall ?

2.

C'était bien la voix de Zach, la voix grave et chaleureuse qui l'avait d'emblée séduite lors de leur première rencontre. Elle n'avait jamais pu l'oublier mais lui manifestement avait effacé de sa mémoire jusqu'à la trace de son nom !

Pour le bien de leur fils, elle devait avancer au jugé, capter chaque nuance de la situation, et attendre le moment de lui rappeler leur passé. Faisant un effort violent pour se maîtriser, elle s'avança vers son bureau, main tendue.

— Appelez-moi Olivia, dit-elle.

Quand sa grande main se referma sur la sienne, une vague de souvenirs la submergea. Cette main qui se posait sur sa taille, ou sur son sein… le parfum de sa peau tandis qu'il inclinait la tête pour l'embrasser. Elle serra les dents, bouleversée. La texture de sa peau lui était si familière !

Cet homme faisait donc encore partie d'elle à ce point ? Ce qu'elle *voulait* ressentir n'avait donc aucune importance ? Elle recula vivement d'un pas, l'obligeant à la lâcher. Il eut un regard surpris, mais rien dans son attitude ne suggérait qu'il la reconnaissait.

Son premier amour l'avait oubliée.

— Asseyez-vous, dit-il avec un geste vers les deux petits fauteuils de cuir placés en face de son bureau. Un café ?

— Merci.

25

Dès qu'il se détourna, elle parvint à se ressaisir un peu. S'installant à la place qu'il lui indiquait, elle ouvrit sa serviette et sortit ses dossiers.

— Du sucre ? De la crème ? proposa-t-il par-dessus son épaule.

— Les deux, s'il vous plaît.

Avec un sourire aimable, il lui tendit un gobelet de café et se laissa tomber dans le fauteuil voisin, étendant ses longues jambes devant lui.

— Vous avez fait un sacré chemin pour parler d'un braquage qui a tourné court.

Elle resta penchée sur sa serviette, s'efforçant d'encaisser son invraisemblable détachement. Elle avait fait un enfant avec cet homme ! Mieux valait redoubler de prudence. Sortant une carte de visite, elle la lui tendit.

— Parlons déjà de votre braqueur, proposa-t-elle.

Sans un regard pour la carte, il la glissa dans la poche de sa chemise d'uniforme.

— Je ne vois pas ce que je peux ajouter. Vous avez déjà dû lire des comptes rendus...

S'il avait l'intention de tourner autour du pot, Olivia, pour sa part, avait retrouvé d'instinct sa pugnacité de Kendall.

— J'aimerais lui parler.

— Le FBI est venu le chercher, répondit-il avec un regard en direction du fond de la pièce, où se trouvaient probablement les cellules.

— Si je comprends bien, il faisait partie d'une milice locale ?

— Pas locale, non. Ils sévissent de l'autre côté des montagnes, dans le Kentucky.

Il protégeait jalousement la réputation de ses concitoyens. Aimait-il donc toujours autant cet endroit ? Pourtant, au temps où elle croyait le connaître, il n'exprimait jamais le désir de s'y installer pour de bon ! Quelque chose l'avait ramené ici mais quoi ? Elle étudia son uniforme bien repassé, ses chaussures noires luisantes comme des miroirs : cela au moins rappelait le jeune officier de la Navy rencontré à Chicago. Il avait eu une fille très peu de temps après son mariage ; comment se comportait-il avec elle ? Et que ressentirait-il pour son fils ?

— Il voulait des fonds pour une action spécifique ? demanda-t-elle.

— Quand il est revenu à lui, il a demandé une assistance juridique. Le temps de lui trouver un avocat commis d'office, le FBI a rappliqué…

Il se tut comme s'il regrettait d'en avoir trop dit.

— Si je comprends bien, vous l'avez désarmé et arrêté mais on vous écarte de l'enquête.

Il fronça les sourcils, contrarié.

— J'ai fait mon boulot, il n'a fait de mal à personne.

Elle s'efforçait de le sonder, intéressée par ce sens des responsabilités qui était en complète contradiction avec la façon dont il l'avait quittée.

— Vous avez pris un très gros risque en l'attaquant.

— J'ai reconnu son arme. La gâchette est très dure, il fallait juste qu'il perde connaissance avant d'achever de la presser.

Il parlait sur le ton de l'évidence, comme si n'importe qui aurait pu en faire autant.

— Votre entraînement à la Navy vous a permis d'en juger ?

Elle vit ses yeux se plisser, plein de soupçon. Sa voix semblait encore plus grave quand il demanda :

— Comment savez-vous que j'étais dans la Navy ?

— J'ai fait quelques recherches avant de venir.

Son expression se fit complètement neutre ; elle sentit une vague de colère le soulever.

— Que cherchez-vous ici, mademoiselle Kendall ? Vous avez vraiment fait tout ce chemin pour parler d'un fait divers vieux de trois jours ?

C'était le moment qu'elle attendait et pourtant elle perdit tous ses moyens et ne trouva pas ses mots. Sur le bureau, un petit réveil l'affolait avec son tic-tac trop pressé.

— Pourquoi faire semblant de ne pas me reconnaître ? demanda-t-elle confusément.

— Je fais semblant, moi ? répliqua-t-il, le visage durci.

Quelle situation humiliante ! Elle l'avait aimé si tendrement, si follement… ou du moins l'avait-elle cru. Au diable son amour-propre, décida-t-elle, elle était ici pour Evan. Découvrir ce qu'était devenu Zach valait bien de perdre un peu la face.

— Nous nous sommes rencontrés il y a six ans, à Chicago, dit-elle. Vous étiez dans la Navy.

— Chicago ? répéta-t-il, incrédule.

— Ne soyez pas ridicule, s'énerva-t-elle. Vous vous souvenez bien de Chicago, même si vous m'avez oubliée.

— Non.

Il se leva, le regard brûlant. Le braqueur avait dû croiser ce regard juste avant de s'écrouler sans connaissance, pensa-t-elle. Elle se leva à son tour, les jambes tremblantes, pressant furtivement ses paumes moites sur sa jupe. Elle aurait pu lui décrire son corps dans ses détails les plus intimes, lui dire qu'il dormait sur le dos, un bras sous la nuque… mais elle n'osait pas. Elle devait reprendre l'ascendant !

— J'étais en poste en Californie jusqu'à ce qu'un accident m'oblige à démissionner, articula-t-il. Pourquoi êtes-vous ici ?

— Je suis venue vous parler.

Le visage fermé, il se dirigea vers la porte et la lui ouvrit en lâchant :

28

— Je n'ai aucune information pour vous, mademoiselle Kendall. Nous en avons terminé.

Elle plongea la main dans sa serviette — la main de Zach se posa sur la crosse de son arme de service. C'était à la fois comique et effrayant. Lentement, elle sortit la photo encadrée qu'elle avait choisie ce matin et la serra face contre sa poitrine.

— Je suis désolée de m'y prendre de cette façon, dit-elle. Je vois que vous ne me croirez pas sans preuves.

Elle respira à fond et expliqua d'une voix neutre :

— Je vous ai rencontré à Chicago. Vous suiviez une sorte de stage. Nous… comptions beaucoup l'un pour l'autre.

Non. Elle faisait fausse route. Se reprenant, elle murmura :

— Je parle un peu à tort et à travers parce que j'ai le trac mais voilà ce qui s'est passé : vous êtes parti pour une mission d'entraînement qui devait durer deux semaines. Je n'ai plus eu de nouvelle pendant plus d'un mois, puis j'ai lu la dépêche annonçant votre mort.

Il la fixait, les yeux ronds. Un instant, les années s'évanouirent — c'était bien son amour perdu qui se tenait devant elle.

— Zach, regarde cette photo, dit-elle.

Elle la retourna pour lui montrer le visage de son fils.

Il se figea, il y eut un grand silence. Quand il ouvrit la bouche, un soupir s'en échappa :

— Non…

Quelle détresse dans ce petit mot ! Elle resta devant lui, immobile et tremblante. Ce « non » ne signifiait pas obligatoirement qu'il reniait son fils — mais dans une sorte de vertige, elle mesurait le chemin qu'ils avaient parcouru l'un sans l'autre. Cet homme était bien un inconnu.

— Je vous aurais prévenu que j'étais enceinte, mais vous êtes parti avant que je ne le sache, murmura-t-elle.

Il s'approcha, le regard rivé à la photo ; il semblait avoir oublié sa présence. Dans le lourd silence qui suivit, elle entendit

29

grincer son ceinturon de cuir ; tendant la main, il saisit le cadre sans s'apercevoir qu'il serrait ses doigts. Incapable de supporter la brûlure de ce contact, elle se dégagea.

— Ce visage est exposé partout dans la maison de ma mère, souffla-t-il.

— Comment ? balbutia-t-elle sans comprendre.

— Les photos de moi...

Il la regarda enfin, un regard doux et blessé à la fois.

— Il a quoi, six ans ?

— Cinq. Que t'est-il arrivé ?

Il battit des paupières et elle se promit de ne plus le tutoyer à l'avenir.

— Je ne me souviens pas de Chicago, c'est vrai. J'ai fait un stage là-bas pour une mission, dans un centre dont peu de gens connaissent l'existence. Je faisais partie d'une équipe dont on ne parle pas.

Son regard s'était fait très intense, il l'hypnotisait presque.

— Je devais partir en hélico... la mission a mal tourné, l'officier femme que je devais ramener est morte et j'ai eu un traumatisme crânien qui a effacé une partie de ma mémoire. Les deux ans avant l'accident. Vous... faites partie de cette période de ma vie dont je ne me souviens plus.

La colère, le désespoir s'amassaient dans ses yeux. Du pied, il poussa le dossier sur le braquage, tombé à terre quand elle s'était levée.

— C'est là que j'ai appris ce que je sais sur les armes.

Son histoire était vraiment difficile à admettre !

— Pourquoi aurait-on annoncé votre mort ? protesta-t-elle. La Navy a confirmé la nouvelle à mon père ! Il a parlé à votre officier supérieur, un certain Gould, qui lui a raconté un bobard au sujet d'un vol de routine au large de San Diego.

— Votre père ? Oui, James Kendall, bien sûr. Il a parlé de vous quand il a interrogé l'Amiral Gould ?

— L'Amiral… ?

— Il est monté en grade depuis. Votre père lui a-t-il dit que vous étiez enceinte ?

— Non. Je voulais juste savoir ce qui s'était passé.

— S'il avait su, il vous aurait dit la vérité. Il vous a servi l'histoire que nous étions convenus ensemble de relater, pour m'épargner l'attention des médias. Je ne voulais pas qu'on en parle et la Navy non plus.

Quel désespoir dans ses yeux ! Bouleversée, elle le regarda se pétrir la nuque, exactement comme Evan quand il se sentait mal.

— Je suis revenu chez moi — ici — en quittant l'hôpital.

— Mais ta… votre carrière ? Vous étiez si ambitieux.

Un léger sourire adoucit son visage.

— J'ai démissionné quand les médecins ont décidé que je n'étais plus apte à piloter.

Elle le considéra quelques instants, secouant la tête malgré elle.

— Comment est-ce que je peux vous croire ?

— Ce serait assez normal de ne pas me croire. J'ai été obligé de demander aux autres pilotes ce qui s'était passé. J'ai…

Son visage se contracta un instant et il articula :

— J'ai écouté les bandes enregistrées de l'accident.

Ces détails-là, elle se sentait incapable de les entendre ; c'était à la fois trop personnel et trop horrible. Levant lentement la main, il tourna la photo de façon à ce qu'ils puissent voir tous deux le visage innocent et rieur d'Evan.

— Vous êtes venue à cause de lui ? Pourquoi ne pas l'avoir dit tout de suite ? Toutes ces questions sur le braquage…

Elle décida de ne pas le ménager.

— Je ne pouvais pas vous faire confiance. Vous étiez mort jusqu'au moment où vous avez refait surface au journal télévisé…

— Pourquoi n'avoir pas recherché ma famille ?

— Tu… Vous parliez d'eux, mais à contrecœur, et seulement quand j'insistais.

Elle se sentit rougir mais le regarda bien en face pour dire :

— Je pensais que vous ne vouliez pas leur parler de moi.

— C'était à cause de mon travail !

Ils se regardèrent avec une détresse égale.

— Je pouvais raconter ma vie de façon superficielle mais je n'avais pas le droit…

Sa voix s'éteignit. Il contemplait Evan, sans se rendre compte de ce qu'il venait de lui dire : en fait, il ne l'avait pas vraiment aimée. Ou du moins pas autant qu'elle l'aimait.

— Ils auraient voulu connaître mon fils, murmura-t-il.

— A l'époque, je…

La souffrance brute de son ancien chagrin l'envahit un instant et elle se raccrocha à l'idée qu'il n'avait jamais été réellement à elle. Comme elle regrettait maintenant d'être venue ici ! Au prix d'un effort violent, elle revint à la réalité. Son fils avait toujours besoin d'un père, et Zach avait droit à des explications tout autant qu'elle. Elle regarda par la fenêtre. Des feuillages rouge et orange effleuraient les vitres, cachant le reste du bourg. De très loin, elle murmura :

— C'était une période difficile. J'avais gravement déçu mon père. Plus le temps passait, plus cela me semblait délicat de parler à votre famille — puisque vous refusiez de parler de vous. Et puis… on voyait souvent mon visage dans les médias. Je venais de commencer à travailler avec mon père. Mon père… fait beaucoup parler de lui. Je ne voulais pas attirer l'attention.

— Le garçon change tout, dit-il avec force.

— De quelle façon ?

— Je veux le voir.

C'était déjà ça. C'était ce qu'elle espérait l'entendre dire.

— Il s'appelle Evan, dit-elle. Evan Zachary Kendall.

Il contempla le visage de son fils et, très lentement, il se mit à sourire.

— Je voulais qu'il ait quelque chose de vous, dit-elle encore. Je n'avais que votre prénom à lui donner.

— Merci.

Sa reconnaissance toute simple la toucha. Pourtant, elle ne pouvait pas se permettre de baisser sa garde. Elle vivait à Chicago, lui au Tennessee. S'il demandait un droit de visite… Cette pensée lui arracha une grimace. Quel terme odieux pour dire qu'on fait sa part pour élever un enfant !

— Vous pouvez garder la photo, dit-elle.

Refermant sa serviette, elle l'empoigna, réconfortée par son poids familier. Un reste de ce cynisme qu'elle avait appris à pratiquer avec la disparition de Zach lui fit murmurer :

— Je ne suis pas très fan des histoires d'amnésie.

— C'est la vérité, dit-il posément.

Les menteurs se défendent généralement davantage, pensa-t-elle… mais pas toujours. Elle expliqua :

— Ce que vous ferez maintenant dépend de vous. J'ai appris que vous avez une fille avec votre ex-femme et je comprends que la situation n'est pas simple pour vous. Si vous souhaitez réellement voir Evan, vous prendrez une décision qui vous liera toute votre vie.

Elle vit qu'il approuvait de la tête mais répéta, pour être bien sûre qu'il comprenait :

— Un engagement définitif.

Il tendit la main vers son bras mais suspendit son geste avant de le toucher.

— Je ne vous laisserai pas me le reprendre.

Elle haussa les épaules mais son cœur battait la chamade. Au temps où ils étaient ensemble, il avait vingt-six ans et elle vingt et un, ce qui lui donnait un grand ascendant sur elle. Plus maintenant ! Elle précisa :

— Je ne le laisserai pas seul avec vous tant que je ne serai pas tout à fait sûre que vous êtes quelqu'un de bien.

Sa poitrine gonfla sous sa chemise d'uniforme, ses yeux lancèrent un éclair de colère, mais il se contrôla instantanément.

— Je comprends, dit-il.

L'entretien semblait terminé. Elle se dirigea vers la porte.

— Où allez-vous, Olivia ?

D'entendre son prénom prononcé de ses lèvres la secoua. Elle se retourna.

— Je vous laisse le temps de réfléchir, dit-elle.

Il posa la photo sur son bureau comme on prend possession d'un territoire.

— Je partage la garde de ma fille Lily, mais mon ex estime que je ne suis pas bon pour elle, dit-il brusquement.

Les entrailles d'Olivia se nouèrent mais elle s'efforça de rester neutre. Au moins, il ne tentait pas de lui cacher ça !

— Vous n'êtes pas bon pour Lily ?

— Je devrais dire, pas assez bien pour elle, lâcha-t-il avec un sourire amer. Mon compte en banque manque d'épaisseur. Hélène est montée en grade en épousant Leland Nash, et elle voudrait éviter à Lily de fréquenter des gens du commun.

— Leland Nash ? Elle a épousé le directeur de la banque ?

Il approuva de la tête, sans cesser de suivre son idée.

— J'aime Lily et je me bats pour passer le plus de temps possible avec elle. Je ne veux pas voir ce genre de tension compliquer mes rapports avec mon fils, alors je vous dis tout net ce que vous apprendrez de toute façon.

Encore une fois, elle ne sut que dire. Etait-ce la réalité ou seulement son point de vue ? Elle ne comprenait pas l'attitude de l'ex-femme : l'argent et la position sociale ne signifiaient pas

34

grand-chose pour elle, sans doute parce qu'elle en avait toujours eu beaucoup trop !

— Mon souci premier est pour Evan, dit-elle. Je vous offre une chance d'être son père.

— Je *suis* son père.

— Vous parlez de génétique. Je vous parle de jouer au base-ball avec lui, de soigner ses écorchures et de vous présenter à l'heure dite pour ne pas qu'il soit déçu. Je ne veux surtout pas que, par souci de correction, vous preniez une décision que vous ne pourrez pas assumer par la suite.

— Vous parlez de partager la garde ?

La seule idée de partager Evan la terrifiait mais elle répondit bravement.

— Peut-être, dit-elle. Un jour.

Elle vit qu'il se détendait un peu. Sa main vint se poser sur la poignée de la porte comme s'il s'y appuyait… en fait, il lui coupait la retraite. Elle ne pouvait plus sortir.

— Je suis désolé, dit-il. Si j'avais eu la moindre idée…

— Nous n'en sommes plus au stade des excuses, dit-elle, soulagée de trouver en lui une douceur qui rassurerait Evan. Vous ne vous souvenez de rien et c'est terminé pour moi. Nous avons tous deux notre vie. Maintenant, il s'agit juste de décider ce que vous voulez faire. Nous reparlerons très bientôt.

Machinalement, elle tapota ses poches, ajoutant :

— Je m'installe dans un Bed & Breakfast que j'ai trouvé sur Internet…

— Le Dogwood, approuva-t-il. Il est tenu par mon oncle et ma tante. Vous êtes garée devant le Palais de justice ?

— Devant l'église.

— Tournez à gauche en quittant la place et continuez tout droit. La maison est près de la banque, vous verrez l'enseigne.

— La banque du braquage ?

— Nous n'en avons qu'une.

Il se tut un instant, sans abandonner la position qui l'empêchait de quitter la pièce. Brusquement, il demanda :

— Vous êtes vraiment venue parce que vous aviez vu ma photo ?

Elle approuva de la tête en se demandant où il voulait en venir, cet inconnu qu'elle avait aimé, cet homme qui venait de lui raconter une histoire si peu vraisemblable… et sans doute réelle.

— Parce que je n'ai pas connu ma mère, dit-elle pourtant. Elle est morte quand j'étais bébé. J'aimerais qu'Evan ait deux parents, si c'est possible.

— Vous pouvez facilement tout savoir de moi alors je préfère vous le dire moi-même : j'ai une carrière sans avenir et un mariage brisé. Mais je suis bien le père d'Evan.

De nouveau cet éclair de colère… Autrefois, elle adorait entendre sa voix se charger de passion— n'importe quelle passion ! Mais elle était une Kendall, aussi contrôla-t-elle son frisson pour poser une question :

— Personne n'a jamais su ? A Chicago, je veux dire ?

— Apparemment, vous avez été mon seul faux pas là-bas, fit-il avec un demi-sourire.

Puis son regard se fit plus intense et il demanda :

— Vous ne cherchez pas un sujet d'article ? Je ne peux pas croire que vous feriez un scoop sur le père de votre fils.

Il avait raison.

Seul dans sa cuisine, Zach contemplait la nuit à travers les vitres. Se décidant brusquement, il tendit la main vers le téléphone. Il parlerait d'abord à sa mère, à sa fille et à son ex-femme. Hélène surtout devrait être bien préparée à une éventuelle visite d'Evan. Un instant découragé par l'ampleur de la tâche, il lâcha le combiné et se détourna de la fenêtre. La bouteille de scotch perchée sur la plus haute étagère le tenta un instant mais il opta finalement pour un verre de boisson chocolatée. Ce soir, Lily n'était pas là pour partager sa potion préférée avec lui. Le chocolat au lait, bien frais en été, bouillant en hiver, était leur rituel au moment du coucher.

Que penserait Lily de ce grand frère qui lui tombait du ciel ? Il voyait tout à fait Hélène soutenir qu'il n'avait plus besoin de leur fille maintenant qu'il avait un fils. Et elle attribuerait sûrement l'échec de leur mariage aux sentiments inconscients qu'il ne devait manquer d'éprouver à l'égard d'Olivia.

Olivia avait négligé de prendre ses précautions en faisant l'amour avec lui ; Hélène, en revanche, avait délibérément cherché à être enceinte. Cela faisait partie du plan : elle croyait accéder à une vie de rêve en épousant un héros. Par la suite, il ferait une belle carrière militaire grâce à ses relations et à sa médaille… Pourtant, il lui avait énormément parlé. Mis en confiance par ses soins, il ne lui avait pas caché sa honte d'être encore en vie après avoir laissé tuer celle qu'on l'envoyait sauver.

A bord d'un hélico spécial, il devait se glisser sans se faire repérer dans un secteur interdit et là, récupérer le Lieutenant Kimberley Salva qui l'attendait, cachée dans la jungle. Il avait échoué et Kim, une amie très proche de l'école militaire, était morte devant lui, sur le plancher de l'hélico. Depuis l'accident, il rêvait parfois qu'il l'avait littéralement tuée et ces rêves le faisaient suffoquer de rage.

On pouvait toujours lui répéter que ce n'était pas sa faute, qu'il avait tout fait pour la sauver, ses remords l'empêchaient de vivre. Les images de ses cauchemars lui tenaient lieu de souvenirs — et aussi les enregistrements radio de la mission, le désespoir de sa propre voix, son refus de la croire morte… La fille de Kim, qui avait huit ans maintenant, grandissait sans sa mère. Comment se pardonnerait-il d'avoir survécu ?

Et dire qu'Hélène avait pu croire qu'il tirerait profit de son statut de héros malgré lui ! Elle le connaissait bien mal. Ayant perdu deux ans de son existence, son identité de pilote et sa confiance en lui, il était revenu chercher son salut à Bardill's Ridge. Il voulait marcher dans les bois de son enfance, retaper la grange dans laquelle il jouait autrefois. Il avait besoin du soutien de son clan et du souffle de ses montagnes.

Hélène et lui ne s'étaient sans doute jamais vraiment aimés. Elle le prenait pour un autre, et lui, il lui était surtout reconnaissant de lui offrir un contact physique qui le rappelait à la vie. Une fois ici, la nouvelle Mme Calvert avait vite décidé que sa vie était un enfer. La première année, Zach travaillait à la ferme familiale. Quelle humiliation ! Quant à ce poste de shérif… un flic de campagne, ce n'était pas assez bien pour elle ou pour sa fille.

Sa rencontre avec Nash avait changé la donne. Enfin, elle touchait au but ! Dès son entrée dans cette nouvelle sphère, elle s'était efforcée de convaincre Zach qu'il n'avait aucun droit sur leur enfant puisqu'il n'avait pas les mêmes priorités pour son avenir ! Une chance encore qu'elle ait opté pour le directeur de la banque locale plutôt que pour un touriste fortuné de passage à Bardill's Ridge ! L'argent de Nash rendait la vie au fin fond du Tennessee supportable pour Hélène. Quant à lui, il avait du mal désormais à faire confiance aux femmes. Olivia ne semblait pas coulée dans le même moule… mais sa franchise pouvait aussi se révéler trompeuse.

En début de soirée, il avait fait quelques recherches à son tour, et découvert qu'elle était l'éditeur en chef de *Pertinence*, un hebdomadaire d'information un peu *people*. Elle était trop jeune pour ce poste, mais le magazine appartenait à son père qui en supervisait l'opération. Il lut quelques comptes rendus de sa carrière, parcourut les derniers numéros de la revue, et conclut que si elle devait son ascension fulgurante au nom de Kendall, elle était aussi une bonne journaliste.

Et si elle était sur la piste d'un scoop, malgré tout ? A cette idée, il posa brutalement son verre sur la table. Evan était son fils, il n'en doutait pas un instant mais… et si Olivia pensait qu'il l'avait plaquée, si elle cherchait la vengeance ?

Il trouvait que les raisons qu'elle avait données pour expliquer pourquoi elle n'avait jamais contacté sa famille semblaient un peu tirées par les cheveux. Kendall avait bâti un empire en publiant ce que d'autres auraient préféré cacher… elle pouvait parfaitement décider de tout exposer au grand jour, mission de sauvetage ratée, amnésie, fils caché ! Il passa le dos de sa main sur sa bouche. Il n'en pouvait plus de ces rêves traversés de traits de lumière comme des balles, dont il émergeait couvert de sueur, le cœur fou. Se penchant vers la photo d'Evan, il posa la main sur l'épi indomptable qui se dressait sur sa petite tête. Il voulait voir son garçon, entendre sa voix. Pour Evan, il voulait faire confiance à Olivia Kendall.

Fermant à moitié les yeux, il la revit au moment où elle entrait dans son bureau. Grande, mince, énergique et sûre d'elle, sa crinière noire glissant sur ses épaules, ses yeux gris aux paillettes de glace qui fondaient parfois dans une expression de tendresse inquiète. Non, elle ne publierait pas une histoire qui puisse faire du mal à Evan.

L'avait-il aimée ? Il voulait bien le croire… mais comment aurait-il pu l'oublier ensuite ? C'était inconcevable : on n'oublie pas une femme à qui on a fait un enfant.

Il se redressa, jeta un coup d'œil à sa montre. Pourquoi perdre davantage de temps ? Il l'appellerait pour lui dire qu'il savait exactement ce qu'il voulait et ensuite, il préparerait sa famille à rencontrer son fils.

3.

— Amnésique ?

L'énorme rire sans joie de son père résonna péniblement à l'oreille d'Olivia.

— Je le savais. Je savais qu'il n'était pas assez bien pour toi. Quel prétexte minable !

— Pourquoi mentirait-il, papa ?

A vrai dire, elle aussi avait ses doutes, mais elle devait absolument le rassurer car au premier signe de faiblesse de sa part, il s'en prendrait à Zach. De plus, elle tenait à garder son calme : son père l'avait soutenue pendant une grossesse dont il avait honte, et il aimait Evan.

— Il t'a plaquée et il n'a même pas le courage de… Pourquoi lui donner le temps de la réflexion ? Evan mérite un père qui veut de lui, tout de suite et sans réfléchir.

— La rancune ne nous mènera à rien.

Etait-ce bien vrai ? Ne gardait-elle pas un fonds de rancune bien enfoui ? N'importe, Evan était plus important.

— Tu te laisses manipuler.

— J'ai insisté pour qu'il réfléchisse aux obligations qu'il assume.

— Il a cherché à discuter ?

— Non, il était sous le choc. Je ne veux pas qu'il se décide par principe, Evan n'a que faire de son sens du devoir.

— Je n'ai pas eu à décider si je voulais être son grand-père !

Il oubliait le jour où il lui avait suggéré de « ne pas avoir » le bébé — mais cela, c'était avant la naissance et il s'était amplement rattrapé depuis. S'approchant de la fenêtre de sa chambre, elle écarta le rideau fleuri. La nuit tombait sur Bardill's Ridge. Dans la rue en contrebas, les globes des réverbères à l'ancienne luisaient doucement.

— Tu as eu sept mois et demi pour te préparer à la venue d'Evan, dit-elle. Je veux bien lui accorder quelques heures. Dans tous les cas, je ne les laisserai pas seuls tous les deux. Tout du moins pas les premiers temps.

— Dieu merci, tu réfléchis encore. Quant à Calvert, c'est à l'époque qu'il aurait dû réfléchir ! Quand un homme s'intéresse à une fille aussi jeune, et qu'il ne peut rien lui dire de lui, je trouve plus honorable de s'abstenir.

— Tu préfères oublier que je voulais tout ce qui est arrivé. Tu m'en veux encore d'avoir craqué. Moi aussi, j'ai pris ce que je voulais.

— Et le type qui t'a laissée toute seule avec ton bébé ?

— Si Zach décide de faire partie de notre famille, tu seras courtois avec lui.

— Si tu as le moindre doute sur lui, je lui colle un procès aux fesses.

— Bonne idée, papa ! Evan sera content. A défaut de pouvoir passer de bons moments avec son père, un procès réglera tous ses problèmes !

Elle commençait à avoir faim. Lâchant le rideau, elle se mit à inspecter les meubles et trouva le menu d'une pizzeria dans le tiroir de la table de nuit.

— Je ne crois pas que Zach va se défiler, dit-elle. Pourquoi ne pas lui accorder le bénéfice du doute ?

— Je te laisse t'en charger. C'est déjà plus qu'il ne mérite.

Il se tut. Pourquoi avait-il tant besoin de décider pour tout le monde ? Le grand Kendall n'était heureux que dans le feu de l'action, et de préférence sous le coup d'une colère homérique.

— Quand dois-tu revoir Calvert ?

— Il s'appelle Zach. Je te préviendrai quand je le saurai.

— Et nous sommes censés nous tourner les pouces en attendant qu'il prenne sa décision ? Je devrais être avec toi. D'ailleurs, j'arrive tout de suite.

Elle se mit à rire. Non pas qu'elle trouvât cela très drôle, mais elle tenait à lui faire sentir combien sa réaction était excessive. A cet instant, le téléphone à son chevet émit une sonnerie aigre. Elle le fixa avec inquiétude.

— Je dois y aller, papa. Reste tranquille à Chicago. Evan va bien ?

— Il dor,t sinon j'aurais interrompu cette conversation.

Il avait déjà avoué avoir emmené son petit-fils dîner dans un grand restaurant qui servait le *cheesecake* le plus riche de Chicago. De là, ils s'étaient rendus au terrain de sport le plus proche. Le petit était épuisé.

Le téléphone fixe sonna pour la troisième fois.

— Je te rappelle, promit Olivia. Embrasse-le pour moi.

— Reviens ici et embrasse-le toi-même ! Ou laisse-moi te l'amener.

— Je t'aime, papa.

— Il aura un dîner plus sain demain soir.

— C'est bien. Bonne nuit !

Coupant son portable, elle décrocha le téléphone.

— Olivia Kendall, dit-elle.

— Ici Zach Calvert. Je voudrais passer vous voir demain matin.

— Vous pourriez venir tout de suite, dit-elle posément.

A ce stade, elle se fichait de se montrer trop conciliante !

— Je serai prêt à partir demain matin mais ce soir, je dois annoncer la nouvelle à ma propre famille.

— Attendez… Vous voulez dire… ?

Elle sentit son cœur s'emballer. Il disait oui, il voulait connaître Evan. C'était à la fois formidable et terrifiant. Son fils adoré ne serait plus uniquement à elle. Le seul homme qu'elle ait jamais aimé revenait dans sa vie. Tout son amour, son désir, sa confiance… trahis. Surtout, surtout, ne pas tout confondre. Ces sentiments étaient morts et bien morts…

— Il vaudrait peut-être mieux ne pas parler d'Evan à votre fille avant de l'avoir rencontré, dit-elle après un bref silence.

— Et pourquoi ?

— Attendons de voir comment ça se passe avant de la bouleverser.

— Pardonnez-moi mais… je déciderai ce qui est le meilleur pour ma fille.

Choquée par son ton sec, elle dut faire un effort pour ne pas répliquer. En même temps, elle devinait que sa colère n'avait rien à voir avec elle mais plutôt avec les problèmes que lui causait son ex-femme. C'est donc poliment mais d'une voix extrêmement ferme qu'elle dit :

— Ecoutez, c'est tout simple : je veux protéger mon fils. Il ne doit jamais penser que vous regrettez d'être venu vers lui.

Sa demi-menace rencontra un silence. Comme elle aurait aimé voir son expression en ce moment !

— Si nous partions à 8 heures demain matin, ce serait trop tôt pour vous ?

— Ça ira très bien. Je m'occupe de nos réservations.

— Laissez-moi le faire !

— J'ai sûrement plus de poids face à la compagnie aérienne. Vous prendrez les choses en charge une autre fois.

*
**

43

Beth Calvert savourait un thé glacé en compagnie de sa belle-mère Greta lorsqu'elle reconnut de bruit de la voiture de son fils en bas de la côte. Les deux femmes s'étaient retrouvées pour organiser la fête en l'honneur des cinquante-cinq ans de mariage de Greta et de Seth.

En fait, elles avaient surtout parlé de l'unique souhait exprimé par Seth pour cet anniversaire : pouvoir passer davantage de temps avec sa femme. Il souhaitait la voir démissionner de son poste de directrice de la Maison des Mamans, arguant qu'elle allait tout de même sur ses soixante-seize ans ! Greta estimait que son mari lui demandait beaucoup. Déjà enceinte de Ned, le père de Zach, alors qu'elle faisait ses études de médecine, elle avait travaillé toute sa vie avec une énergie inépuisable. Dans ces régions reculées, les médecins de campagne travaillaient quasiment jusqu'à leur dernier souffle et elle ne voyait pas pourquoi elle ferait différemment !

— J'ai demandé à Sophie de reprendre la main, expliquait-elle. J'en discuterai avec elle quand elle viendra pour l'anniversaire mais elle répète qu'elle est très bien à Washington. Ha ! Là-bas, on ne peut pas faire dix mètres sans buter sur un obstétricien. J'ai besoin d'elle et mes clientes aussi ! Je n'arrête pas de répéter à Seth que nous avons tout notre temps. Mes parents ont largement dépassé leurs quatre-vingt-dix ans.

Beth hocha la tête— mais son regard cherchait la voiture de Zach.

— Tu as ouvert la clinique, dit-elle. Tu as aidé beaucoup de jeunes filles de la région.

Les clientes payantes de la Maison des Mamans, des femmes aisées qui avaient envie de se faire gâter un peu avant l'arrivée de leur bébé, remplissaient les caisses, ce qui permettait d'accueillir les jeunes femmes des environs se retrouvant dans une « situation délicate ».

— C'est ton élevage de bébés et tu veux passer la main à quelqu'un en qui tu aies confiance.

Greta lui lança une petite grimace.

— Je déteste votre façon de l'appeler mon « élevage ».

— Excuse-moi…

Beth savait parfaitement qu'elle n'appréciait pas le sobriquet en usage dans la famille, mais la visite inattendue de Zach la déconcentrait.

— Sophie n'est pas aussi satisfaite qu'elle le dit, décida Greta. Molly, Zach et elle étaient inséparables. Elle est une Calvert, elle sera mieux entourée dans sa famille.

— Tu devrais peut-être chercher à rencontrer d'autres candidates, au cas où.

D'un instant à l'autre, les phares de Zach balayeraient le tournant du chemin. Quelque chose le troublait depuis ce drame à la banque. D'ailleurs, qui ne serait pas troublé de découvrir en soi un tel fonds de violence !

— Sophie reviendra quand elle sera prête à le faire, ajouta-t-elle encore. Les enfants… on ne peut pas leur forcer la main.

Enfin, les lumières traversaient les buissons qui bordaient son allée. Beth tendit la main :

— Regarde : c'est Zach. Je me demande ce qu'il vient chercher si tard.

Greta tourna la tête, tout de suite inquiète.

— Tu crois qu'il a un problème ? Seth ne va pas tarder à téléphoner s'il ne me voit pas arriver, mais si tu as besoin de moi, je peux rester…

— Je suis sûre que tout va bien.

En fait, elle n'en était pas si sûre, mais Greta avait déjà suffisamment de soucis.

— Bon, je m'en vais, soupira celle-ci. Je dois rentrer vite, j'ai laissé mes lunettes au bureau et Seth me harcèle aussi pour que je cesse de conduire de nuit.

Elle se pencha, embrassa rapidement sa belle-fille.

— S'il te le demande, nous avons seulement parlé de la fête, d'accord ?

— Il doit vraiment être contrarié, cette fois !

— Cette fois, il est sérieux alors je l'écoute. Bonne nuit, Beth. Je dirai juste un mot à Zach en passant.

— Bonne nuit, Greta.

Celle-ci descendit lestement les marches, atteignant sa voiture au moment où Zach garait la sienne. Ils échangèrent quelques phrases puis Greta démarra et disparut en agitant la main. Resté seul, Zach se dirigea vers la maison à pas comptés. Beth l'attendit en humant le parfum de fumée qui flottait dans l'air. Depuis la tombée du jour, il faisait presque froid.

— Tu sens ça, mon fils ? C'est l'automne !

— Ta saison préférée.

Il prit pied sous la véranda et se retourna pour savourer avec elle le spectacle de la crête sombrant dans la nuit. A perte de vue, la forêt habillait les pentes. Une petite lune pointait dans le ciel très pur. Elle jeta un regard furtif à son fils. Un peu fatigué, un peu distant, toujours vêtu de l'uniforme qu'il retirait habituellement dès qu'il terminait son service…

— Qu'est-ce qui ne va pas ? demanda-t-elle.

Elle le vit sourire.

— Comment fais-tu pour savoir ! Non, ne cherche pas à expliquer. Tu sais, voilà tout.

— Viens à l'intérieur. Tu veux du café ?

Son garçon, aujourd'hui si grand qu'elle lui arrivait à peine à l'épaule, entra enfin dans le petit living et soupira en relâchant sa cravate d'uniforme. Prudemment, elle leva la main pour lui tapoter l'épaule.

— Viens dans la cuisine. Je parie que tu n'as rien mangé.

— Maman, je n'aime pas quand tu es aux petits soins pour moi.

Elle se retint de protester. Il ne tenait pas compte de toutes les fois où elle s'efforçait de le laisser tranquille ! Elle était une femme du Sud… quand son fils avait des soucis, son premier réflexe était de lui mitonner un bon petit plat. C'était le seul moyen de communication qui lui restait lorsqu'il se faisait aussi réservé que Spike, son gros chat gris. Tous deux avaient la même idée du confort : ils aimaient à se trouver dans la même pièce qu'elle, mais préféraient un minimum de témoignages d'affection.

Quand elle tourna les talons pour rejoindre ses fourneaux, il lui emboîta le pas.

— Je dois te dire quelque chose, dit-il derrière elle.

Depuis le jour où Seth était remonté du champ pour lui annoncer la mort de Ned, elle s'attendait au pire. Elle avait beau s'efforcer d'être logique, elle savait qu'elle ne supporterait pas un deuxième coup comme celui-là.

— Dans un sens, c'est une bonne nouvelle, dit-il d'un ton hésitant. Vraiment bonne.

Il ouvrit le réfrigérateur, souleva le couvercle d'une boîte en plastique.

— Du chili ? Il sent bon.

Le poussant de côté, elle lui prit la boîte des mains, en transféra une énorme portion dans une casserole et le mit à chauffer.

— J'attends, dit-elle.

— J'essaie de trouver un moyen de te dire.

Tournant les talons, il alla ouvrir la porte qui donnait sous la véranda arrière.

— Je vais te rentrer du bois. Il gèlera peut-être cette nuit.

Comment la nouvelle pourrait-elle être bonne s'il avait à ce point besoin de rassembler son courage ? Muette, elle approuva de la tête et entreprit d'éplucher un oignon doux. Sous son masque paisible, elle était à la torture.

Plusieurs fois, la porte moustiquaire claqua, annonçant le retour de Zach avec une brassée de bûches. Le chat sortit s'intéresser au remue-ménage, puis revint s'asseoir à ses pieds. Minutieusement, elle découpa son oignon en petits cubes, comme il aimait, servit une part de galette de maïs, mit le couvert pour une personne. Elle remuait le chili fumant quand il termina de remplir le coffre à bois. Il s'approcha en reniflant l'arôme... exactement comme le chat.

— Je ne savais même pas que j'avais faim.

Elle ne répondit rien. Il s'aida de son coude pour ouvrir le robinet, entreprit de se laver les mains, leva la tête pour demander :

— Tu ne manges pas ?

— J'ai mangé avec ta mamie mais je prendrai de la galette de maïs.

— J'ai horreur de manger seul.

Cela, il ne l'avouait à personne d'autre qu'à sa mère. Cela la tourmentait parfois, pendant les longues périodes de deux semaines quand Lily était chez Hélène. Le problème de Zach avec la solitude avait commencé après l'accident. Il aurait besoin d'une vraie famille, pensa-t-elle pour la centième fois. Hélène n'était pas une femme pour lui mais un jour, une autre se présenterait, avec suffisamment de bon sens pour apprécier un homme comme lui.

— Maman, tu te souviens que j'étais à Chicago avant de partir pour la dernière mission ?

Surprise, elle hocha la tête.

— Comment est-ce que je pourrais oublier ça !

Elle se mordit la lèvre, furieuse d'avoir choisi cette formulation. Il se contenta de hausser un sourcil. Se dirigeant vers le fourneau, il remplit à la louche le grand bol qu'elle avait préparé pour lui et le saupoudra d'oignon émincé.

— Je connaissais quelqu'un à Chicago. Une femme appelée Olivia Kendall.

— J'ai déjà entendu ce nom quelque part.

Il leva la tête si brusquement qu'il éclaboussa le fourneau de chili chaud.

— Hein ? Elle m'a écrit ici ?

— Non. Personne ne t'a écrit ici, je me suis toujours demandé pourquoi. Tu avais sûrement des amis.

Elle passa un instant dans le salon et revint lui montrer un numéro de *Pertinence*.

— Je la connais par son magazine. Comment as-tu rencontré une femme comme elle ?

— Je ne sais pas très bien.

Il s'installa à table, pensif, prit une grande bouchée de chili… pour sauter aussitôt sur ses pieds et se précipiter vers l'évier pour rafraîchir sa bouche brûlée.

— Désolée, fils.

Elle alla lui chercher une bière, l'ouvrit et posa un verre devant lui.

— Cette Olivia Kendall, qu'est-ce qu'elle veut de toi ?

Il leva vers elle un regard méfiant de petit garçon. S'il savait combien cette expression lui donnait l'air vulnérable ! Il engloutit une nouvelle bouchée sans la goûter et avoua :

— Je la connaissais bien. Je…

Il se tut, le visage tendu. Elle se demanda s'il avait de nouveau avalé une bouché trop épicée ou s'il cherchait simplement les mots justes.

— Apparemment, elle comptait beaucoup pour moi, dit-il enfin, l'air un peu honteux. Nous avons eu un fils. Olivia et moi.

Elle le fixa, bouche bée. Il se leva, lui prit les mains et la fit asseoir près de lui pour se détourner aussitôt, sous prétexte d'éponger le fourneau. Histoire de lui donner le temps d'assimiler la nouvelle, et aussi de faire passer sa propre gêne. Lily aussi était venue trop vite…

— Comment un homme pourrait-il oublier son enfant ? balbutia-t-elle.

— Ou la mère de l'enfant, murmura Zach. Elle était très jeune. Je sais que sa famille est riche mais cela me fait mal de penser à ce qu'elle a dû endurer, seule avec son petit parce que j'avais disparu.

Il se tapota vaguement les poches, expliquant :

— Olivia a apporté une photo mais je l'ai laissée à la maison. Il ressemble exactement à celles-là.

Lentement, elle tourna la tête. La maison était tapissée de portraits de Zach à tous les âges ; il lui désignait les cadres posés sur la cheminée de la pièce voisine.

— Il te ressemble ?

— A ne pas pouvoir dire si la photo est de moi ou de lui. Regarde, il a cet âge, ajouta-t-il en allant chercher un cliché.

Elle contempla le portrait de lui tiré pendant sa dernière année de maternelle. Ils étaient deux sur la photo : Ned, aussi grand que Zach aujourd'hui mais déjà grisonnant, et, sur ses épaules, leur fils vêtu d'une version miniature de la toge sombre et du bonnet plat que portent les étudiants américains le jour de la remise des diplômes. Ned rayonnait de fierté. Une chance qu'il ait assisté à ses premiers succès scolaires ! Lorsque Zach avait décroché son vrai diplôme grâce à une bourse de l'armée, il était déjà parti depuis près de douze ans. Beth secoua la tête, revenant à sa première objection :

— Comment as-tu pu croiser quelqu'un comme elle ? C'est un milieu où on ne fréquente pas les gens comme nous.

— Quand elle m'a parlé d'Evan, je n'ai pas pensé à demander des détails.

Elle tendit la main pour le réconforter ; il se laissa faire, le visage hagard.

— Je suis parti pour ma dernière mission avant qu'elle ne puisse me dire qu'elle était enceinte et ensuite, elle a vu la dépêche annonçant ma mort. Son père a tenté d'en savoir davantage mais tu penses bien qu'il était la dernière personne à qui ils accepteraient de parler ! Ils n'étaient pas au courant, pour Olivia. Et elle n'avait aucune idée de ce que je faisais vraiment. Elle a seulement su que j'avais survécu quand elle a vu l'info sur le braquage à la banque.

— Doux Jésus…

Il reprit sa chaise, maladroitement, son grand corps repoussant légèrement la table. Méfiante, elle demanda :

— Elle veut une pension ?

— Les Kendall ont énormément d'argent. Mais tout de même, je dois participer d'une façon ou d'une autre à son éducation.

— Et quoi d'autre ?

— Un père pour Evan. En tout cas, c'est ce qu'elle dit.

Sautant sur ses pieds, il se mit à arpenter la pièce, laissant sur la table son repas oublié.

— Tu la crois ? demanda Beth.

— Il me semble que oui.

Après Hélène, il ne savait plus ce qu'il devait croire quand une femme lui parlait. Il leva vers elle un regard troublé.

— Je suis bien obligé, parce que je veux le voir. Je ne sais pas si je peux lui apporter grand-chose mais c'est… un choc de savoir que j'ai un fils depuis cinq ans. A son âge, il a bien dû se demander pourquoi ses camarades avaient un père et pas lui.

— Mais non ! Le monde a changé, tout le monde divorce, les femmes seules font des enfants. Il ne va pas…

— Tu vois son monde comme une adulte. J'essaie de le voir avec ses yeux à lui.

Se tournant vers elle, il ajouta très fermement :

— Et j'ai besoin de savoir si tu accepteras d'être sa grand-mère. Tu pourras l'aimer autant que tu aimes Lily ?

— Tu as besoin de me demander cela ?

Elle en avait les larmes aux yeux. Il avait tant perdu dans l'accident, et surtout sa capacité de faire confiance !

— Chaque seconde passée avec Lily est un bonheur, et j'aimerai ton garçon autant qu'elle. Zach ! Si on invitait Olivia et… tu dis qu'il s'appelle Evan ? Si on les invitait à l'anniversaire de mariage de tes grands-parents ?

Seth et Greta Calvert avaient accueilli une foule de « pièces rapportées » depuis le jour où Ned l'avait emmenée dans ses montagnes. Ils ouvriraient grand les bras à Olivia et Evan !

Elle réfléchissait déjà tout haut, sans attendre sa réponse :

— J'espère seulement que ce ne sera pas trop impressionnant pour lui, tout ce monde. Ils ont une grande famille, du côté de sa mère ?

— Seulement Olivia, son père et lui, dit-il d'une voix lointaine. Elle a nommé Evan d'après moi, maman. Je veux dire : son deuxième nom est Zachary.

Il vit ses yeux se mouiller et sentit son cœur se nouer de tendresse pour ce fils inconnu jailli d'un passé obscur. Sa mère s'approcha de lui.

— Il est à Chicago ?

Puis, comme il hochait la tête :

— Quand pars-tu là-bas ?

— Demain matin.

Depuis l'accident, il savait qu'elle se faisait du souci chaque fois qu'il quittait Bardill's Ridge. Passant le bras autour de ses épaules, il demanda :

— Tu veux bien prévenir la famille ? Si je parviens à convaincre Olivia et Evan de venir, il faut qu'ils soient accueillis comme il se doit. Dis-leur de ne pas confondre Olivia et Hélène.

— Cela dépendra d'elle, dit-elle en lui donnant une étreinte rapide. Si elle te traite bien, nous l'aimerons.

Il la lâcha pour soulever le chat qui, inexplicablement, se mit à lui pétrir l'épaule en ronronnant.

— Non, dit-il. Vous l'aimerez pour Evan.

Une dernière caresse, puis il posa le chat sur une chaise et se dirigea vers la porte.

— Je t'appellerai de Chicago.

— Tu le ramènes ici avec toi ?

— J'ai pensé que ce serait plus facile pour lui s'il me rencontrait sur son propre territoire. Pour mon droit de visite, je verrai cela avec Olivia.

— Encore un droit de visite ?

Il hocha la tête, les sourcils froncés.

— Quelque chose dans ce genre, oui. Olivia semble penser que nous devons prendre notre temps, y aller avec prudence. Elle n'est pas sûre que je veuille m'occuper de lui. Maintenant qu'elle m'a parlé de lui, je ne perdrai plus le contact, mais il n'est pas encore temps de penser à me battre pour le voir. Après tout, c'est elle qui est venue me trouver.

Elle ouvrit la bouche, préféra ne rien dire. Il s'arrêta encore à la porte pour lui lancer :

— Tout se passera bien, maman.

Il lui disait cela chaque fois qu'il devait s'absenter. Il n'attendait aucune réponse de sa part, c'était juste sa façon de lui demander de ne pas s'inquiéter. Comme s'il pouvait garantir qu'il ne lui arriverait rien ! Elle le réconforta donc par la chaleur de son sourire et, pour faire bonne mesure, le renvoya en faisant le geste de chasser une mouche. A son retour, ils apprendraient tous à vivre avec un nouveau droit de visite.

La porte claqua. Elle s'appuya au rebord de la table et une immense fatigue s'abattit sur ses épaules. Quand le destin se déciderait-il à laisser souffler son fils ? Elle s'assit, décrocha le téléphone et entreprit de prévenir la famille.

*
**

La lune éclairait à peine l'allée quand il descendit de voiture devant le Dogwood, le Bed & Breakfast de son oncle Patrick et sa tante Eliza. Au même moment, sa cousine Molly jaillit de la porte d'entrée comme une fusée, aussi rapide que ses petites pestes d'élèves de maternelle. En le voyant, elle s'arrêta court et scruta attentivement son visage.

— Zach ? Il y a un problème ?

— Plus ou moins.

Avec elle, il avait moins de réticences. Molly, sa presque sœur, était l'enfant adoptive de Patrick et Eliza, qui l'avaient sauvée du centre de redressement quand elle n'était qu'une petite délinquante en herbe.

— Où vas-tu si vite ? demanda-t-il.

— Réunions individuelles avec les parents d'élèves. Je dois me changer, dit-elle en claquant sa cuisse gainée de jean.

Devant les parents, l'ancienne terreur choisissait toujours des tenues sages et modestes. Il se mit à rire.

— Tu ferais bien d'y aller si tu veux les voir avant minuit !

Il voulut passer devant elle mais elle lui happa le bras.

— Laisse tomber l'humour, explique ton problème.

— Je n'ai pas vraiment un problème…

Il avait tellement hâte de parler à Olivia qu'il ne pouvait penser à autre chose… Le sourire de Molly se figea.

— Tu commences à m'inquiéter, murmura-t-elle.

Il réprima un mouvement d'impatience. Depuis l'accident, le clan au grand complet le traitait comme s'il risquait de craquer à tout moment. Si seulement son mariage avait tenu bon, si Hélène et lui parvenaient seulement à se montrer polis l'un envers l'autre…

— Je vais bien mais il est tard et je dois parler à l'une de vos clientes.

— Ah !

Elle leva les yeux vers une fenêtre du premier.

— Olivia, je présume ? Je viens de lui monter des serviettes et des sels de bain. C'était pour toi aussi ?

Instantanément, il fut assailli par une volée d'images érotiques. Détournant les yeux, il répliqua :

— J'espère que les parents d'élèves et tes collègues ne savent pas à quel point tu as l'esprit mal tourné.

Il lui ébouriffa les cheveux, ce qui la mettait habituellement hors d'elle ; elle le surprit en répondant par une étreinte rapide, avant de filer vers sa voiture en agitant la main.

— Si tu ne veux rien me dire, je demanderai à ta mère. Je trouverai un prétexte quelconque pour aller la voir ! Je parie qu'elle a besoin de bois.

— Je viens d'en rentrer suffisamment pour tout l'hiver.

— Je repeindrai sa cuisine !

— Si elle renonce à sa tapisserie, je te paie un verre !

Le regard irrité qu'elle lui lança le fit rire. Molly la pirate ! Petite, au temps où elle essayait de se débrouiller seule parce que ses parents ne s'occupaient plus d'elle, elle avait quasiment démoli l'école où elle enseignait aujourd'hui. Tante Eliza et Tonton Patrick avaient transformé cette tornade qui présentait un véritable danger public en membre de la famille à part entière.

Il grimpa le perron au trot et entra dans la maison en coup de vent. Au bureau d'accueil, sa tante Eliza leva la tête de ses comptes et dit calmement :

— Bonsoir, Zach. Beth m'a prévenue que tu arrivais.

— C'est du rapide, même pour maman. Quelle chambre ?

— Au premier, première porte à gauche.

— Merci.

— Dépêche-toi, je crois qu'elle comptait prendre un bain.

Il se précipita à l'assaut des marches et s'immobilisa devant la porte. A travers l'épais panneau de bois, il entendait couler de l'eau. Il frappa très fort ; un instant plus tard, Olivia ouvrait la porte dans un envol de cheveux noirs.

— Zach ! balbutia-t-elle, les yeux écarquillés.

Voilà qu'il lui avait fait peur ! Elle le fixait, les mains crispées sur le col de sa robe de chambre rose. Ce n'était pas une tenue particulièrement sexy, mais il se surprit à imaginer les courbes de son corps tiède sous le tissu-éponge. Le temps que son regard remonte vers le sien, les yeux gris qui commençaient à l'obséder étaient devenus de glace.

— Je veux en savoir plus sur Evan, dit-il très vite.

Le glacier fondit ; sans bouger un muscle, elle sembla tout à coup très proche de lui.

— Vraiment ? demanda-t-elle.

— Je suis son père. C'est mon fils.

— Cela ne me suffit pas. Je l'ai protégé du mieux que j'ai pu pendant cinq ans, c'est un petit garçon heureux et je veux qu'il le reste. Il me faut un vrai engagement.

— Je veux être le père d'Evan toute ma vie. Je veux l'entendre m'appeler papa.

Elle sourit, lâcha les revers de son peignoir, dévoilant quelques centimètres de peau légèrement hâlée, l'amorce de ses seins… Il sentit pourtant très clairement que leur fils comptait davantage que le désir.

— Nous ferons équipe, maintenant, dit-il. Je veux connaître Evan.

Elle le surprit par sa virile poignée de main. Médusé, il contempla ses doigts minces et solides qui serraient les siens. Quelle façon étrange de commencer sa relation avec la mère de son enfant !

4.

Le lendemain matin, Zach roula derrière la voiture d'Olivia jusqu'à l'aéroport de Knoxville. Plus il s'éloignait de ses montagnes, plus son cœur battait sourdement dans sa poitrine et plus sa nuque se mouillait de sueur. Olivia allait bientôt découvrir son secret le plus humiliant : Zach Calvert, l'ancien pilote de choc, avait affreusement peur de prendre l'avion. Le mieux était de penser à Evan. Rencontrer son fils, cela valait bien deux heures de terreur !

Au fond du parking de l'aéroport, il resta quelques minutes agrippé à son volant, les yeux clos. Olivia était partie rendre sa voiture de location, ils étaient convenus de se retrouver à l'enregistrement, il pouvait donc souffler quelques instants. Puis il émergea lentement de sa voiture et se dirigea vers le hall des départs. Là, ils effectuèrent les formalités sans s'adresser la parole et se dirigèrent vers leur porte d'embarquement. En chemin, il fut surpris et vaguement amusé de voir plusieurs hommes se retourner sur leur passage. C'était l'effet produit par Olivia, avec sa beauté aristocratique, l'intelligence de son regard et cette merveilleuse crinière noire. Où qu'elle aille, elle devait attirer ce genre de réaction ! Pourtant, elle ne semblait pas s'apercevoir qu'elle coupait le souffle des passants.

Il patienta, un peu en retrait, pendant qu'elle faisait passer son sac et sa serviette sur le tapis roulant du détecteur de métaux.

Plus il la regardait, plus il se sentait honteux de son talon d'Achille. Un type intelligent aurait refusé de la laisser leur réserver deux places côte à côte. Un type vraiment intelligent s'arrangerait pour qu'une femme comme elle ne puisse jamais découvrir qu'il était pétrifié de terreur.

Il restait près d'une heure d'attente avant le décollage. Ils cherchèrent des sièges ; en marchant, Olivia sortait déjà du travail de sa serviette. Zach ralentit le pas. Il se sentait incapable de rester sagement assis pendant soixante minutes... en tout cas pas sans vomir.

— Je vais chercher un journal, dit-il, et peut-être un café. Vous en voulez un ?

— Merci. Avec du lait et du sucre.

Se laissant tomber sur un siège, elle glissa un stylo derrière son oreille.

— Attendez. S'ils ont du cappuccino...

Il hocha la tête et se détourna. Il respirait mieux dès qu'il s'éloignait d'elle... mais dans l'avion, comment allait-il sauver les apparences ? Il prit son temps, passa deux fois devant la cafétéria avant de se décider à entrer. Un adolescent morose coiffé d'une casquette ridicule se tenait derrière le comptoir.

— Une bouteille d'eau, lui dit-il. Et un grand cappuccino.

— Je vous donne un café, les autres ingrédients sont là. Ça vous fait sept dollars cinquante.

— Merci. Vous avez les journaux ?

— Là-bas. Vous payez ici. Cinquante cents de mieux.

Zach paya, cala le journal sous son coude, ajouta de la crème fouettée et du chocolat en poudre au café d'Olivia et reprit le chemin de leur salle d'attente. Elle leva à peine la tête quand il s'assit près d'elle, se contentant d'accepter son gobelet.

— Merci, dit-elle en goûtant le breuvage brûlant. Il est bon, pour du café d'aéroport. Je croyais que vous en vouliez aussi.

Un excitant ? Ce serait bien la dernière chose à avaler en ce moment ! Elle ne le regardait pas mais il eut le sentiment qu'elle lisait beaucoup trop clairement en lui.

— J'ai changé d'avis.

Il dévissa le bouchon de sa bouteille, en avala la moitié d'un trait et regarda sa montre.

— Nous embarquons bientôt, dit-elle. Nous devrions peut-être parler de ce que nous allons dire à Evan ?

Il sentit son visage se durcir.

— Il n'y a rien à discuter. Nous lui disons qui je suis.

— Comme ça, de but en blanc ? Et si vous changez d'avis ?

Il la dévisagea, choqué, et répliqua :

— Et vous, vous avez changé d'avis ?

Elle en resta bouche bée de surprise. Le regard rivé à sa lèvre inférieure pleine et humide, Zach eut soudain du mal à respirer. Puis elle lui sourit, un immense sourire ému et il se sentit heureux tout à coup, sans raison.

— Vous n'avez aucune idée du cadeau que vous venez de me faire, dit-elle. Mon père lui-même supposait que je ne voudrais pas avoir d'enfant aussi jeune, mais vous… vous partez du principe que je n'ai jamais envisagé l'alternative.

Il sentit sa gorge se nouer. Un instant, il crut presque se souvenir d'elle, comme si l'amour qui les liait autrefois flottait à la lisière de sa conscience…

— Sans doute parce que je ne vous imagine pas décider de ne pas garder notre fils, articula-t-il.

Elle se secoua, et ce fut d'un ton prosaïque qu'elle répondit :

— Vous avez raison.

Puis, comme si la conversation était devenue trop personnelle, elle se replongea dans ses dossiers.

— Cela vous met mal à l'aise de parler de votre grossesse avec moi, observa-t-il.

Avec sa franchise habituelle, elle hocha la tête.

— Pour vous, je suis une inconnue. J'ai adoré être enceinte, sentir Evan grandir dans mon ventre, même si…

Elle se tut abruptement, ses joues rosirent, puis elle avoua pudiquement :

— Vous me manquiez…

— Moi, dit-il, c'est surtout la colère. Pendant très longtemps, j'étais fou de rage à cause de ce qui est arrivé. Je croyais que je commençais à dépasser…

Il passa la main sur sa bouche, furieux d'en avoir révélé autant, et aussi de retrouver intact son vieux ressentiment.

— Pourquoi vous a-t-on fait suivre un entraînement aussi poussé pour une seule mission ? demanda-t-elle tout à coup.

Machinalement, il jeta un coup d'œil à la ronde. Le vieux réflexe du secret restait gravé en lui !

— J'étais censé me spécialiser dans ce type de mission par la suite. La première fois, on m'a choisi parce que Kim Salva était une amie…

Son corps entier se crispa. S'il avait oublié Olivia, Kim brûlait toujours dans sa mémoire. Une fille adorable, tout feu tout flamme, cent fois plus intelligente que lui…

— Nous étions ensemble à l'Académie, murmura-t-il.

Olivia s'écarta un peu de lui.

— Je ne veux pas être indiscrète mais on sent tant de colère en vous quand vous parlez d'elle… Vous étiez seulement amis ?

Il approuva de la tête.

— Je suis en colère parce que l'ai perdue. Elle avait un mari et une petite fille de deux ans, et elle me faisait confiance…

— Et vous n'avez pas encore surmonté le choc ?

Un instant, il envisagea de mentir, puis il se ravisa.

— Je n'y parviendrai peut-être jamais. Vous comprenez… moi, j'ai la chance de rencontrer mon fils aujourd'hui. Sa fille à elle ne la reverra jamais. Ce n'est pas juste que j'aie survécu sans pouvoir la sauver.

Elle baissait les yeux, son stylo produisait un petit grattement irritant. Un instant, il eut l'impression grotesque qu'elle prenait des notes. En fait, la pointe passait et repassait sur un motif en étoile.

— Vous regrettez d'être venue me trouver ? demanda-t-il.

— Non.

Elle parlait calmement mais un rideau de cheveux noirs lui cachait son visage. Il essaya de parler d'un ton léger :

— Tout ça ne touchera pas Evan. Je ne perds les pédales que quand on s'en prend à ceux que je suis censé protéger.

— Vous plaisantez, mais on ne fait pas de plaisanteries pareilles si ce n'est pas un peu vrai.

Il posa la main sur son poignet, en prenant garde de ne la toucher que là où son blouson protégeait sa peau.

— Je vous dis la vérité. Je ne vous cacherai rien qui puisse affecter Evan. Je vous ai parlé de mes problèmes avec Hélène parce que je ne veux pas que les mêmes difficultés surviennent avec vous. Je suis un bon père pour Lily et je serai un bon père pour Evan.

— J'aurais dû vous rencontrer avec Lily. C'était une erreur de ne pas vous voir ensemble.

— Je ne lui ai rien dit.

— Merci.

Elle s'affaissa un peu contre le dossier de son siège. Elle devait se demander jusqu'à quel point un homme blessé comme lui pouvait tenir son rôle de père. Il aurait aimé se disculper, lui répéter qu'il était parfaitement sain d'esprit… mais s'il se défendait trop, elle le prendrait vraiment pour un fou ! Elle se redressa dans un sursaut.

— Et si Lily ou Hélène apprennent l'existence d'Evan par les journaux ?

— Impossible. Hélène ne les lit pas, et je ne l'ai jamais vue regarder les informations.

— Mais si quelqu'un d'autre la prévient ?

— Leland… c'est son mari— est un type raisonnable. Il comprendra ce qui se passe et il la calmera jusqu'à ce que je les contacte. Il pensera à Lily.

— Vous faites davantage confiance à son nouveau mari qu'à elle ?

— Maintenant, je sais comment elle fonctionne mais quand nous nous sommes mariés…, soupira-t-il.

Et Olivia ? La connaissait-il réellement lorsqu'il lui avait fait cet enfant ? Elle se détourna et il reconnut son attitude douloureuse, un peu butée. Elle aussi savait ce qu'on ressent quand un être cher trahit votre confiance ! Avec un pincement au cœur, il comprit qu'il lui avait lui-même enseigné cette leçon. Elle avait eu confiance en lui…

— Je n'avais pas l'intention de vous quitter, dit-il.

— Votre amnésie ne facilite rien pour moi. J'ai beau me répéter que ce ne sera pas pareil avec Evan, que vous n'allez pas disparaître du jour au lendemain… Je vous préviens que si jamais vous lui faites ça…

Oui ! La rage, il comprenait parfaitement ! Curieusement, sa véhémence venait de les rapprocher. Presque malgré lui, il contempla la courbe délicieuse de ses lèvres. Il ne gardait aucun souvenir de leur texture. Elle savait certaines choses sur lui, sur eux deux ensemble, dont il ne se souviendrait sans doute jamais. Troublé, il eut envie de la faire sourire.

— Vous ne trouvez aucune menace assez effroyable pour terminer votre phrase ? taquina-t-il.

— Je n'aurai pas besoin de menaces si vous faites de la peine à mon fils, dit-elle gravement.

— *Notre* fils.

Un instant, elle ressembla à Hélène. Il sentit qu'il était allé trop loin et il avala le reste de son eau, tandis qu'elle baissait la tête sur ses papiers. Ce fut presque un soulagement lorsqu'on annonça leur vol.

Olivia passa la première. A son tour, il remit sa carte d'embarquement à l'hôtesse et s'engouffra dans la bouche du tunnel d'accès. Le plafond du couloir était trop bas, ses pieds trop lourds ; il devait fournir un effort énorme pour les poser l'un devant l'autre, il allait crever le plancher trop mince et tomber à l'infini. Ses oreilles s'étaient bouchées, il n'entendait rien d'autre que le battement de son cœur. L'ouverture béante au flanc de l'appareil flotta vers lui et il vit quelques précieux centimètres d'air libre et de soleil à la jointure entre le tunnel et le flanc de l'avion. Un instant, il s'imagina forcer un passage et sauter. Qu'importe s'il se brisait une jambe, il se serait évadé !

L'hôtesse lui jeta un regard inquiet mais le fit passer devant elle et le dirigea vers les premières classes. Il resta planté entre les sièges, les bras ballants. Ces places étaient trop chères pour lui ! Olivia se retourna pour lui demander s'il préférait le couloir ou le hublot ; elle ne sembla pas percevoir son trouble. Il bloquait toujours le passage et derrière lui, les autres passagers commençaient à murmurer.

— Je ne peux pas payer ça, marmotta-t-il très bas.

Il venait seulement de mesurer à quel point leurs mondes étaient différents, à quel point Evan les trouverait différents.

— Moi, si, alors il n'y a pas de problème, dit-elle en lui tendant sa serviette. Vous voulez bien ranger ça pour moi ?

Avant qu'il ne puisse réagir, une autre hôtesse surgit près de lui et lui prit la serviette des mains.

— Votre veste, monsieur ? demanda-t-elle.

Olivia se glissa dans le siège côté hublot, comme si la question était réglée, comme si le coût de la place ne représentait rien pour elle. Vaincu, il retira sa veste, la confia à l'hôtesse et s'assit à son tour, bouclant sa ceinture de ses mains moites. Olivia hocha la tête en signe d'approbation.

— Vous me faites une faveur, dit-elle. Oubliez l'argent.

— Etre le père de mon fils n'est pas une faveur que je vous fais, grogna-t-il. Je suis là pour de bon, autant vous y faire tout de suite.

— Je voulais dire que vous me faites une faveur aujourd'hui, en venant avec moi sans trop savoir qui je suis ni dans quoi je vous embarque. Je viens seulement d'y penser ! Vous n'avez même pas réclamé de test ADN.

Il fut tellement surpris qu'il en oublia sa rancune.

— Je n'y ai pas pensé non plus. La photo… je ne peux pas renier son visage.

Lentement, il frotta les mains sur son jean, espérant qu'elle ne verrait pas qu'il cherchait à les sécher. Elle lui sourit et il eut le sentiment d'avoir réussi une épreuve. Si elle savait ! Elle n'avait aucune idée de ce que cela signifiait de partager la garde d'un enfant. Les épreuves, il y en aurait d'autres, pour tous les deux !

— J'ai des vidéos, dit-elle. Nous le filmons depuis sa naissance. Et aussi une montagne de photos.

— J'aimerais faire des copies.

L'avion fit une légère embardée. Dans un sursaut incontrôlable de tout son corps, il se tourna vers le couloir et réussit à se maîtriser, agrippé aux accoudoirs pour cacher le tremblement de ses mains.

— Ça va ? demanda Olivia avec un regard curieux.

Il poussa un grognement affirmatif et se concentra sur sa respiration, s'efforçant de faire entrer et sortir l'air en douceur, sans à-coups, à intervalles réguliers… Comme pour parachever son humiliation, un gosse surgit du siège devant lui et le dévisagea attentivement.

— Tu es malade ? demanda-t-il. Moi, je prends toujours le sac, là.

Il se jeta en avant, basculant presque par-dessus le dossier pour atteindre le sachet rangé devant Zach.

— Tu verras, ça se passera bien, dit-il d'un ton encourageant.

Une main fit descendre l'enfant, si brusquement qu'il sembla se volatiliser sous leurs yeux. Zach risqua un coup d'œil vers Olivia et se sentit pâlir sous son regard trop attentif. L'hôtesse revint lui proposer une coupe de champagne. Il refusa d'un geste, Olivia fit de même. Sous leurs pieds, le sol vibra, les moteurs grondèrent, puis s'apaisèrent, les volets des ailes s'animèrent : les pilotes effectuaient leurs dernières vérifications. La bouche sèche, Zach étudia le matériel qui dépassait de la poche devant lui. Fichu sachet, il serait peut-être obligé de l'utiliser, en fin de compte !

Au premier mouvement de l'appareil, il ferma les yeux. L'avion fit un léger bond en arrière et ses mains baignées de sueur dérapèrent sur l'accoudoir. Un instant plus tard, une main se referma sur la sienne. Saisi, il ouvrit tout grands les yeux et se retint de justesse de crier.

C'était Olivia. Attirant sa main sur ses genoux, elle entrecroisa délibérément ses doigts avec les siens — un contact incroyablement chaleureux et réconfortant. Bien plus de chaleur qu'il n'était en droit d'en recevoir…

— Ne cherchez pas à faire semblant, entendit-il à son oreille. Je sais ce que c'est d'avoir peur. Quand j'ai appris votre mort, j'ai fait semblant d'être très forte mais j'étais terrorisée. Je croyais que mon père allait me virer et que je me retrouverais à la rue. Il attache énormément d'importance à notre réputation et je savais qu'il aurait honte de moi. J'avais toujours eu une vie facile, j'étais un peu gâtée, cela me semblait insurmontable de m'occuper des courses au quotidien, des achats de vêtements et de sièges auto, des dépenses de santé. Vous imaginez Lily manquer de quelque chose parce que vous auriez fait une bêtise ?

— Pourquoi me dites-vous ça ?

Il se débattait dans un affreux sentiment de culpabilité. Elle était si jeune quand il l'avait laissée seule et enceinte. Le fait qu'il n'en ait rien su ne changeait rien pour elle !

— Je vous le dis parce que nous ne nous faisons pas encore confiance, répondit-elle avec un effort. Je ne peux pas oublier que vous avez disparu, vous avez vécu des horreurs… sans compter un mariage raté qui vous fait croire qu'une femme ne peut pas partager un enfant avec son père. Je viens d'apprendre quelque chose sur vous que vous auriez préféré me cacher, alors j'ai pensé que si je vous révélais quelque chose d'aussi personnel, nous sauterions quelques étapes…

Elle serra sa main entre les siennes, haussa les épaules avec une fausse désinvolture et ajouta :

— Je sais quel effet cela fait de croire que chaque respiration qu'on prend sera la dernière.

Sans tourner la tête — il ne voulait pas qu'elle lise la terreur dans ses yeux — il se pencha un peu vers elle comme on se penche vers la chaleur d'un feu et murmura :

— Même si votre père a été là pour vous, ce que vous avez affronté était terrible.

Un parfum mi-fleuri, mi-épicé, monta à ses narines. Presque malgré lui, il pivota vers elle et se heurta de plein fouet à un sourire merveilleux, incroyablement sensuel. Un instant, il oublia totalement où il se trouvait.

— J'aurais peur aussi, confia-t-elle, si mon appareil avait été abattu comme le vôtre et si je me sentais aussi coupable que vous. Je n'en parlerai à personne. Jamais.

Elle lui sourit encore et il se sentit tout ragaillardi. Puis elle ajouta :

66

— J'aimerais autant que vous non plus, vous ne disiez pas à mon père ce que je vous ai confié. Nous nous entendons mieux quand il croit que je suis aussi solide que je prétends l'être.

— J'aimerais me souvenir de vous, murmura-t-il.

Il vit ses paupières cligner au ralenti et sentit qu'il venait de la frapper en plein cœur. Cherchant confusément à se rattraper, il ajouta :

— Je suis content qu'Evan vous ait eue près de lui.

Cette fois, elle ferma les yeux et détourna la tête. Cet instant s'était transformé en un échange très intime et parfaitement inattendu. Un lien venait de se créer entre eux. Ils ne se regardèrent plus mais elle ne lâcha pas sa main et il s'accrocha plus étroitement à elle.

Lorsque l'appareil eut atteint son altitude de croisière, il se dégagea doucement. Il venait de réaliser que ce contact trop familier ramenait sans doute Olivia à cette période de quelques mois passée avec lui, cette période dont elle était seule à se souvenir.

En le réconfortant avec tant de générosité, elle venait de créer entre eux une intimité qui pouvait devenir dangereuse. Surtout, il ne devait pas oublier combien son... deuil avait dû être difficile pour elle. Il l'avait beaucoup fait souffrir et dans la réalité présente, une seule chose les reliait : Evan et leur désir commun de prendre soin de lui. Elle n'avait entendu que sa version de son désaccord avec Hélène. Elle pouvait encore se retourner contre lui.

— Est-ce que vous finirez par retrouver vos souvenirs ? demanda-t-elle.

Il laissa retomber la revue qu'il fixait sans la voir.

— Je ne sais pas, dit-il franchement. Le jour du braquage...

Il plissa les yeux, hésita un instant puis se lança :

— Je ne sais pas si je me suis souvenu de ma formation ou si mon entraînement a pris le dessus — ce qui n'est pas du tout la même chose. J'ai su d'instinct ce que je devais faire.

— Comme des images mentales ?

Il allait répondre quand le petit garçon reparut. Cette fois, il pressait son visage dans l'interstice entre les sièges. Un adorable petit visage, qui donna à Olivia une envie furieuse de revoir son propre garçon.

— J'ai un sachet pour vomir, dit-il. Si tu n'arrives pas à trouver le tien.

— Merci, dit Olivia en lui souriant.

Prenant Zach à témoin d'un regard amical, elle ajouta :

— Je crois que nous allons bien, maintenant.

— Maman m'en prend un en plus chaque fois qu'on…

Il jeta un coup d'œil au siège près de lui et protesta :

— Je ne l'embête pas, maman ! Elle a envie de me parler.

Il écouta un instant, puis releva les yeux vers elle.

— Maman dit que non.

Un petit rire gronda dans la poitrine de Zach. Le temps se télescopa, Olivia sentit une chaleur monter en elle. Comme elle se souvenait de ce rire… et de sa vibration sous sa joue lorsqu'elle était couchée sur lui. Les souvenirs s'emparèrent d'elle, totalement intacts, d'une douceur insoutenable. Zach… elle l'avait adoré avec toute l'innocence et la passion d'un premier amour. Aimait-on deux fois de cette façon ?

Le petit garçon bondit comme un écureuil et se pencha par-dessus le dossier, offrant un sachet à Zach.

— Tiens, dit-il d'un petit air protecteur. On ne te dira rien si tu vomis dedans.

La maman le tira de nouveau près d'elle en lançant un mot d'excuse sans se montrer. La voix de Zach à son oreille fit sursauter Olivia.

— Evan lui ressemble ?

— Quelquefois. Il sera peut-être un peu timide, pour commencer. Il est très poli.

Elle vit son front se plisser.

— Presque trop, à vous entendre…

Elle fut très soulagée de voir qu'il ne semblait pas remarquer son trouble.

— Il passe beaucoup de temps avec des adultes, dit-elle.

Avec elle, avec son grand-père, avec le garde du corps qui le déposait à l'école après l'avoir déposée, elle, au journal…

— J'aimerais que sa vie soit davantage comme celle des autres petits de son âge, soupira-t-elle.

— Que voulez-vous dire ?

— J'aurais peut-être dû vous en parler plus tôt. Mon père est quelqu'un d'assez excessif, surtout quand il s'agit de nous protéger. J'ai dû refuser ses gardes du corps quand je suis partie en fac…

Interloqué, il la fixa sans répondre. Elle s'efforça d'expliquer de son mieux, tout en sachant à quel point cela semblait bizarre aux gens… normaux.

— Quand j'étais bébé, il a reçu des menaces de kidnapping. Après la naissance d'Evan, les menaces ont recommencé. C'étaient surtout des lettres un peu dingues disant que les gens comme moi n'avaient pas le droit de faire des bâtards à tort et à travers et qu'on avait acheté les médias pour qu'ils ne disent pas que j'étais une souillon. Bref, j'ai pris au sérieux les lettres concernant Evan. Il a toujours vécu entouré d'adultes qui étaient payés pour le protéger. Ils deviennent ses amis mais il leur arrive de changer de boulot. Evan est souvent obligé de rencontrer de nouveaux visages.

— Pauvre gosse…

Sa compassion la mit sur la défensive.

— Moi aussi, je préférerais que mon fils vive autrement. Vous n'avez pas lu ou entendu les menaces.

69

Il leva la main dans un geste d'apaisement.

— Je ne critique pas, j'essaie de me faire une idée... Il s'attache à ces types ?

— Ce ne sont pas toujours des types. Quand il était bébé, sa nounou aurait sans doute été capable de vous mettre K.O. si vous vous étiez trompé en l'aidant à faire ses devoirs.

Elle vit les angles de son visage s'adoucir, ses yeux s'illuminer. La première fois qu'ils s'étaient connus, il était jeune, insouciant et presque trop beau. Elle le retrouvait plus maigre, plus sombre et surtout plus secret... mais son sourire était le même.

— Je ne me suis jamais laissé mettre K.O. par une nounou.

Encouragée, elle osa demander :

— Parlez-moi de votre ex-femme.

Elle voulait savoir à qui elle aurait affaire — pour Evan, mais aussi pour sonder sa propre blessure et s'assurer qu'elle était bien guérie. Ces mots, « votre ex-femme », faisaient un peu mal mais la douleur restait très supportable.

— Nous nous sommes mariés pour les mauvaises raisons et ça n'a pas marché. Nous ne nous entendons pas et elle préférerait que je n'aie aucun contact avec Lily.

— Mais pourquoi ? Je n'arrive toujours pas à comprendre.

— Parce que vous avez tout l'argent que vous voulez.

Il lui jeta un regard assez dur, ajoutant :

— Je vous ai déjà dit la vérité. Sans vouloir vous offenser, Hélène verra uniquement Evan s'il est avec moi quand je viendrai chercher Lily ou quand je la déposerai. Je ne vois pas pourquoi vous avez besoin d'en savoir davantage sur elle.

— Je veux que vous soyez un homme dont la présence enrichira la vie d'Evan, repartit-elle sans se démonter. Un papa qu'il apprendra à aimer. Je ne comprends pas pourquoi Hélène préférerait l'argent à son mari, au père de son enfant.

— Elle n'a pas seulement choisi l'argent, elle m'a échangé contre tout un mode de vie.

— Cela n'a aucun sens.

— Pour moi non plus ! Mais nous avons déjà fait le tour de la question.

— J'ai tout de même besoin de parler des changements que j'impose à Evan. Que cela vous plaise ou non, Hélène est un gros changement pour nous.

— J'aime ma fille de tout mon cœur et je suis prêt à aimer Evan tout autant. Je ne ferai rien qui puisse le troubler.

Il parlait avec une gravité presque menaçante.

— Hélène n'est pas un monstre, elle ne cherchera pas à nuire à Evan. Elle a simplement ses propres priorités. Sa famille était très pauvre et elle pense que les avantages matériels de son second mariage promettent à Lily une vie meilleure que celle que je pouvais lui donner. Pour elle, c'est parfaitement logique. C'est la réalité avec laquelle je dois vivre.

— Ce n'est pas une façon de traiter le père de son enfant.

— J'espère que vous pensez vraiment ce que vous dites !

Son cri du cœur l'irrita un instant. Spontanément, elle posa la main sur son poignet. Cette fois, elle ne s'était pas préparée à rencontrer sa peau nue. Les bouts de ses doigts vibraient encore sous le choc quand elle lança :

— Engageons-nous tous deux à ne jamais mentir !

Il la jaugea du regard et finit par dire :

— Marché conclu.

Ils ne se parlèrent plus pendant le reste du voyage. Lorsque l'appareil amorça sa descente, Zach se crispa de nouveau, les mains nouées sur ses genoux. Cette fois, Olivia ne chercha pas à le réconforter. Enfin, les roues touchèrent la piste et il poussa un long soupir de soulagement.

— Dès que nous aurons récupéré nos bagages, j'irai chercher la voiture, proposa-t-elle.

Prenant son propre blouson et la serviette d'Olivia des mains de l'hôtesse, il se retourna vers elle d'un air de défi.

— Ne vous sentez pas obligée d'assumer toutes les tâches éprouvantes, grinça-t-il. J'ai une amnésie partielle et un problème avec les avions mais je ne suis pas invalide.

— J'ai sûrement votre dossier médical au bureau, lâcha-t-elle en acceptant sa mallette. Grâce à Brian, mon assistant très zélé qui estime qu'il y aurait moins de braquages si c'était vous qui formiez notre merveilleuse police.

Une idée la frappa et elle demanda :

— Vous n'allez pas enseigner ça à Evan, dites ? Il se fera renvoyer s'il tabasse un petit camarade.

— Ne vous faites aucun souci, soupira-t-il. Je ne cherche pas à former une génération de brutes. Si ce type m'avait abattu, j'aurais laissé Lily sans père. Sur le moment, ça ne m'est même pas venu à l'esprit.

— Je me demande pourquoi on vous a appris à désarmer quelqu'un avec tant de violence, murmura-t-elle en passant devant lui pour suivre le flot des passagers qui débarquait. Comme si on n'allait jamais vous demander des comptes…

Il baissa la tête vers elle et elle se sentit féminine, presque petite. Peu d'hommes étaient assez grands pour lui faire cet effet et Zach était le seul face à qui elle se soit jamais sentie aussi vulnérable.

— Quand vous vous intéressez à mon entraînement, j'ai l'impression d'entendre un reporter, dit-il à voix basse. Vous êtes sûre que vous ne préparez pas un article ?

— Vous n'avez pas remarqué à quel point je suis paranoïaque dès qu'il s'agit d'Evan ? Vous pensez sincèrement que je voudrais étaler votre photo en couverture de mon magazine ? Et voir la concurrence interroger Evan sur son papa disparu qui bouffe du braqueur ?

Il se mit à rire.

— Bouffer du braqueur, ça fait bizarre venant de vous.

Contrariée, elle fronça les sourcils. Il eut de nouveau ce rire grave et savoureux qui la rendait si heureuse, autrefois. Un nouveau glissement, un vertige, et elle plongea dans le souvenir de ces séances si joyeuses, peau contre peau, dans la tendresse et la musique de sa voix. Oui, il était généreux, avant, avec son rire et son amour…

— Ce n'est pas si drôle, dit-elle d'un ton sec à l'inconnu qu'il était devenu. Venez, nous sommes les derniers.

Elle se hâta vers la sortie, à la fois pressée de retrouver Evan et irritée de s'être sentie un peu ridicule devant Zach. Le temps d'émerger dans le hall des arrivées, elle commençait à se reprendre quand elle reconnut une silhouette imposante parmi ceux qui étaient venus accueillir les passagers de leur vol.

Où qu'il aille, James Kendall ne passerait jamais inaperçu ! Presque aussi grand que Zach, coude à coude avec ses deux gardes du corps, il haussait le cou en cherchant à l'apercevoir, apparemment inconscient des regards qui convergeaient vers son visage célèbre.

— Papa…, murmura-t-elle.

Il la vit de loin et la salua d'un hochement de tête impérial. Zach s'arrêta juste derrière elle et elle sentit l'odeur propre et masculine qui émanait de lui.

— Vous ne l'attendiez pas ? demanda-t-il.

— Je ne pensais même pas avoir à lui demander de ne pas se montrer. Il va attirer tous les journalistes des autres maisons !

Autour d'eux, plusieurs personnes bâclaient leurs retrouvailles, trop occupées à jeter des regards furtifs vers son père. Elle hésita, paralysée par l'angoisse.

— Essayons de faire comme si on ne l'avait pas vu…

— Nous serions bien les seuls.

— Vous avez une meilleure idée ?

— Si on se couvrait les yeux pour qu'il ne nous voie pas ?

Elle eut une petite grimace, sachant qu'elle venait de se ridiculiser une seconde fois.

— Je vois que vous savez jouer avec un tout-petit, lâcha-t-elle dans un vaillant effort pour se reprendre.

— C'était donc si facile de montrer que je suis un bon papa ?

Doucement, il posa la main au creux de ses reins pour l'encourager à avancer.

— Votre père ne se laissera pas ignorer, glissa-t-il. Allons à sa rencontre et voyons à quoi il joue.

James Kendall fendait déjà la foule pour les rejoindre. Fondant sur elle, il la broya dans une étreinte comme elle n'en avait pas connu depuis le jour de la naissance d'Evan. Elle se dégagea.

— Tu n'es pas très bon comédien, papa, mais je parie que Zach a saisi que tu es dans mon camp. Maintenant que tout est bien clair, partons d'ici avant que quelqu'un ne te reconnaisse.

Elle se retourna à demi vers Zach en se demandant si elle devait faire les présentations.

— J'ai peut-être envie d'être reconnu, fanfaronna son père. Nous pourrions faire circuler une version comme quoi tu avais épousé ce type en cachette, une erreur de jeunesse que tu as très vite regrettée. Aujourd'hui, tu es plus mûre et tu souhaites réunir ton fils avec son père.

— La version vous convient peut-être à vous, monsieur, répliqua Zach avec une assurance égale à celle du magnat de la presse. Mais Evan… vous pensez que les journalistes se priveront de lui demander ses impressions, simplement parce que c'est un enfant ?

— Vous et moi, nous allons parler d'Evan, gronda Kendall.

— Mais pas ici, et pas maintenant !

Furieuse, Olivia saisit le bras de son père et l'entraîna vers le carrousel des bagages. Au bout de quelques pas, un peu calmée, elle salua les deux hommes qui encadraient le petit groupe.

— Bonjour, Ian, Jock…

Les deux hommes hochèrent la tête en retour, sans quitter des yeux la foule qui se pressait autour d'eux. Se retournant vers son père, elle articula :

— Ne te lance pas dans un bras de fer avec Zach, papa. Tu ne peux pas gagner. Il est le père d'Evan.

— Je gagne toujours quand il s'agit de ma famille, répliqua Kendall, agressif.

— Il s'agit aussi de ma famille, repartit Zach.

Kendall se rembrunit encore davantage. Serrant le bras d'Olivia contre son flanc, il ordonna :

— Donne tes clés à Jock, dis-lui où tu es garée, il ramènera ta voiture. Vous deux, vous venez avec moi.

— Tu cherches encore à tout orchestrer, protesta-t-elle.

Elle jeta un coup d'œil par-dessus son épaule, redoutant de voir une horde de journalistes converger vers eux. Ne les voyant pas, elle opta pour l'approche plus calme de Zach.

— Je ne sais pas très bien à quoi tu joues, papa, mais je préfère que nous te retrouvions là-bas.

— Je veux vous parler à tous les deux avant que tu ne présentes cet homme à Evan.

Elle s'arrêta net mais Zach s'empara de son bras libre et l'obligea à suivre le mouvement. Jetant un coup d'œil à Kendall par-dessus sa tête, il dit :

— Nous n'avons rien à prouver, Olivia. Je serais inquiet si un inconnu avait des droits sur mon petit-fils.

Il avait raison, mais cela lui déplaisait souverainement de se retrouver prise en tenaille — littéralement et physiquement — entre ces deux fortes personnalités. La situation ne devait pas lui échapper, elle ne le permettrait pas. Elle prit le parti de réserver ses forces pour des situations plus critiques, elle hocha la tête et tendit ses clés à Jock, le plus carré des deux gardes du corps. L'autre, mince et très brun, prit leurs reçus de bagages et partit patienter à leur place tandis que Kendall les entraînait vers la longue voiture noire qui tournait au ralenti, gardée par un agent de police.

Le gendarme alla jusqu'à donner un coup de képi et ouvrir la portière pour Kendall, qui hocha la tête d'un air protecteur. Cette attitude confirma tous les soupçons d'Olivia. Son père avait énormément à prouver ! La limousine était longue comme deux voitures normales et son luxe calculé pour écraser Zach, simple shérif de Bardill's Ridge. On cherchait à bien lui faire sentir qu'il n'appartenait pas au même monde qu'eux.

De son côté, Zach ne semblait pas capter le message. Apparemment tout à fait imperméable à la démonstration, il ouvrit l'autre portière à Olivia et la fit monter la première. A l'instant où Kendall se penchait pour monter dans la voiture, Zach murmura à l'oreille de la jeune femme :

— Ne me défendez pas. Je saurai lui parler.

— Il fait son rouleau compresseur parce qu'il a peur qu'Evan vous aime davantage que lui, glissa-t-elle en retour.

— Il vous a aidée, il s'est occupé de notre fils. Ecoutez… ce n'était pas facile pour vous de venir au Tennessee, je m'en rends bien compte. Vous l'avez fait pour Evan. Votre père, lui, a besoin de défendre sa position. Laissons-le dire ce qu'il a sur le cœur. Je peux encaisser quelques piques si ça doit faciliter les choses par la suite.

— Je suppose que c'est la bonne attitude, concéda-t-elle.

Elle se pencha à son tour et se glissa à l'intérieur. Son père avait déjà pris place sur la banquette principale ; Zach s'assit près d'elle sur la plus petite, dos au chauffeur. D'un geste expansif, Kendall ouvrit le bar et en sortit une bouteille de scotch. Instinctivement, elle fit un geste pour le retenir.

— Il est à peine midi…

— J'ai l'impression d'entendre mon médecin !

— Je veux que tu prennes soin de toi.

D'un geste très naturel, Zach la débarrassa de sa serviette, la posant de l'autre côté de lui. Ce mouvement tout simple les souda tous les deux face à Kendall.

— Parlons d'Evan, dit-il alors.

Kendall lança à sa fille un regard expressif ; de son côté, elle s'efforçait de masquer sa propre surprise.

— Quels sont vos projets, Calvert ?

Elle se hâta d'intervenir :

— Il est un peu tôt pour faire des projets. Présentons déjà Zach à Evan et nous saurons mieux où nous en sommes.

— Ridicule, coupa immédiatement Kendall. Pas question d'exposer Evan avant de connaître les intentions de Calvert.

— J'ai l'intention d'être le père de mon fils.

Il posa les coudes sur ses genoux, son grand corps mal installé sur ce siège étroit, et reprit en pesant bien ses mots :

— J'apprécie énormément ce que vous avez fait en venant me trouver, Olivia. Et aussi ce que vous avez fait, monsieur, depuis la naissance d'Evan.

Son regard s'était tourné un instant vers Olivia ; elle se sentit fondre et fut soulagée quand il se retourna de nouveau vers son père.

— Quant à moi, je veux juste qu'il soit heureux. J'ai cinq années à rattraper et je veux me faire pardonner mon absence.

— On ne rattrape pas cinq années d'absence. Sa mère et moi, nous sommes toute sa famille.

Kendall prit l'un des verres de cristal rangés dans un compartiment du bar, le remit aussitôt à sa place et assena :

— Nous lui avons toujours suffi.

— Nos deux familles viennent de s'agrandir, répondit simplement Zach. J'aimerais m'entendre avec vous, et ce serait aussi

plus facile pour Olivia et Evan, mais ne vous y trompez pas :
je ne suis pas là pour faire de la figuration.

Olivia s'agrippa des deux mains au siège de cuir— mais l'ex-
plosion qu'elle redoutait ne vint pas. Son père tapotait posément
le genou de son élégant complet noir.

— Ma fortune n'entre pas en jeu pour vous ?

— Mon compte en banque ne se compare pas au vôtre mais
Evan a peut-être déjà assez d'argent. Ce que je peux lui apporter
est d'une autre nature. Maintenant qu'Olivia m'a retrouvé, cela
n'aurait aucun sens de ne pas se voir.

Le visage de Zach se crispa un instant. Elle sentit qu'il les
autorisait à entrevoir une souffrance bien cachée.

— Je ne représente pas un risque pour vous. Je ne connais
pas mon fils et lui me croit mort — chacun de nous deux sera
plus entier grâce à l'autre. Il ne s'agit pas d'autre chose.

— Et si je ne vous crois pas ? demanda Kendall.

Olivia posa la main sur celle de Zach pour lui demander de
la laisser répondre. Ce contact la bouleversa mais elle regarda
son père bien en face pour lui dire :

— Il n'est pas nécessaire que tu le croies. Je suis convaincue,
moi.

Couvrant sa main de la sienne, Zach reprit, en s'adressant
toujours à Kendall :

— Je comprends que vous vouliez les protéger mais je fais
partie de la donne, maintenant. Je peux vous assurer que je ne
disparaîtrai plus, et que je ne ferai jamais passer mon intérêt
avant celui de mon fils. J'ai appris son existence il y a moins
de vingt-quatre heures et je suis déjà ici. Que puis-je faire de
plus pour vous convaincre ?

Il s'attendait à un commentaire fielleux mais Kendall se laissa
aller contre le dossier de son siège en soupirant :

— Bon ! Maintenant, nous savons où nous en sommes.

Olivia fut stupéfaite d'entendre trembler sa voix. Derrière lui, le coffre s'ouvrit : Ian chargea rapidement leurs bagages et vint prendre place près du chauffeur. Immédiatement, la longue limousine s'écarta du trottoir et se fondit dans la circulation.

— Une dernière chose, papa, dit-elle.

Si elle détestait douter des intentions de son père, elle savait trop bien qu'il n'en faisait jamais qu'à sa tête, sans tenir compte des éventuelles retombées de ses actes.

— Tu n'as pas parlé de Zach à Evan, dis-moi ?

— J'y ai pensé, avoua-t-il franchement. Mais j'ai décidé que tu voudrais le faire, et que Calvert était en droit de lui dire ça à sa façon.

Et ce fut la fin de la partie de bras de fer. Ou du moins elle l'espérait !

5.

Pendant toute la traversée de Chicago, Zach observa attentivement les rues et les immeubles qui ne lui rappelaient rien.
Les banlieues et leurs centres commerciaux, les églises, les rues
résidentielles et enfin les buildings, chaque bâtiment, chaque
carrefour, chaque visage qui se tournait vers la longue voiture
noire restait implacablement anonyme. Manifestement, il avait
mieux enregistré les instructions permettant de démonter un fusil
d'assaut que le chemin pour rentrer chez lui ou pour retrouver
une femme qu'il aimait. Pourquoi les armes étaient-elles restées
gravées dans son cerveau alors qu'Olivia lui échappait ?

A moins qu'il n'ait fait que s'amuser avec elle ? Non, cela,
il refusait de le croire ; il ne fonctionnait tout simplement pas
comme cela. Ses efforts pour sauver son mariage avec Hélène
avaient été sincères et il ne s'était tout de même pas trompé sur
le compte de deux femmes en l'espace de quelques mois !

Il risqua un regard vers Olivia, s'efforçant de retrouver des
sensations : peut-être celle de la texture de ses cheveux ou la
chaleur douce et vivante de sa peau au creux de ses mains ?
Assis tout près d'elle, baigné dans son parfum, chaque respiration était un plaisir inattendu. Aujourd'hui, il la trouvait
fascinante et désirable — que s'était-il passé entre eux six ans
auparavant ?

Sentant sans doute son regard peser sur elle, elle tourna la tête et lui sourit. Puis elle détourna la tête, mais pas assez vite pour cacher la vague de rougeur qui montait de sa gorge vers ses joues. Zach se détourna à son tour… pour se heurter au regard méfiant de James Kendall.

— Vous reconnaissez quelque chose ?

Zach secoua la tête. Un nouvel affrontement se préparait, il le sentait bien. Cherchant à changer le sujet, il demanda :

— Vous vivez avec votre père, Olivia ?

Elle secoua si vigoureusement la tête que ses cheveux s'ouvrirent en corolle sur ses épaules.

— Nous avons notre appartement, Evan et moi. Papa l'a seulement gardé pendant mon déplacement dans le Tennessee.

— Vous devriez tout de même reconnaître quelque chose, s'obstina Kendall qui ne cachait pas ses doutes quant à l'amnésie de Zach. Olivia vous a emmené chez nous plusieurs fois.

Avec un geste mélodramatique, il étala les bras sur le dossier de son siège et lâcha :

— Je ne vous faisais pas confiance non plus, à l'époque.

— Papa…, commença Olivia.

Zach tendit une main apaisante vers elle. Il tenait à ne pas devenir un sujet de conflit entre Olivia et ce père cynique et surprotecteur.

— Je ne peux pas vous expliquer ce qui m'est arrivé dans cet accident, mais ce n'est pas de moi d'avoir abandonné Olivia sans le moindre mot d'explication, ni sans être au courant pour le bébé.

Il attendait une réponse perfide mais l'autre homme se contenta de glisser un regard vers sa fille, de serrer les dents et de se tourner vers la vitre en silence. Zach suivit son exemple. Ils entraient dans un quartier plus huppé, aux larges trottoirs ombragés. Le lierre et la vigne vierge habillaient les murs d'enceinte en brique des propriétés ; parfois, on entrevoyait une pelouse derrière un portail. Derrière ces remparts se dressaient des maisons appartenant à des familles comme les Kendall, des maisons parfaitement inaccessibles pour un type tel que lui. Kendall avait gaspillé de son précieux temps en venant les accueillir à l'aéroport : Zach aurait tout de suite compris que cette vie n'était pas la sienne. Jamais il ne se sentirait à sa place ici.

Et son fils, né dans cette ambiance, héritier d'une immense fortune, comment verrait-il cet inconnu descendu de ses montagnes, et qui disait être son père ? Zach n'avait pas d'argent, aucune connaissance de ce milieu, il revenait d'entre les morts… Il avait beau essayer de se mettre à la place du garçon, il ne parvenait pas à imaginer sa réaction.

Le chauffeur vira vers le mur le plus élevé et immobilisa souplement la voiture devant un portail de fer forgé. Ouvrant sa vitre, il tapa un code sur le panneau numérique monté sous l'Interphone ; le portail s'écarta, révélant une large allée courbe montant en pente douce à travers une pelouse bordée d'arbres. Cela ne ressemblait guère au terrain de jeux d'un petit garçon.

L'allée s'élargit et Zach découvrit un manoir Tudor blotti derrière une haie taillée avec une précision inhumaine. La propriété entière semblait sortir des pages d'une revue de luxe… et c'était le monde d'Evan.

Un instant, Zach comprit l'attitude de Kendall. Bien sûr, lui-même avait une nombreuse famille prête à couvrir Evan de tendresse ; étroitement encadré et protégé depuis son plus jeune âge, le garçon adorerait peut-être courir librement dans les bois, sillonner avec Lily les sentiers de son enfance. En revanche, il ne pourrait lui offrir aucun des jouets auxquels il avait été habitué.

Il saisit le reflet de Kendall dans la vitre. A voir son expression satisfaite, ils partageaient les mêmes pensées ! Si Olivia attachait peu d'importance à la fortune familiale, son père partageait tout à fait le point de vue d'Hélène.

— Ne vous laissez pas impressionner, dit-elle tranquillement. Ce n'est pas si grand.

Quel judicieux conseil — si seulement il parvenait à le suivre ! Pour l'instant, il se demandait surtout jusqu'où Evan se laissait influencer par Kendall.

Ils se garèrent devant un large perron de pierre. Instantanément, les grandes portes hérissées de ferrures s'ouvrirent et un homme en costume sombre émergea lentement, tel un maître d'hôtel dans un vieux film muet. Ian ouvrit la portière de son patron et Kendall descendit, Olivia à sa suite. Zach mit pied à terre le dernier, le cœur tremblant dans l'attente de la petite silhouette qui jaillirait de la maison...

— Où est Evan ? demanda Olivia.

Kendall se retourna vers elle, l'air surpris.

— Là-haut, je suppose, avec la nounou.

Zach lui jeta un regard interrogateur. Elle avait bien parlé d'une nounou quand Evan était petit mais aujourd'hui ? Si elle voulait vraiment que son fils mène une vie normale... Sans se démonter, elle prit sa serviette et son sac des mains d'Ian en le remerciant d'un sourire.

— Je vous ai parlé de Mme Nedland, dit-elle. Elle a pris sa retraite quand Evan est entré à la maternelle mais je lui ai demandé de donner un coup de main à papa pendant mon absence.

Il approuva de la tête, un peu honteux de l'avoir méjugée hâtivement. Un homme plus généreux serait sans doute heureux de savoir son fils si bien entouré.

— Laissez-nous vous faire visiter notre foyer... encore une fois, s'écria Kendall, expansif, en gravissant le perron.

— Papa, je veux voir Evan et j'aimerais vraiment que tu cesses d'être désagréable avec Zach.

83

Le terrible Kendall ne se retourna même pas. Entrant dans son fastueux « foyer », il lâcha par-dessus son épaule :

— Je demande à Mme Nedland de faire descendre Evan.

Dès que ses pieds touchèrent le marbre du hall, Zach s'arrêta net. Le plafond flottait très loin au-dessus de sa tête, et lui-même se sentait de la taille d'un insecte. Au centre d'une immense table ancienne, des roses somptueuses aux pâles pétales bordés de rouge se recourbaient dans un vase oriental, remplissant l'air de leur parfum exquis. Ian s'éloignait déjà, emportant les bagages dans l'escalier à double volée de marches en forme d'accolade. Olivia jetait ses affaires sur la table, distraitement, sans se soucier d'en rayer la surface ; son père, très grand seigneur, se retournait vers lui, ouvrant les bras avec fierté.

Zach lutta contre un sentiment de panique et l'envie d'envoyer bouler tout le monde — y compris le garde du corps — pour monter chercher son fils. Cette rencontre devait avoir lieu très vite, avant que Kendall ne parvienne à le convaincre qu'il n'était pas quelqu'un de fréquentable.

— Allons dans la bibliothèque, proposa Kendall.

— Nous pourrions monter, dit Zach.

— J'aimerais autant, papa. J'en ai assez de ton petit jeu.

— Je voudrais vous parler à tous deux.

Kendall respira à fond et ajouta, l'air de faire une énorme concession :

— S'il vous plaît.

Zach supposa qu'il entamait un nouveau « petit jeu » et Olivia était manifestement de son avis.

— Papa…, soupira-t-elle.

Elle échangea un regard avec Zach mais suivit tout de même son père. Comme il n'avait plus d'autre choix, Zach leur emboîta le pas. Derrière une porte à deux battants, il découvrit des murs revêtus de cuir fin entre de larges rayonnages remplis de volumes brochés : pas d'éditions de poche pour les Kendall !

Un petit escalier en colimaçon menait à une galerie et un second étage de rayonnages. Quelqu'un lisait-il ces livres ? Zach luttait maintenant contre une angoisse différente de celle qu'il avait ressentie dans l'avion. La vie d'Evan lui semblait de plus en plus incompatible avec un avenir à Bardill's Ridge.

Kendall les entraînait vers un canapé de cuir situé devant une cheminée monumentale.

— Asseyez-vous, Calvert. Olivia, tu as froid ? Je peux demander qu'on fasse une flambée.

— Non, merci, papa. Contente-toi d'appeler Evan.

Sans commentaire, l'homme se dirigea vers le bureau qui trônait devant une immense fenêtre en ogive tendue de rideaux ivoire. Olivia tourna sur elle-même, trop énervée pour s'asseoir. Le jeu était clair : Kendall s'efforçait de les contrôler, tout devait se passer devant lui. Zach reconnaissait les manœuvres car c'était tout ce qui restait de leurs anciens rapports, à Hélène et à lui.

Là-bas, Kendall soulevait le combiné du téléphone, en parlant à mi-voix. Saisissant l'occasion, Zach alla rejoindre la mère de son fils, ses pas claquant sur le plancher luisant. Elle leva les yeux vers lui et il fouilla son regard, cherchant une fois de plus à y retrouver ce qu'ils avaient représenté l'un pour l'autre. Pourquoi avait-il tant envie de la toucher ? Ils comptaient partager un fils et rien d'autre, et il ne pouvait rien lui offrir de plus que sa gratitude.

« Oublie Kendall », s'enjoignit-il. Seule Olivia avait un vrai pouvoir de décision et elle avait choisi de les réunir, Evan et lui. Avant l'arrivée d'Evan, et avant que Kendall ne termine sa communication, il devait lui dire un dernier mot. Jetant un coup d'œil vers le bureau, il lui prit la main.

— Merci, murmura-t-il. Vous avez tout fait pour que les choses se passent dans les meilleures conditions possibles. Vous auriez parfaitement pu ne pas me prévenir du tout.

En guise de réponse, elle lui adressa un demi-sourire qui lui en apprit beaucoup sur elle. A l'inverse de son père, elle n'aimait pas les jeux de pouvoir. Quand il lui parlait, elle l'écoutait réellement — ce n'était pas une pause dont elle profitait pour élaborer sa stratégie. Il s'aperçut qu'il avait très envie de lui faire confiance.

— Je ne vous aurais pas caché Evan, dit-elle. Même si je commence à penser que j'aurais dû l'emmener à Bardill's Ridge plutôt que vous traîner ici.

— Je n'en veux pas à votre père, dit-il sincèrement. Je ne comprends pas pourquoi il veut m'éloigner d'Evan, mais je vois bien qu'il cherche à vous protéger tous les deux.

— J'espérais que nous ferions tous de notre mieux pour vous mettre à l'aise…, murmura-t-elle, l'air tout à coup beaucoup plus jeune et beaucoup moins sûre d'elle. Papa ne comprend pas que je prenne le risque de laisser Evan aimer quelqu'un d'autre.

— Ça, je l'ai bien saisi mais j'ai l'impression qu'il vous contrarie. Ne vous préoccupez pas de ce qu'il peut me dire.

— Il s'habituera à vous. Je ne lui laisserai pas le choix.

Elle se tourna vers son père et cette fois, il perçut dans son attitude un soupçon de l'arrogance de Kendall.

— Je me demande si je serais aussi… généreux que vous dans les mêmes circonstances, dit-il à mi-voix.

— Bien sûr que oui. Avez-vous jamais cherché à séparer Lily d'Hélène ? Malgré vos rapports difficiles ?

Elle avait dégagé sa main. Il lui sourit, appréciant la réplique. C'était bien simple, il ne parvenait tout simplement pas à imaginer pouvoir passer du temps avec son fils sans devoir se battre comme il se battait pour chaque heure passée avec Lily. Il avait l'habitude d'analyser dans ses moindres détails chaque parole d'Hélène pour déceler la contrepartie cachée. La difficulté avec Olivia serait d'admettre qu'il n'y avait aucun sous-entendu dans ses propos. En fin de compte, tout allait peut-être très bien se passer !

— Nous allons nous en sortir, dit Olivia au même instant. Nous sommes une sorte de famille, maintenant. Evan s'y retrouvera très bien.

Le sang battait dans le petit creux entre ses clavicules. Fasciné, il contempla ce mouvement et serra les poings pour se retenir de la toucher de nouveau.

— Nous ne pouvons plus faire machine arrière, dit-elle encore.

— Je n'ai aucune envie de revenir en arrière, dit-il confusément. La diplomatie n'est pas mon fort, je ne sais pas bien faire confiance mais je vous suis très reconnaissant. Pour l'occasion que vous m'offrez de connaître mon fils... et aussi de m'avoir pardonné.

A moins qu'il n'ait rien compris, comme d'habitude, pensa-t-il en voyant le beau visage levé vers lui changer imperceptiblement d'expression. Il avait le don de tout interpréter de travers, et il ne parvenait jamais à saisir ce qu'Hélène attendait de lui. Quand celle-ci avait compris qu'il n'incarnerait jamais le héros de ses rêves, elle lui avait refusé l'amour qui aurait pu sauver leur mariage. Il en était resté sur sa faim et pourrait facilement être subjugué par une femme capable d'aimer sans égoïsme.

— Evan descend, dit la voix de James Kendall.

Le grondement de la voix fit éclater la bulle qui les avait isolés tous les deux pendant quelques instants, les ramenant à la réalité. Olivia s'écarta d'un pas et Kendall jeta à Zach un regard soupçonneux.

— Que pensez-vous de la maison ? Ce n'est pas ce dont vous avez l'habitude, je présume ?

— C'est très beau, dit-il, lui qui se fichait totalement de ce tas de briques et de bois précieux.

La porte allait s'ouvrir, Evan allait entrer ! Fourrant les mains dans les poches de sa veste, Olivia se planta devant son père.

— Ne recommence pas. Pour la dernière fois, avant qu'Evan n'arrive, je veux que tu comprennes bien une chose : tu dois cesser d'essayer d'intimider Zach.

— Tu n'as pas envie qu'il comprenne de quoi est faite l'existence de son fils ?

— Evan habite un trois pièces.

— Avec vue sur le lac Michigan ! Et vous, que pouvez-vous lui offrir, Zach ?

Un poing dans la figure de son grand-père ?

— Tout ce que je pourrai lui apporter.

— Et vous serez là-bas ? sourit Kendall, apparemment enchanté de le voir rester dans le vague. Dans le Tennessee, alors qu'Evan vit ici ? Vous ne saisissez pas le problème ?

— Je n'ai aucune intention de vous évincer de sa vie, monsieur, mais vous êtes son grand-père. Olivia et moi, nous sommes ses parents. Vous semblez chercher la bagarre et je peux parfaitement vous répondre sur ce même registre, mais je crois qu'Evan sera plus heureux si nous lui offrons une famille unie.

Dans le silence assourdissant qui s'ensuivit, un bruit de petits pieds galopant sur le sol du hall se fit entendre et un garçon fit son apparition sur le seuil de la bibliothèque. En pantalon de toile et chemisette de golf, il ressemblait à un adulte en miniature. Il ne sembla voir qu'une seule personne : Olivia.

— Maman !

Traversant la salle comme une fusée, il se jeta dans ses bras avec tant d'énergie qu'elle tituba sous le choc en riant. Entre le sourire d'Olivia et les cheveux blonds d'Evan, la pièce était subitement tout illuminée. Les yeux fermés, comme transfigurée de bonheur, Olivia berça son fils. Ils n'avaient été séparés que pendant deux jours mais ils se comportaient comme s'ils ne s'étaient pas vus depuis un mois. Ce ne sera pas facile pour elle de partager son petit, pensa Zach avec compassion. Il se jura de faire le moins de vagues possible.

Evan avait noué les jambes autour de la taille de sa mère, et riait joyeusement. Muet, emprunté, Zach attendait qu'il remarque sa présence. Comment devait-il s'y prendre ? Le garçon — son garçon — n'était plus un bébé, cela faisait longtemps qu'il avait prononcé son premier mot, écrit son nom pour la première fois, fait son premier cauchemar. Il portait en lui cinq années exubérantes dans lesquelles il n'avait joué aucun rôle, et il ne voulait pas… l'abîmer.

— J'ai conduit un kart, maman. Et j'ai mangé trois hot dogs. Grampy dit que je peux avoir un chiot.

— Tu cherches à l'acheter avec un chien, papa ?

La phrase était sèche mais Olivia riait en la lançant. Radouci, lui aussi, par la présence de son petit-fils, Kendall grogna :

— Un homme fait ce qu'il doit faire.

— Pour le chiot, tu veux bien ? Je peux ? insista Evan en glissant le long du corps de sa mère.

Dès qu'il toucha le sol, il s'empara de sa main pour se balancer… et manqua tomber quand il remarqua l'autre homme dans la pièce.

— Bonjour, monsieur, dit-il.

Zach en resta muet de saisissement. Il n'avait encore jamais entendu un gamin de cinq ans appeler qui que ce soit « monsieur » ! Cette génération tutoyait tout le monde !

— Bonjour, dit-il. Je suis…

Les mots lui firent défaut. Il ne voulait surtout pas l'effrayer ! Olivia et lui n'avaient même pas discuté de la façon dont le petit s'adresserait à lui. Il ne voulait pas voir ce garçon si poli l'appeler papa simplement parce que techniquement, il méritait le titre.

— Je suis Zach Calvert, dit-il.

— Monsieur Calvert.

Le garçon tendit la main et serra fermement la sienne.

— Vous travaillez pour maman ? Elle pourra vous montrer une photo de mon chiot, quand je l'aurai.

Zach leva les yeux vers Olivia, qui regarda son père.

— Tu peux nous laisser seuls quelques minutes ? demanda-t-elle.

Le nez de Kendall se pinça ; un court instant, Zach ressentit de la peine pour le puissant Kendall. Depuis cinq ans, ce dernier remplissait une partie du rôle de Zach ; aujourd'hui, il devait accepter l'irruption d'un étranger dans leurs vies, alors qu'il pensait depuis toujours que Zach avait plaqué sa fille.

— Je serai à côté, dit Kendall. Si tu as besoin de moi…

— Merci, papa.

Laissant Evan, elle accompagna son père jusqu'à la porte, la main sur son épaule. Zach comprit que, bien que peu nombreux, les membres de cette famille si différente de la sienne étaient très proches malgré les conflits.

Kendall lui lança un dernier regard, puis Olivia referma les portes et revint lentement vers eux. Evan avait sans doute perçu la tension ambiante, car il se tenait bien droit, les pieds écartés et les mains croisées dans son dos comme un petit homme.

— J'ai fait une bêtise, maman ? demanda-t-il.

Puis, levant un regard méfiant vers Zach :

— Vous êtes de mon école ?

— Je ne suis au courant d'aucune bêtise mais je devrais peut-être passer un coup de fil à l'école, dit Olivia en riant.

— Non, mais tu es fâchée ? Tu es toute drôle.

— Je suis drôle parce que j'ai très envie que tu sois ami avec Zach. C'est quelqu'un d'important pour toi mais nous avons un peu de mal à te dire pourquoi.

— Vous avez raison, dit brusquement Zach. Nous sommes en train de tout compliquer alors que c'est une bonne nouvelle, Evan.

90

Il n'aurait pas aimé devoir annoncer de but en blanc pareille nouvelle à Lily, mais il fallait bien sauter le pas ! Il s'accroupit devant son fils pour qu'ils puissent se regarder en face.

— En tout cas, j'espère que tu seras content, lui dit-il. Tu connais des enfants dont les papas et les mamans se sont séparés ?

— Comme quand ils *avorcent* ?

— Divorcent, corrigea Olivia à mi-voix en s'agenouillant près d'eux. Mais ton papa et moi, nous n'avons pas divorcé.

Zach s'efforça de reprendre le fil de sa pensée. Comment fait-on pour revenir d'entre les morts d'une façon compréhensible pour un gamin de cinq ans, sans le traumatiser à vie ?

— Je cherche une comparaison…, marmotta-t-il.

— Allez-y franchement, suggéra-t-elle sur le même ton.

De plus en plus troublé, Evan laissa échapper un petit son étranglé. Ses paupières rougirent, il allait se mettre à pleurer… Zach se lança.

— Ta maman et moi, on se connaissait il y a longtemps, avant que tu sois là. Nous étions *ensemble* tous les deux.

Jusqu'ici, cela pouvait aller.

— Mais moi, j'ai été obligé de partir en voyage, et quand ta maman a appris que tu allais naître, elle n'a pas pu me retrouver. J'avais eu un accident et je ne me souvenais plus d'elle. J'avais pris un coup sur la tête qui m'avait fait oublier beaucoup de choses.

— Vous aviez oublié *maman* ?

Les yeux d'Evan, aussi verts que les siens, s'étaient arrondis sous le choc. Zach ne put retenir un sourire. A lui aussi, Olivia semblait très difficile à oublier.

— C'était encore pire que ça : je ne savais pas qu'elle attendait un bébé et quand tu es né, je ne savais pas que je devais venir pour être ton papa.

Il se tut pour laisser ce mot faire son chemin et attendit une réaction. Celle-ci tarda pendant deux interminables secondes, puis le petit recula, le visage crispé. Ses petits poings plaqués contre ses côtes, il bredouilla :

— Mon papa ? C'est vous mon…

Il avala sa salive avec difficulté ; son pouls battait dans le creux de sa gorge, exactement comme chez Olivia.

— J'ai toujours voulu un papa.

Zach sourit sans rien dire et le laissa réfléchir. En face de lui, Olivia semblait retenir son souffle. Evan s'appuya contre le genou de sa mère, mais c'est vers lui qu'il leva la tête.

— Où est-ce que vous habitez ? Vous avez un appartement comme nous ?

— Je vis dans le Tennessee.

Le garçon se retourna vers sa mère.

— Tu crois qu'on sera bien dans le Tennessee ?

Elle faillit s'étrangler de saisissement. A cet instant, la porte à deux battants au fond de la pièce s'ouvrit brutalement et le grand James Kendall trébucha en avant en battant des bras pour retrouver son équilibre. C'était assez comique d'imaginer que l'empereur des médias s'était tenu l'oreille collée au trou de la serrure… mais Zach décida qu'il aurait une meilleure chance de communiquer avec son fils s'ils apprenaient à se connaître loin du grand-père !

Lors du déjeuner en tête à tête avec son père — auquel elle ne toucha quasiment pas —, Olivia ne cessa de penser à Evan et Zach qui partageaient leur propre repas dans la salle de jeux à l'étage. Evan avait proposé cette solution car il voulait montrer ses affaires à son papa.

— Tu te rends compte ? Il l'appelle déjà papa ! dit-elle.

— Ça ne te plaît pas ? s'empressa-t-il de demander, satisfait de constater que sa fille semblait troublée par ce fait. Tu peux toujours lui demander d'attendre de le connaître un peu mieux.

— Non, non, je suis contente…

Reprenant ses couverts, elle contempla son assiette, incapable d'avaler la moindre bouchée.

— Je pensais tout de même qu'il aurait besoin de moi pour l'aider à y voir clair, pour commencer, avoua-t-elle.

— Tu recommences à te sentir abandonnée ?

— Par mon fils, papa, mais pas par Zach. D'ailleurs, ce n'est pas sain.

— C'est humain. Enfin, que peut-il lui donner que nous ne puissions lui apporter au centuple ? Tu aurais dû réfléchir avant d'emmener ce type chez nous.

— Je pourrais réfléchir mille fois, j'arriverais toujours à la même conclusion que Zach et Evan ont le droit de se connaître et de s'aimer s'ils le peuvent.

— Calvert est nouveau — comme ce chiot dont il a si envie.

Il s'éclaircit bruyamment la gorge et marmotta :

— Ma seule consolation, c'est de l'imaginer à la table de la salle de jeux avec ses genoux à hauteur des oreilles.

Olivia ne put s'empêcher de sourire. Son père et elle étaient tous deux passés par l'épreuve de cette table trop basse, aux chaises minuscules. Evan, qui considérait la salle de jeux comme son domaine exclusif, organisait des « réceptions » pour eux, avec des batailles de soldats de plomb vieux d'un siècle, des classes devant le tableau noir qui avait appartenu à Olivia, et de longues séances avec le merveilleux train électrique que Kendall père lui avait acheté parce qu'il en avait si envie lui-même.

— Zach s'amuse probablement davantage là-haut que nous ici, dit-elle assez froidement.

— Ce serait mal vu d'espérer qu'il s'éborgne avec un ustensile ?

Excédée, elle repoussa sa chaise.

— Il va falloir t'y faire, tu sais. Ne force pas Evan à choisir entre vous.

— C'est choisi d'avance ! Je suis près de lui depuis le jour de sa naissance.

— Je t'en prie, je refuse d'entendre ton discours de patriarche. Il n'y aura de choix que si tu le forces à choisir. Et réfléchis bien à une chose, papa : j'ai pris un appartement parce que tu t'obstinais à vouloir tout décider pour nous et pourtant, tu me manquais et notre maison aussi, mais j'ai préféré partir. Je suis bien décidée à donner à Zach sa chance auprès de notre fils, même si tu estimes qu'il ne la mérite pas. Ne l'oblige pas à faire ce que j'ai fait, en emmenant Evan loin d'ici lorsqu'il l'aura avec lui.

— Il l'emmènera dans le Tennessee. Nous ne les verrons jamais ensemble, nous ne pourrons pas avoir un œil sur ce qui se passe entre eux. Et toi, tu sembles oublier qu'il t'a quittée.

— Il n'avait pas le choix, dit-elle, luttant contre l'image insupportable qu'il venait d'évoquer : Evan partant en vacances dans le Tennessee alors qu'elle restait ici.

— C'est ce qu'il dit. Je pense toujours qu'il aurait pu t'en dire plus avant de partir pour t'éviter de t'inquiéter.

— Je me serais quand même inquiétée en ne le voyant pas revenir.

Pensait-il vraiment que Zach mentait au sujet de son amnésie, ou avait-il besoin de se poser en victime pour renforcer sa position ? Ce serait infantile — mais son père était bien souvent l'enfant de la famille.

— Cesse de chercher à me faire changer d'avis. J'ai presque aussi peur que toi et tu ne fais rien pour me faciliter les choses.

— Rien ne m'oblige à faciliter cette folle entreprise. En tout cas, pas tant que je ne serai pas convaincu que Calvert ne va pas vous jouer un sale tour. Je n'ai jamais fui les responsabilités.

— Pour une fois, j'aimerais bien que tu le fasses !

Elle secoua la tête, irritée et un peu déçue par son attitude.

— Tu veux toujours que la vie se plie à tes critères. Dans ton esprit, Evan et moi, nous ne manquons de rien alors, pourquoi réparer ce qui marche à merveille ?

— Exactement, lança-t-il avec une assurance écrasante.

— Et Zach devrait payer parce qu'il n'a pas tout déballé avant d'être blessé. Tu te trompes, papa. Je te demande ton soutien. Ne crée pas de problèmes à Zach parce que quand tu le fais, tu me mets dans une position intenable.

— Je ne te ferais jamais de mal, protesta-t-il.

— Pas délibérément, non.

— Je suis obligé d'être prudent parce que toi, tu prends des décisions insensées. Au fond, que sais-tu de lui ?

— Nous avons fait mille fois le tour de la question avant que je parte pour le Tennessee. Je sais tout ce que j'ai pu découvrir à son sujet.

— Et ses rapports avec son ex-femme ?

Il n'avait pas à savoir ce que Zach lui avait expliqué en privé ; elle préféra taire ses propres inquiétudes.

— Hélène s'efforce de le tenir à distance parce qu'elle estime que Lily aura une vie meilleure avec l'argent de son beau-père.

— Je trouve qu'Hélène n'a pas tort.

— Tu penserais le contraire si tu n'avais pas si peur de voir Zach mettre les mains sur ce fichu empire dont tu ne cesses de te vanter. Evan et moi, nous ne sommes pas tes objets, ni même tes sujets. Evan est un petit garçon qui a enfin un papa.

Elle respira à fond. Ce qu'elle voulait dire maintenant n'était pas facile. Leurs rapports n'étaient pas des plus tendres, ils s'affrontaient souvent et se blessaient souvent. Elle se lança pourtant :

— Il a besoin de lui comme moi, j'ai besoin de toi.

— Mais je…

Il se tut, resta un instant immobile, les mains posées à plat sur la table, puis il se leva, le visage crispé par l'émotion. Contournant la table, il vint s'agenouiller près d'elle dans un craquement sonore des deux rotules et la prit maladroitement dans ses bras. Emue, elle se laissa aller contre lui, stupéfaite de sentir à quel point ce réconfort, donné à contrecœur, pouvait encore être efficace.

— Merci, papa.

— Je te protégerai tant que je serai en vie.

— Je ressens la même chose pour Evan.

C'était un avertissement. S'il ne pouvait s'empêcher de provoquer sans cesse Zach, elle casserait tout. Pour le bien de son fils !

— Je ferais bien de te mettre au courant, dit-il.

— Au courant ?

— J'ai organisé une conférence de presse.

Elle se raidit, incrédule, à la fois furieuse et blessée. Elle aurait dû se douter que ce geste d'affection si inhabituel cachait quelque chose !

— Papa, tu plaisantes… Tu comptes leur parler de Zach ?

Il se redressa sur ses talons. C'était stupéfiant, mais il semblait surpris.

— La plupart des invités viendront de nos journaux et nos stations de télé. Tu veux que nos lecteurs tirent des conclusions erronées au sujet de tes rapports avec Zach, ou tu préfères cibler ce qu'ils ont à savoir ?

Elle bredouilla, incapable de trouver ses mots.

— Tu parles de maîtriser l'info… alors qu'il s'agit de ton petit-fils ?

— Je dois encore t'expliquer ça ? Tu as oublié les photos de toi à ton bal de Terminale ?

— Je n'ai pas oublié que tu avais prévenu les photographes.

96

Il eut la grâce de manifester un peu de gêne.

— Je savais que ton départ en fac pourrait intéresser les médias, d'autant plus que tu refusais d'aller à Princeton comme cela se fait dans notre famille depuis des générations. Je voulais qu'on diffuse notre version de l'histoire, pas qu'on te suive à la trace pendant ta première journée de cours.

— Et tu as été content de la façon dont ça s'est terminé ?

— Si tu n'étais pas sortie avec ce hippie fumeur de hasch, nous aurions donné notre version de ta vie de lycéenne et plus personne n'aurait eu envie de parler de toi quand tu as commencé la fac.

— Je ne vais pas me disputer avec toi à cause d'une unique sortie avec un garçon que je connaissais à peine. Personne d'autre n'osait m'inviter au bal de fin d'études parce qu'on avait trop peur de voir débarquer les caméras de la télé.

Pressant les mains sur ses oreilles, elle s'exclama :

— Tu remets toujours cette histoire ridicule sur le tapis, papa, mais Tommy Pitt n'avait goûté au hasch qu'une seule fois et ça ne fait que prouver ce que je dis : tu ne peux pas contrôler tout ce qu'on écrira sur nous. Annule ta conférence de presse. Les gens m'oublieront. D'ailleurs, si tu ne parlais pas de moi, ils se ficheraient de mes faits et gestes.

— Quand cesseras-tu d'oublier qui tu es ?

— Et toi, essaie de penser à ton petit-fils et fais passer son bonheur avant le tien !

— Moi, je ne pense pas à Evan ? Je l'aime de tout mon cœur. Tu sais depuis combien de temps je redoute de voir la vérité placardée à la Une ? Je ne peux pas taire l'information, et je veux bien parier que personne d'autre ne passera à côté. Nos rivaux seront trop contents de consacrer des gros titres à la liaison illicite de ma fille. Et quant au fils que l'amant a abandonné… !

Il redessa, frottant ses rotules qui protestaient encore. Cette fois, Olivia ne se laissa pas attendrir par le craquement.

— Tu as toujours honte ? lança-t-elle.

Il la fixa longuement, et finit par hocher la tête.

— Je ne t'ai pas élevée pour faire une erreur pareille. Depuis le jour où j'ai appris que tu étais enceinte, j'ai fait de mon mieux pour te protéger des conséquences.

— Des conséquences ? Evan est l'unique conséquence qui m'intéresse et je n'ai pas honte de lui. Tu ne feras pas de confession publique à ma place ! Même si tu crois que tu te sentiras mieux en te justifiant devant tous tes vieux camarades et tous tes vieux ennemis.

— Laisse-moi le champ libre pour une fois et tu verras si je ne fais pas exactement ce qu'il faut.

— C'est à moi de décider ce que je souhaite pour lui. Annule la conférence, répéta-t-elle.

— Et si je refuse ?

— J'emmènerai Evan. Je l'éloignerai de toi encore une fois. Je t'ai pardonné toutes les infos que tu as fait circuler sur mon compte mais je pensais que tu comprenais, pour Evan. Je pensais que tu nous aimais assez tous les deux pour te ficher enfin du passé.

Il secoua la tête, incrédule.

— Je crois que je saisis un peu mieux que toi comment marche le monde. Laisse-moi protéger mon petit-fils. Tu te fiches sincèrement de ce que cela signifiera pour lui si on apprend la vérité sur sa naissance ?

Elle serra les dents. Le moment était venu de tenir parole et de tout casser.

— Tu n'as plus ta place dans sa vie ou dans la mienne tant que tu n'auras pas trouvé un moyen de te faire pardonner ce que tu viens de dire.

6.

Adossée contre un mur du couloir noyé dans l'ombre, Olivia contemplait la porte de la salle de jeux. Avant d'interrompre le tête-à-tête qui se déroulait à l'intérieur, elle tenait à se calmer. Une curieuse sensation de déjà-vu monta en elle, et elle réalisa qu'elle s'était déjà repliée ici une fois. C'était il y a très longtemps et cette fois-là aussi, son souffle s'était bloqué dans sa poitrine. Elle ferma les yeux et la scène entière lui revint à la mémoire. Elle devait avoir six ans. Ce matin-là, alors qu'elle cherchait à se glisser dans la salle à manger avant que son père ne remarque son retard au petit déjeuner, elle l'avait entendu parler au garde du corps de l'époque. Des phrases mystérieuses, menaçantes... elle avait compris tout à coup que quelqu'un menaçait de la kidnapper.

Son père pensait qu'elle ne mesurait pas à quel point sa position faisait d'eux une cible mais elle savait très bien, depuis ce matin lointain, que le nom qu'elle portait pouvait attirer le danger. Aujourd'hui, son attitude était le fruit d'un choix conscient : elle refusait de vivre dans l'angoisse. La naissance d'Evan avait un peu infléchi sa position : pour la sécurité de son fils, elle était prête à toutes les concessions. Mais si elle devait le séparer de son grand-père pour l'empêcher de découvrir que celui-ci avait honte de sa naissance, elle le ferait sans hésiter.

Son père, qu'elle aimait, venait de la trahir. Au mieux, il était difficile à vivre ; au pire, il devenait un monstre d'égoïsme et de tyrannie. Découvrir que, cinq ans plus tard, il se sentait toujours *déshonoré* par les circonstances de la conception d'Evan ! C'était grotesque.

Elle s'était quasiment reprise. S'écartant du mur, elle lissa son pantalon du plat de la main, s'avança et frappa à la porte de la salle de jeux. Au bout d'un instant, la porte s'ouvrit et Evan se pencha à l'extérieur.

— C'est toi ? Tu as faim ? Grampy a tout mangé ?

— Non.

Il s'écarta ; elle s'avança dans la pièce. Maintenant, comment expliquer à Zach ? Il serait sans doute plutôt content d'apprendre qu'elle voulait venir à Bardill's Ridge avec Evan mais... que c'était bizarre de devoir le consulter ! Dans le principe, elle était pour le partage des décisions mais quand il s'agissait de passer à la pratique !

— Vous n'aviez pas à frapper, dit-il.

Elle laissa ses mains retomber sur les épaules d'Evan. Cela lui coûtait de révéler à Zach la dernière inspiration de son père. Comme si cela pouvait encore le surprendre ! Le grand Kendall s'était déjà révélé à lui sous son jour le plus détestable.

— Tu as montré à Zach tes photos de foot ? demanda-t-elle à son fils. Celles qui sont près du lit de Grampy.

Le visage d'Evan s'illumina. Le garçon était ravi de cette nouvelle occasion d'impressionner son père.

— Je reviens tout de suite ! assura-t-il à celui-ci.

Il fila vers la porte, et s'arrêta net sur le seuil pour demander :

— Tu ne t'en vas pas, hein ?

— Non, je suis là pour de bon.

Le petit partit comme une fusée et Olivia se hâta de refermer la porte. Quand elle se retourna, Zach fronçait les sourcils.

— Il se passe quelque chose ?

Il se trouvait exactement dans la position que son père avait décrite, recroquevillé sur une chaise trop petite et pourtant il n'était pas ridicule. Seulement vulnérable, comme un homme prêt à tout pour construire une relation de tendresse avec son fils.

— Mon père a organisé une conférence de presse, dit-elle rapidement. Il veut diffuser une version édulcorée de notre histoire. Je ne peux pas l'en empêcher mais je ne veux pas qu'Evan soit ici pour affronter les retombées.

— Rentrons dans le Tennessee, dit-il en serrant les poings.

— Merci. J'allais vous demander si nous pouvions partir là-bas mais je ne savais pas comment le faire.

— Et moi, je pensais avoir à vous convaincre ! Pour nous, pas de problème, toute la famille voudra rencontrer Evan.

Il déplia son grand corps.

— Les journalistes ne pourront pas nous surprendre. C'est une petite ville très tranquille, si un inconnu se présente, nous nous en apercevons tout de suite.

— Ça ne les empêchera pas de se présenter.

Elle parlait d'un ton léger mais l'appréhension la tenaillait. Elle s'était décidée à partir à la hâte et réalisait seulement maintenant qu'elle allait se retrouver sur son territoire ! Il lui sourit.

— Vous ne risquez rien. Vous n'êtes pas un braqueur.

Troublée, elle répliqua :

— Je suis prête à emmener Evan dans le Tennessee mais pour cette fois au moins, je viens avec lui.

Il ne réagit pas. Elle eut un nouveau coup au cœur en réalisant qu'elle allait rencontrer sa famille, cette famille qu'elle voulait tant connaître, et qu'il n'avait pas daigné lui présenter six ans auparavant.

— Je dois passer un coup de fil à l'école d'Evan. Je vais peut-être passer là-bas prendre de quoi lui permettre de suivre le travail de sa classe. Nous devons aussi faire nos bagages.

— Vous voulez partir tout de suite ?

— J'ai hâte de quitter cette maison.

— Cette fois, je m'occuperai des réservations. Cet après-midi, ça ira ?

— Très bien. Allons-y, ma voiture doit être au garage.

Mentalement, elle choisissait déjà les affaires à emporter pour Evan. Zach approuva de la tête, puis se retourna avec un sourire en entendant le pas du petit.

Le garçon entra en coup de vent, apparemment inconscient de la tension qui régnait dans la pièce. Il tendit ses photos à Zach et attendit sa réaction, un peu intimidé.

— Dis donc, tu es fort ! s'émerveilla Zach. C'est toi le gardien de but ?

Evan hocha la tête très gravement.

— J'aime bien le foot.

— Tu crois que tu pourrais m'apprendre ?

Son fils se redressa, rayonnant de fierté.

— Oui ! J'ai des ballons chez nous. Maman ! cria-t-il en lui saisissant la main, on peut emmener mon père au parc ?

— Ou alors, répondit tout de suite Zach, toi et ta maman, vous pourriez venir dans le Tennessee avec moi. J'ai un très grand jardin.

Evan se retourna d'un bloc pour supplier sa mère du regard. Elle s'obligea à sourire.

— Cela te plairait ?

Elle faillit demander s'il serait content de rencontrer la famille de Zach, mais se tut en pensant à Lily. Ils devaient encore lui annoncer qu'il avait une sœur !

— Oh, oui, ce serait bien ! On peut prendre l'avion de Grampy ?

— Ça, c'est une idée formidable.

Le jet privé serait rapide et discret, le moyen parfait de disparaître ! Elle serra le petit contre elle et croisa le regard hésitant de

Zach. Ce dernier ne protesta pas et elle lui en fut reconnaissante. Cela existait donc, un homme capable de ne pas discuter ?

— Je téléphonerai de la voiture, décida-t-elle. Allons-y.

Dès qu'Olivia se fut garée dans le parking souterrain, Evan jaillit de la voiture pour filer vers l'ascenseur. Se penchant vers Olivia, Zach dit très bas :

— Je dois prévenir Hélène. Je veux lui parler d'Evan avant que votre père ne s'en charge.

Elle approuva de la tête.

— Nous vous laisserons téléphoner en paix. Je demanderai à Evan de m'aider avec les bagages.

— Maman, papa ! Vous venez ?

Le petit leur tenait les portes de l'ascenseur. Dès qu'ils furent à bord, il enfonça le bouton du rez-de-chaussée et la cabine s'envola... pour s'arrêter presque immédiatement.

— Il faut changer d'ascenseur, expliqua-t-il, blasé.

Ils débouchèrent dans un hall très design. Zach cilla en se voyant salué par le portier en uniforme.

— C'est toujours moi qui conduis ! s'écria Evan en se précipitant dans l'ascenseur le plus proche.

Il pressa le bouton du 23ᵉ étage et les portes se refermèrent sans un bruit. Cette fois, le trajet vertical fut plus souple et l'arrêt presque insensible. Les portes s'écartèrent sur un couloir au parquet luisant, revêtu en son centre d'un long tapis au motif oriental. Kendall avait raison, pensa Zach, on n'était pas dans un immeuble ordinaire.

Olivia sortit un trousseau de clés de son sac et déverrouilla une porte. Evan bondit à l'intérieur et se retourna vers lui, évitant de justesse l'angle d'un meuble en marqueterie.

— Papa, viens voir ma chambre ! Elle est cool !

Zach se mit à rire et le suivit, traversant un vaste living qui lui sembla bien plus agréable que le monument qu'habitait Kendall.

Au passage, il entrevit des canapés douillets, une table basse couverte de livres et de revues…

— Papa !

— Attendez, dit Olivia à mi-voix en verrouillant la porte d'entrée. Le téléphone est ici. Vous pouvez l'emporter sur la terrasse si vous voulez.

Son sourire était un peu incertain.

— Je ne veux pas vous presser mais nous ne devons pas trop tarder. L'avion nous attend.

— Je veux m'assurer qu'Hélène comprend bien qu'elle doit aussi protéger Lily.

Le visage d'Olivia se figea.

— Je n'y avais pas pensé. Je suis absolument désolée.

Il secoua la tête d'un air rassurant. Il ne voulait pas accentuer la pression qui pesait déjà sur elle ! Négocier avec une ex, c'était nouveau pour elle, une complication supplémentaire qu'elle endossait pour qu'Evan et lui puissent être ensemble.

— Je ferai de mon mieux pour que tout reste simple pour vous, promit-il. Laissez-moi jeter un coup d'œil à la chambre d'Evan et je téléphone tout de suite.

— Il faudra sans doute le presser un peu.

— D'accord. C'est quelle chambre ? demanda-t-il. Il m'a semé.

— Deuxième porte à droite.

— Je l'aiderai à faire ses bagages.

— Je m'en occuperai. Je sais ce dont il aura besoin.

— Je commencerai et vous pourrez ajouter ce que j'aurai oublié.

Il s'éloigna, saisi par l'étrangeté de la situation. On pouvait donc fonctionner en équipe, entre parents ?

Dès le seuil de la chambre, il cueillit Evan au vol : le petit venait de se prendre les pieds dans un dragon plus grand que lui qu'il traînait sur la moquette.

— C'est Burt ! présenta-t-il. Grampy me l'a offert. Des fois, je dors sur lui.

Enorme et vert, râpé aux pattes et au ventre, Burt avait le look élimé des jouets qu'on a beaucoup aimés.

— Il est génial ! admira Zach en aidant son fils à transporter le monstre sur le lit, sur lequel étaient déjà disposés un ballon de foot, des protège-tibias et une petite chemise à rayures.

— Tiens, voilà mes affaires de foot. Tu ne sais vraiment pas jouer, c'est vrai ?

Ce petit visage lisse levé vers lui… Il réprima l'envie de caresser ses cheveux en désordre. Aussi invraisemblable que cela puisse paraître, cet enfant était le sien, il faisait partie de sa vie.

— On ne jouait pas au foot à l'école quand j'avais ton âge, expliqua-t-il, un peu penaud.

Evan eut une petite grimace, comme s'il trouvait son nouveau père un peu bizarre — puis il entreprit de le rassurer :

— Ce ne sera pas dur d'apprendre, tu verras.

Zach toussa pour chasser l'émotion qui le prenait à la gorge.

— Merci. Tu… tu as une valise ?

Le petit le tira à l'intérieur d'une penderie gigantesque.

— J'ai laissé mon sac avec les dinosaures chez Grampy. C'est celui-là que j'aime.

— On va en choisir un autre, tous les deux.

Comment faire avec tous ces vêtements, sur des cintres, dans des tiroirs ? Il y en avait assez pour trois ou quatre enfants ! Et cette rangée de chaussures, bien alignées sur une étagère basse. Et pas une seule valise.

— Maman s'en occupera. Regarde ma crosse de hockey.

Il l'exhiba fièrement, puis lui tendit un petit casque et montra les rayures courbes marquant la peinture.

— Tanya voulait me mordre.

— Heureusement que tu avais ton casque.

— Ouais ! Elle est forte mais moi, je cours vite.

Zach sourit, enchanté. Malin, ce petit !

— Les sports, c'est vraiment ton truc, alors ?

Le gamin hocha la tête avec enthousiasme.

— Tanya et moi, on est ensemble dans plein d'équipes !

Puis, toisant son père, il demanda d'un air de doute :

— Tu sais jouer à quelque chose ?

Le sous-entendu n'échappa pas à Zach : Evan voulait qu'il lui prouve qu'il était un homme.

— Je suis plutôt bon au base-ball, et je jouais arrière dans l'équipe de football américain de mon université.

Avec un clin d'œil, il ajouta :

— Je connaissais une fille comme ta copine Tanya, alors je cours vite, moi aussi.

Le petit n'avait toujours pas l'air très impressionné. En désespoir de cause, Zach joua son dernier atout :

— Je sais piloter un avion.

Cette fois, il obtint son effet. Evan le contempla, bouche bée, comme s'il osait à peine en croire ses oreilles.

— C'est vrai ? Tout seul ? Tu pourrais nous piloter pour aller dans le Tennessee ?

Oui, il le pouvait. Même si la Navy refusait de lui confier ses appareils, même s'il se sentait malade dès qu'il approchait d'un aéroport, il s'était forcé à décoller le nombre requis de fois pour renouveler sa licence.

— Je pourrais, mais le pilote de ta maman ne sera peut-être pas d'accord.

— Probablement pas, dit la voix d'Olivia derrière lui.

Quand il se retourna, il rencontra son regard qui était plus explicite : n'avait-il pas oublié un petit problème qui lui était propre ? Penaud, il lui sourit. Elle le surprit en rougissant, puis tendit la main vers son fils.

— Evan, toi et moi, nous devons faire les bagages, et Zach a un coup de fil à passer.

— Tu ne pars pas, hein ? supplia le petit en s'accrochant à lui. Tu téléphones ici ?

Une vague de culpabilité le submergea. Pour gagner la confiance du garçon, il allait devoir lui faire oublier ces années d'absence.

— Il sera là à nous attendre quand nous serons prêts, promit Olivia.

Elle parlait fermement, mais il vit que la réaction du petit l'avait secouée, elle aussi. Encore plus troublé, il s'efforça de se raisonner : elle mesurait pourtant bien dans quoi elle se lançait ! Oui, répliqua une autre voix dans sa tête, mais sans doute n'avait-elle pas pleinement anticipé ce que l'on ressent quand son enfant commence à dépendre d'un autre que soi.

Une question inattendue s'imposa à lui : s'il était revenu de sa mission, se seraient-ils mariés ? Il le lui aurait sûrement proposé, puisqu'il avait demandé sa main à Hélène. Et l'éternelle question revint le tarauder : qu'avait-il ressenti pour Olivia ? Et elle, l'avait-elle aimé ? Se seraient-ils encore aimés après être passés par des épreuves comme la venue d'un enfant et l'opposition de Kendall ? Cette fois au moins, ils auraient tous deux été sincères dans leur désir de rester un couple. Il le savait, simplement parce qu'elle était déterminée à se montrer juste envers lui alors qu'elle ne lui devait rien.

En passant devant elle pour retourner au living, il résista à l'envie de la prendre dans ses bras dans une étreinte fraternelle. Bien lui en prit car à son approche, il perçut clairement son mouvement de recul.

Retournant seul dans la grande pièce, il composa le numéro d'Hélène. Derrière lui, il entendait le murmure agréable des voix d'Olivia et Evan qui bavardaient ensemble tout en faisant leurs bagages. Au bout de trois sonneries, un domestique lui répondit et Zach demanda à parler à son ex-femme. Plusieurs minutes s'écoulèrent, puis il entendit son salut glacial. N'aurait-il pas pu trouver le moyen de garder des rapports plus sains avec son ex ? Les deux jours qu'il venait de passer avec Olivia avaient déjà changé sa vision des choses.

— Hélène, j'ai besoin de ton aide, dit-il franchement.

Il y eut un bref silence, puis elle demanda :

— Quel genre d'aide ?

— J'ai quelque chose à te dire. C'est un peu difficile à comprendre.

— Je ne suis pas une imbécile, Zach.

— Je veux dire difficile à admettre. Ce n'est pas quelque chose qui arrive couramment. Après le braquage à la banque, quelqu'un à Chicago — une femme — a vu ma photo aux informations. Une femme que j'ai connue pendant que je m'entraînais pour la dernière mission.

— Elle était à Chicago ?

— Je la connaissais très bien, Hélène.

— C'est ce que j'ai cru comprendre. De quoi parlons-nous, exactement ?

— J'ai un fils.

Un silence. Un silence lourd et hostile. Puis Hélène lâcha un long soupir qui tremblait un peu.

— Je crois que cela explique beaucoup de choses.

Elle avait toujours soutenu qu'il devait en aimer une autre pour être si « impossible » avec elle. Dans le scénario qu'elle imaginait, elle pensait plutôt à une liaison actuelle mais n'avait jamais envisagé une histoire d'amour surgie du passé.

— La mère de mon fils est Olivia Kendall. De *Kendall Press*. Son père donne une conférence de presse ce soir.

— Oh, non !

— Exactement, dit-il. Tu peux t'arranger pour que Lily ne regarde pas la télévision ce soir ? Et aussi, tu veux bien attendre de me laisser lui parler d'Evan ?

— Evan serait son nouveau frère ?

108

— J'espère qu'ils se plairont, tous les deux. Ça se passera mieux pour Lily si tu ne lui présentes pas la situation sous un jour négatif…

— Tu sais, cette histoire m'arrange peut-être.

— Je sais à quoi tu penses, mais ne t'y trompe pas : Evan ne peut pas remplacer Lily pour moi.

Elle soupira de nouveau, comme s'il la jugeait mal — mais il fut sûr d'avoir bien compris son manège.

— Quand veux-tu parler à Lily ? demanda-t-elle.

— Nous arriverons dans le Tennessee en fin de journée. J'aimerais la voir dès ce soir, juste pour être sûr d'être le premier à lui dire.

— Très bien. Appelle-moi en descendant d'avion. Si elle ne dort pas, si elle a terminé sa danse et son piano, tu pourras passer.

Pourquoi faisait-elle tant travailler la petite ? Elle n'avait que quatre ans ! Sa main se crispa sur le combiné mais il décida que le moment était mal choisi pour une dispute.

— D'accord, j'appellerai.

Il raccrocha et, instantanément, le téléphone sonna. Instinctivement, il reprit le combiné, et comprit son erreur en voyant le nom de James Kendall s'afficher sur le petit écran. Il hésitait sans savoir que faire quand Olivia parut à la porte du couloir, le visage inquiet, sa grande crinière noire enroulée sur une épaule.

— C'est votre père, dit-il.

— Je m'en doutais.

Sans réfléchir, il enfonça le bouton pour prendre l'appel. En voyant Olivia se précipiter vers lui, il regretta son geste mais il était trop tard : à son oreille, la voix de Kendall prononçait le nom de sa fille.

— Nous devrions peut-être discuter tous les deux, dit-il.

— Qu'est-ce que… ?

— Votre problème, c'est moi et non Olivia. Nous devrions peut-être en discuter.

Olivia hésita ; il se sentit autorisé à poursuivre.

— Si j'étais vous, je renoncerais à la conférence de presse.

— Par chance, vous n'êtes pas moi. Moi, je sais faire fonctionner mes entreprises et ma famille.

Zach décida de jouer le tout pour le tout.

— Je vous fais cette suggestion parce que je vois à quel point Olivia est bouleversée. Je vous ai déjà dit que je ne cherchais pas à prendre votre place auprès de mon fils mais vous, vous allez devoir faire de la place pour moi. Pour le bien d'Evan.

— Vous ne réalisez pas à qui vous parlez.

— Je parle au grand-père de mon enfant. J'ai tenu compte de votre place dans sa vie dès le premier mot que vous m'avez adressé. Comprenez tout de même que je suis là, maintenant. Vous et moi, nous aurions tout intérêt à nous entendre.

— Passez-moi ma fille.

Zach ne s'attendait à aucun miracle, il tenait simplement à affirmer sa position. Il apporta l'appareil à Olivia en murmurant :

— Je regrette. J'espère que je n'ai pas aggravé la situation.

— J'essaie de lui expliquer depuis que j'ai appris que vous étiez en vie, dit-elle en lui offrant un bref sourire. Il pense que je suis toujours sa petite fille.

— Je ne sais pas si je ferais mieux avec Lily. Votre père est en train de m'enseigner à me taire, le moment venu…

L'avion ronronnait, filant sans heurts dans le ciel paisible. Se hissant dans le siège voisin, Evan fit un geste vers sa mère, étendue sur un canapé, pieds croisés, un bras sur le visage comme pour se protéger de la lumière.

— Maman ronfle…

Son ton plaintif fit rire Zach.

— Moi, je n'entends rien.

110

— Elle m'a fait peur. J'étais sur le point de m'endormir mais j'ai cru qu'elle s'étranglait.

Il se trémoussa, puis se carra dans son siège comme un grand et l'informa :

— On n'est pas obligé de mettre sa ceinture dans cet avion.

Cette cabine luxueuse dans laquelle Evan semblait si à son aise ne faisait rien pour apaiser l'angoisse de Zach. Discrètement, il empoigna la ceinture de sécurité qu'il avait bouclée avant le décollage.

— Moi, j'aime bien les ceintures, dit-il. Tu devrais mettre la tienne.

— Maman n'en a pas.

— Ta maman a l'habitude de voler.

— Mais toi aussi !

— M… Ouais.

Bien sûr, où avait-il la tête… Quelle stupidité d'avoir parlé de son brevet de pilote… mais il ne réfléchissait pas, il cherchait seulement un raccourci vers le cœur de son garçon.

— Mais j'ai aussi l'habitude de porter la ceinture, dit-il. Tu aimes les trajets en avion ?

— Bien sûr !

Ouvrant grands les bras, il s'inclina d'un côté, puis de l'autre en imitant le bruit du moteur. Puis il se pencha par-dessus l'accoudoir, lança un regard rapide à Olivia et pressa sa joue contre la manche de Zach. Celui-ci comprit qu'il allait lui confier un secret, et dut se retenir de le serrer sur son cœur.

— J'ai *très* envie d'un cheval, souffla le petit. Maman dit que je pourrais peut-être avoir un poney mais ça, c'est pour les bébés. Je veux un vrai cheval, un grand ! Je parie que je pourrais galoper comme les cow-boys que mon Grampy regarde à la télévision.

Zach essaya de se représenter le grand James Kendall les yeux rivés sur les scènes d'un vieux Western. L'image était loufoque ! Mieux valait réfléchir à la réponse qu'il devait faire.

— Tu sais que ces types à la télé sont un peu plus vieux que toi ?

Evan se laissa retomber sur son siège, outré.

— Tu es comme ma mère ! Je suis assez grand pour avoir un cheval. Je demanderai à Grampy.

Zach fut estomaqué par la tentative de manipulation. Evan en avait-il hérité du côté Calvert ou du côté Kendall ?

— Tu ferais mieux de t'en tenir à ce que dit ta mère.

— Mais tu es mon père !

Sa déception faisait mal à voir, mais un père responsable n'achète pas son fils avec un cheval.

— Je suis ton père, oui.

— Alors tu peux dire que j'ai le droit d'avoir un cheval.

Zach était totalement pris au dépourvu par son insistance car cela ne se passait jamais comme ça avec Lily. A ce propos, le moment était peut-être bien choisi pour parler d'elle.

— Ce n'est pas comme ça que les parents décident de ce qui est bien pour leurs enfants. Souvent, les papas ou les mamans qui ne peuvent pas vivre tout le temps avec leurs enfants ont envie de leur faire plus de cadeaux, mais les enfants ont davantage besoin de règles bien claires que de cadeaux. Je le sais, parce que j'ai aussi une petite fille.

— Une fille ? répéta Evan en coulant un nouveau regard rapide vers sa mère. Pourquoi elle n'habite pas avec maman et moi ?

Zach réprima une grimace.

— Elle habite avec sa mère.

L'existence d'Hélène étant plus difficile à expliquer, il préféra ramener l'attention du petit vers sa nouvelle sœur.

— Ma petite fille s'appelle Lily.

— Mais ce n'est pas ma sœur, même si tu es son père ?

— Si, si, c'est ta sœur.

Inutile de s'empêtrer dans les notions de demi-frères et sœurs, il ne fallait surtout pas qu'ils aillent s'imaginer qu'ils

112

ne comptaient qu'à demi pour lui ou qu'ils ne devaient s'aimer qu'à moitié.

— J'ai toujours voulu une sœur, dit Evan. Maman ne pensait pas que j'en aurais. Ou des frères.

Avec un sourire impudent, il demanda :

— Tu n'as pas d'autres garçons quelque part ?

— J'ai toi et Lily.

— Elle a quel âge ?

— Quatre ans. Tu crois que ça te plaira d'être un grand frère ?

Evan se redressa, réfléchit un instant, et promit avec un sérieux absolu :

— Je prendrai soin d'elle, comme Grampy et maman prennent soin de moi.

La gorge de Zach se serra. Pour la première fois, il posa la main sur la nuque de son fils sans se demander s'il avait le droit de le toucher.

— Lily sera contente que je t'aie trouvé, dit-il en attirant le garçon contre lui. Et moi, je suis très, très content, Evan.

Evan se blottit contre lui. Son petit visage se leva vers le sien avec une expression de confiance absolue.

— Mon papa…

7.

Ils atterrirent à Knoxville, récupérèrent la voiture de Zach et prirent la route de Bardill's Ridge. La nuit tombait sur les montagnes ; Evan s'assoupit au moment où ils entraient dans la petite ville. Dans quelques minutes, le voyage serait terminé. Olivia se retourna à demi pour regarder son fils.

— Il dort ? demanda Zach.

— Je crois bien.

Le clair de lune brillait sur les cheveux de Zach, son profil bien dessiné lui rappelait d'anciennes nuits d'été. Elle se secoua. Elle devait dire ce qu'elle avait sur le cœur, tout de suite, pendant qu'Evan dormait. Baissant un peu la voix, elle commença :

— Je ne sais pas comment vous dire ça…

— Vous avez changé d'avis ? fit-il tout de suite.

— Sur le fait de venir ici ? Non ! Mais la prochaine fois que vous aurez quelque chose d'important à dire à Evan, j'espère que vous ferez en sorte que nous le lui disions ensemble… ou au moins que nous en parlions auparavant.

Il scruta son visage, ses yeux expressifs brillant de soulagement.

— Vous devriez savoir que je ne changerai pas d'avis, ajouta-t-elle, un peu agacée.

— Oui, enfin… je fais de mon mieux. Vous ne dormiez pas, dans l'avion ?

— Plus ou moins. Je me suis réveillée tout à fait quand vous avez prononcé le nom de Lily.

— Il m'a semblé qu'il devait savoir avant d'arriver. J'ai demandé à ma mère de tenir la famille à l'écart pour ce soir mais mon oncle ou ma tante pourraient laisser échapper quelque chose.

— Je suis d'accord, mais le fait d'avoir une sœur… il aurait dû apprendre cela de notre bouche à nous deux.

Son petit soupir patient eut le don de l'exaspérer.

— Ça n'a pas eu l'air de le déranger. Vous êtes sûre que ce n'est pas vous qui redoutez de lâcher prise ?

Elle se raidit d'autant plus qu'il n'avait sans doute pas tout à fait tort !

— Pas de condescendance, je vous prie. J'ai peur, oui, mais je suis capable de rester objective.

— Qui pourrait rester objectif quand il s'agit de son gosse ?

— Ne me confondez pas avec qui que ce soit d'autre. Vous ne comptez pas parler à Lily en dehors de la présence d'Hélène ?

Le silence dura plusieurs secondes.

— Non, admit-il enfin.

— Pourquoi était-ce bien de parler à Evan sans moi ?

— Vous n'êtes pas comme Hélène.

Il jeta un coup d'œil inquiet au rétroviseur. Evan n'avait pas bougé.

— J'étais obligé de parler à Hélène pour pouvoir juger comment elle réagirait devant Lily. Vous êtes plus…

Elle attendit la suite mais Zach ne termina pas sa phrase. Le mariage de Zach était un champ de mines qu'ils hésitaient tous les deux à aborder.

— Plus quoi ? demanda-t-elle enfin.

— Vous faites passer votre enfant en premier. Hélène n'en est pas toujours capable.

Il abattit son clignotant et tourna vers le Tribunal dont la coupole était illuminée par des projecteurs.

— Je ne vous demande rien au sujet d'Hélène, dit-elle en espérant qu'elle disait vrai. Votre histoire ne me regarde pas, mais vous ne devez pas supposer que je tiens moins à Evan qu'elle ne tient à Lily.

— Je n'essaie pas de prendre les commandes. Le moment semblait opportun pour le lui dire. Je n'avais aucune arrière-pensée ou stratégie.

— Mais nous agirons ensemble autant que faire se peut ?

S'ils n'étaient pas d'accord sur ce point fondamental, elle tenait à le savoir tout de suite ! Il approuva de la tête, puis lâcha un bref :

— Désolé.

Il devait trouver qu'il n'avait pas choisi les mamans les plus commodes, pour l'un ou l'autre de ses enfants, mais au moins, elle avait mis les choses au point. Radoucie, elle murmura :

— Je fais peut-être trop d'histoires mais je préfère m'assurer que nous réglerons nos problèmes franchement, avant qu'ils ne virent au conflit.

— Nous sommes d'accord là-dessus aussi.

Ils étaient d'accord mais l'ambiance dans la voiture restait assez tendue. Elle contempla le reflet des projecteurs du Tribunal sur la ferronnerie du square. Cette petite ville, si pittoresque et tranquille, serait désormais le second foyer de son fils. Avec un peu de chance, il serait content de venir en visite, mais elle ne pouvait pas s'empêcher d'espérer qu'il préférerait Chicago.

Elle glissa un nouveau regard à Zach. Elle devait absolument se défaire de l'impression qu'il risquait de disparaître au premier désaccord ! Ils passaient sous un réverbère ; en voyant briller ses yeux, elle se souvint d'une nuit dans sa chambre… La scène s'imposa à elle avec tant d'intensité qu'elle crut se retrouver sur le lit, les yeux levés vers lui. Dressée devant la fenêtre, sa tête se découpait sur le ciel étoilé et ses yeux étincelaient. Un simple effet du clair de lune sans doute, mais elle avait cru que c'était de l'amour qu'ils exprimaient ainsi.

Il avait beaucoup changé en six ans, mais ses yeux verts exerçaient le même pouvoir sur elle. Jamais elle n'avait perdu la nostalgie du sentiment de sécurité absolue qu'elle éprouvait en posant la tête au creux de son épaule. Attention ! Il ne fallait pas revenir trop souvent à ces images, ce serait terrible de tomber amoureuse de lui une seconde fois. Evan serait la première victime...

Dès qu'il se gara devant le Bed & Breakfast, elle ouvrit sa portière et jaillit de la voiture. Il descendit plus posément. Agrippée au métal froid de la carrosserie, elle soutint son regard curieux.

— Qu'est-ce qui se passe ?

Il avait déjà oublié la tension de tout à l'heure. Que se passait-il ? Eh bien, avec tant de raisons d'avoir peur, elle n'avait que l'embarras du choix !

— Vous ne me connaissez pas mais vous êtes le père de mon fils, siffla-t-elle. Vous allez vouloir Evan pour vous et j'essaie d'imaginer comment je vais le supporter.

Le regard de Zach se fit prudent. Hochant légèrement la tête, il dit :

— Je comprends ça.

Elle se pencha vers lui par-dessus le toit de la voiture.

— Depuis que j'ai vu votre photo, je pense à Evan, à ce dont il a besoin, de qui il a besoin. Nous n'avons jamais été séparés plus de cinq jours, je n'ai jamais eu à demander l'opinion de qui que ce soit avant de décider pour lui...

A part son père bien sûr, mais là, c'était moins une concertation qu'une bataille rangée. L'expression de Zach se fit franchement inquiète mais pour lui rendre justice, elle exprimait aussi beaucoup de compassion.

— Je ne vous demande pas de me passer la main, dit-il. Je demande seulement à le voir aussi.

Il contourna la voiture pour la rejoindre et l'interrogea :

— Pour l'instant, si je comprends bien, il n'y aura pas de garde partagée, pas officiellement ?

— Merci... de comprendre, murmura-t-elle, la gorge serrée.

— Pour l'instant, vous viendrez avec lui quand il me rendra visite. Nous trouverons des solutions au fur et à mesure que la situation évolue.

Il s'approcha encore ; dans ses mouvements, elle retrouva la grâce inconsciente qui avait toujours éveillé son désir. Quand elle détourna la tête, il lui saisit le menton pour le ramener vers lui.

— Vous apprendrez à me faire confiance et moi, je découvrirai qui vous êtes, dit-il. Quoi que vous disiez, et quels que soient les efforts que vous déployez pour me tenir à distance, je ne peux pas croire que je vous ai tout à fait oubliée.

— Je n'essaie pas de vous tenir à distance.

— Mais si !

Cette conviction la troubla mais lui ne semblait y attacher aucune importance.

— Si, répéta-t-il, mais c'est logique. Je vous ai fait très mal. Pas délibérément, mais vous avez quand même souffert et je le regrette.

— C'est fini, maintenant.

Elle ne voulait pas parler d'un passé dont il ne gardait aucun souvenir. Reculant devant la chaleur de son corps, elle se tourna vers la portière arrière.

— Nous ferions bien d'emmener Evan à l'intérieur. Il a eu une longue journée.

Sa main se tendait vers la poignée quand il saisit son bras.

— Laissez-moi vous dire une dernière chose : vous n'avez pas à avoir peur.

Son regard pesait sur elle, intense et sincère.

— Nous ne sommes pas en compétition pour Evan. Je ne cherche pas à ce qu'il m'aime plus que vous. Je ne le pousserai jamais à choisir.

Comme il comprenait bien ses angoisses !

— Vous avez connu ça avec Lily, dit-elle.

— Souvent, soupira-t-il avec un sourire rapide.

— Mais la situation n'est pas vraiment la même. Lily n'attendait rien de ce M. Nash au point de l'appeler papa dès l'instant où elle l'a rencontré, n'est-ce pas ? demanda-t-elle, décidée à exorciser toutes ses terreurs. Est-ce que Lily est si souvent avec vous que vous faites partie des meubles ? Vous demandez-vous si Nash est plus intéressant, plus drôle et beaucoup moins sévère que vous ? Au point qu'elle n'aura peut-être plus envie de revenir auprès de vous ?

Quand il l'attira plus près de lui, elle crut prendre feu sous sa main. Il comprenait beaucoup de choses mais certainement pas les angoisses concernant leur passé commun. Sa chaleur était réconfortante et si elle y prenait goût, elle risquait fort de s'y brûler les ailes. Enfin, il souriait… d'un sourire beaucoup trop sensuel.

— Un enfant a besoin de ses meubles, dit-il. La stabilité compte beaucoup plus pour eux qu'ils ne le pensent. Je ne me vois vraiment pas décider qu'Evan serait mieux avec moi. C'est un gosse formidable et vous êtes une maman formidable. Je pense sincèrement ce que je dis.

— Vous avez vraiment le sentiment d'être en compétition avec Hélène ?

Elle n'avait aucun droit de poser cette question ; c'était parti tout seul, parce qu'elle s'insurgeait malgré elle contre cette souffrance qui l'avait changé.

— Hélène déteste le désordre, dit-il en haussant les épaules. Et elle est une inconditionnelle du système des castes. Je n'ai plus de place dans son monde et elle aimerait pouvoir m'oublier tout à fait. Quant à ma famille, dans sa position sociale actuelle, elle ne veut plus en entendre parler...

— Mais pourquoi ?

Cela aussi, c'était parti tout seul. Elle rougit. Les familles vraiment peu recommandables ne produisent pas de shérifs ! Il se mit à rire.

— Ne vous inquiétez pas, vous ne nous trouverez pas placardés dans mon bureau avec la mention « Wanted » ! Non, le mari d'Hélène et sa famille possèdent la moitié Est du Tennessee ; nous, nous sommes des gens simples qui restons généralement vivre ici même, à Bardill's Ridge. Je n'ai jamais voulu davantage.

— Jamais ? Votre famille vous manquait à Chicago, mais vous ne cherchiez pas à fuir la Navy pour rentrer chez vous.

— J'aimais mon boulot.

Ses lèvres esquissèrent une expression très familière. Il avait toujours su se moquer de lui-même.

— J'aimerais seulement me souvenir du temps où j'adorais voler !

— Shérif, c'est aussi excitant que d'être pilote ?

— Pas avant le braquage.

Tout naturellement, il lâcha son poignet et ouvrit la portière.

— Il vaut peut-être mieux réveiller Evan. Je le porterai, mais je ne veux pas qu'il ait peur en se réveillant dans mes bras.

Il venait de lui en dire beaucoup sur lui-même, bien plus qu'elle ne l'avait escompté. Elle aurait aimé davantage de détails car plus tard, Evan voudrait tout savoir de son papa shérif ; mais ils ne pouvaient pas rester éternellement plantés sur ce trottoir.

La soirée était encore longue. Elle se glissa à l'intérieur de la voiture tandis que Zach ouvrait le coffre.

— Maman ? On est où…

— Dans le Tennessee.

— Je n'ai pas rêvé, pour mon papa ?

— Ton papa est bien réel.

Elle le souleva dans ses bras, émergea maladroitement de la voiture, croisa le regard chaleureux de Zach… et se surprit elle-même en lui souriant. Eux trois ensemble, cela la rendait joyeuse. Et tant pis si elle n'avait pas sa place à Bardill's Ridge.

La porte d'entrée du Dogwood s'ouvrit à la volée. Olivia sursauta et Evan, encore mal réveillé, se retourna dans ses bras. Une femme se hâtait vers eux, le visage crispé d'inquiétude.

Son chignon était plus gris que sur la photo d'autrefois mais Olivia reconnut tout de suite la mère de Zach. Instantanément, le trac la paralysa. Six ans auparavant, elle aurait donné n'importe quoi pour être présentée à Beth Calvert… mais elle ne voyait pas tout à fait la scène de cette façon ! L'autre femme se jeta dans les bras de Zach et expliqua quelque chose qu'Olivia ne saisit pas.

— C'est qui, Hélène ? demanda Evan.

Olivia ne trouva pas de réponse. L'avait-il entendue parler avec Zach à l'instant ? Il se tortilla pour descendre de ses bras, insistant :

— Elle a dit Hélène. Et James — c'est mon Grampy ? Mon Grampy est ici ?

Olivia en eut presque la nausée. Son père avait bien donné sa fichue conférence de presse. De son côté, Zach tentait de rassurer sa mère.

— Tout va bien, maman. Nous étions au courant, nous savions qu'il allait le faire. Regarde qui est là !

Beth Calvert se tourna vers Evan ; son visage, si semblable à celui de Zach, se plissa et elle fondit en larmes. Saisie, Olivia laissa échapper un petit « oh » stupéfait.

— Evan ? Quel beau petit !

Avec son accent du Sud, elle ajoutait une syllabe chantante à son nom. Interdit, le petit recula. Zach regarda Olivia ; elle se ressaisit suffisamment pour offrir à sa mère un sourire d'excuse.

— Il sera peut-être un peu timide au début...

— Ce n'est pas grave, dit Beth. Nous avons tout le temps, maintenant.

— Olivia, voici ma mère, Beth. Maman, c'est Olivia Kendall.

Olivia fit un pas en avant pour serrer la main que lui tendait l'autre femme, entraînant avec elle Evan, qui s'était agrippé à son blouson.

— Je suis contente de vous rencontrer, madame Calvert.

Se penchant, elle serra son fils tétanisé contre elle.

— Et voici Evan.

Le visage de Beth n'exprimait plus que du bonheur. S'agenouillant à même le trottoir, elle croisa les mains dans son dos pour bien montrer au garçon qu'elle ne lui imposerait aucune caresse. Son visage rayonnait de tendresse et Olivia eut envie de l'embrasser elle-même en voyant combien elle aimait déjà Evan. Cela présageait bien des réactions du reste de la famille !

— Voilà qu'on se rencontre enfin ! souffla Beth. Est-ce que tu te rends compte à quel point tu ressembles à ton père ?

Evan s'écarta un tout petit peu d'Olivia en tendant le cou pour étudier le visage de Zach.

— Nous avons beaucoup de photos, lui dit Zach. Je te les montrerai demain.

122

— D'accord, concéda le petit en étirant le mot sans grand enthousiasme — et sans lâcher la veste de sa mère.

Manifestement, s'il avait eu très envie d'un père, il réservait son opinion quant à l'irruption d'une grand-mère dans sa vie ! Beth se releva, lui donnant le temps de s'habituer à elle. Quand elle se tourna vers Olivia, son regard exprima une certaine réserve.

— A propos de photos, dit-elle, j'étais en train de dire à Zach que des gens vont venir ici pour en prendre.

Elle cherchait à formuler cela sans alerter Evan. Olivia ferma un instant les yeux.

— Je suis absolument désolée, dit-elle. Je lui avais demandé d'annuler sa conférence de presse.

— Il l'a annulée, continua-t-elle, en tout cas, c'est ce qu'ils ont dit aux informations, mais c'est son maître d'hôtel qui s'est laissé piéger. Il sortait les poubelles quand les journalistes l'ont abordé et il a tout révélé, en direct à la télé.

— C'était délibéré, répliqua Olivia avec conviction. Mon père a dû lui dire ce qu'il devait raconter.

— Pourquoi votre père jetterait-il Evan en pâture aux journalistes ?

Puis elle eut une petite grimace, comme s'il elle regrettait d'avoir dit cela devant son petit-fils.

— Ne vous inquiétez pas, la rassura Olivia avec un sourire rapide. Evan se rend bien compte qu'il se passe quelque chose.

— Mais quoi, maman ? demanda le petit avec impatience. De quoi est-ce que vous parlez ? Le maître d'hôtel de Grampy a fait une bêtise ?

— Il a parlé de nous à des journalistes et maintenant, ils vont peut-être venir ici avec leurs caméras. Ils voudront peut-être que tu leur parles mais tu te souviens de ce que je t'ai dit : tu ne parles jamais aux inconnus, tu ne réponds pas si quelqu'un t'adresse la parole.

Elle se pencha vers lui et le regarda dans le blanc des yeux, insistant :

— Tu ne parles à personne qui travaille pour Grampy.

— Même pas Ian et Jock ?

— Eux, d'accord. Mais personne d'autre.

Ian et Jock étaient des garçons bien, elle ne les croyait pas capables de se vendre aux vautours qui harcelaient les petits garçons pour le bénéfice d'un scoop.

— Pas Brian ?

— Brian, ce n'est pas pareil. Lui, il travaille pour moi.

— Je m'en oubli… Je me souviendrai.

Elle sourit : cette erreur, il la faisait depuis qu'il avait appris à parler.

— Je compte sur toi. Tu es un chef.

Elle le serra contre elle et surprit un regard déjà plus indulgent de la part de Beth. Une fois de plus, son père la mettait dans une position intenable ! A cause de lui, elle devait parler en public à son fils de choses privées, montrer qu'elle avait honte du désir qu'il manifestait de contrôler tout le monde… Elle s'efforça d'expliquer :

— Papa croit toujours qu'il vaut mieux diffuser une version choisie d'une information. Il soutient qu'ensuite, on n'ira pas déterrer les éléments qu'il préfère garder pour lui…

— La station de télé de Knoxville a déjà téléphoné, observa Beth. Et aussi trois journaux des environs. Certains disaient qu'ils travaillaient pour vous… enfin, pour les Kendall.

Dépassée par les événements, elle se retourna vers son fils.

— Je ne sais pas de quoi vous êtes convenus, Olivia et toi, mais Hélène a vu les informations et elle a pensé que vous…

Elle s'interrompit et regarda Evan en hésitant.

— Elle a emmené quelqu'un avec elle, conclut-elle.

Lily ! La main d'Olivia se referma sur l'épaule d'Evan. Cette rue si tranquille, avec ses papillons de nuit qui voletaient autour d'un réverbère… quel décor paisible et ordinaire pour passer le point de non-retour ! Après cette rencontre, Lily et Evan seraient liés l'un à l'autre pour toujours. Ils seraient frère et sœur, et ni Zach ni elle ne pourraient plus les séparer.

— Hélène a eu raison, dit Zach. Allons à l'intérieur.

Balayant la rue d'un regard rapide, il sortit deux valises du coffre et entraîna le petit groupe vers la maison.

— Je prends le reste des bagages, proposa Olivia.

Elle lâcha la main d'Evan, supposant qu'il l'attendrait, mais le garçon courut se ranger près de Zach.

— Non, laissez, Olivia, lança celui-ci. Je reviendrai les chercher.

— Non, ça va…

Elle passa la lanière d'un sac de sport sur son épaule, empoigna les deux derniers. L'effort physique la libérait un peu de la culpabilité qu'elle ressentait devant le comportement de son père.

— Quelle femme ! s'écria Zach, amusé. Si quelqu'un s'avise d'escalader la clôture avec une caméra, je parierai sur vous.

Encore des souvenirs ! Ils n'avaient cessé de se taquiner pendant leur été ensemble, y compris au lit. Elle s'en voulut aussitôt d'avoir de telles pensées dans un moment pareil.

— Evan, entre vite, lança-t-elle.

Si Zach fut déconcerté par son refus de sourire, elle préféra ne pas le voir. C'était vraiment trop difficile : pour elle, chaque instant passé avec lui était coloré par cet été… dont il ne se souvenait pas.

Zach, Evan et Beth se dirigeaient vers la maison. A la traîne, lourdement chargée, elle eut le sentiment qu'une foule de regards suivait chacun de ses gestes. C'était ridicule, bien sûr : si des journalistes les avaient déjà retrouvés, ils ne perdraient pas leur temps à se cacher dans les buissons. Une nouvelle flambée de colère la souleva, lui donnant l'énergie de rattraper les autres.

Beth, qui avait tenu la porte à Zach et Evan, la garda ouverte pour elle. Olivia la remercia d'un sourire.

— Je suis contente que vous soyez venue, confia spontanément l'autre femme. Merci d'avoir retrouvé mon fils.

Olivia ne trouva pas les mots pour lui répondre. Le sourire de Beth venait de créer une connivence entre elles, d'une génération à l'autre et d'une maman à l'autre. Olivia, la fille unique d'un fils unique, née dans une famille si riche en biens mais si pauvre en tendresse, inspira avec prudence et réussit à dire :

— Il est le père d'Evan. C'était mon devoir de le retrouver.

Le sourire de Beth se fit plus chaleureux encore. Lui prenant des mains l'un des sacs de sport, elle lui fit signe de suivre Zach et Evan. Ce geste tout simple signifiait beaucoup plus : c'était une façon de l'inviter à faire partie de leurs vies. C'était le genre de rapport qu'elle aurait aimé partager avec son père.

— Olivia, voici la clé de vos chambres. Zach, je vais emmener Evan dans la cuisine pendant que tu aides Olivia à monter leurs affaires.

Autrement dit, elle occuperait le petit pendant qu'il parlait à Hélène et Lily.

— Merci, maman, dit-il. J'apprécie le coup de main.

— Pendant ce temps, je ferai connaissance avec ce garçon !

Evan leva la tête vers elle d'un air de doute.

— Vous êtes vraiment ma mamie ?

— Eh oui, puisque je suis la maman de ton papa.

Elle lança à Zach un regard d'encouragement et serra Evan dans ses bras avec tant de naturel que le petit accepta son étreinte.

— Je n'ai jamais eu de mamie, dit-il pourtant.

— Moi, je n'ai jamais eu de petit-fils. Je crois qu'on va bien s'arranger tous les deux.

— Tu as un chiot ?

126

— J'ai un très gros chat. Et on va trouver du lait et des cookies dans la cuisine de ta tante Eliza. C'est un bon début ?

— Moi, j'aime les chiots, dit-il en glissant sa main dans la sienne. Mais j'aime aussi les cookies au chocolat.

— Tu tombes bien, parce que c'est la spécialité d'Eliza.

— A tout à l'heure, m'man !

Complètement rassuré, Evan agita la main vers sa mère en suivant sa nouvelle mamie vers la cuisine.

— A tout à l'heure…

Olivia, médusée, empoigna de nouveau son chargement et se dirigea vers l'escalier en marmottant :

— Ta mère est comme le joueur de flûte du conte !

Troublé, Zach ne releva pas, espérant qu'elle ne s'apercevrait pas qu'elle venait de le tutoyer. La porte du salon était close, Hélène et Lily l'attendaient de l'autre côté…

— Ce sont aussi les cookies, observa-t-il d'un ton neutre. Il ne manquait que le chiot.

Elle approuva de la tête, un peu absente. Il se pencha pour lui prendre un sac des mains.

— Je peux tout porter, protesta-t-elle.

— J'ai remarqué.

Elle sembla comprendre qu'il parlait d'autre chose que de sa capacité à porter les bagages. En silence, ils montèrent dans la chambre, celle qu'elle avait déjà occupée lors de son premier séjour. Dès qu'il posa son fardeau, elle le remercia et se mit à ouvrir les valises, un peu fébrile, comme si elle avait absolument besoin de s'occuper les mains.

— Je dois descendre, dit-il.

— Je sais, dit-elle en se figeant brusquement. Et moi, qu'est-ce que je dois faire ?

— Venez me rejoindre dans quelques minutes. Nous verrons bien comment les choses se passeront.

Si Hélène était d'humeur agressive, il lui donnerait le temps de se calmer avant de lui présenter Olivia et Evan.

— D'accord. J'allais… j'allais vous proposer d'expliquer à votre place puisque vous ne vous souvenez de rien, mais c'est une mauvaise idée.

— Sans doute, oui, dit-il en souriant pour lui montrer qu'il plaisantait. Je dois y aller : je ne sais pas ce qu'elle a expliqué à Lily.

— Oui, dit-elle, ses yeux gris remplis d'anxiété. Bonne chance. Tout s'est bien passé avec Evan ; Lily sera peut-être aussi contente d'avoir un frère.

— J'espère !

Il la quitta, chargé d'un nouveau fardeau d'inquiétude. Elle était certainement capable de se défendre mais il ne voulait pas voir Hélène s'en prendre à elle. En dévalant les marches, il n'avait pas encore la moindre idée de ce qu'il allait dire. Il traversa le vestibule à grands pas, ouvrit la porte du salon. Dès qu'elle le vit, Lily bondit du gros canapé de chintz.

— Papa !

Il l'attrapa au vol et la berça contre lui.

— Ça va, coccinelle ?

— Je me couche tard ce soir ! Maman dit qu'on doit rentrer bientôt mais on voulait te voir.

Elle se retourna à demi pour consulter sa mère du regard.

— Pourquoi on devait voir papa ce soir ?

Dans son fauteuil, Hélène ressemblait à une statue de glace. Il comprit que, pour une fois, elle était trop inquiète pour se mettre en colère, et un pincement inattendu de compassion remplaça l'appréhension qu'il avait éprouvée.

— J'ai une nouvelle pour toi, Lily, dit-il en la posant sur ses pieds. Et maman avait envie qu'on te le dise dès ce soir. Une grande nouvelle.

— C'est quoi !

128

Il l'entraîna vers le canapé, s'assit près d'elle et prit le temps de dire :

— Hélène, merci de l'avoir emmenée.

— Elle voulait écouter la radio.

— Maman m'a fait faire mes gammes, lui apprit Lily en montrant le piano.

— Je n'avais rien d'autre pour l'occuper, lâcha Hélène en haussant les épaules.

— Eliza t'aurait donné un livre de coloriage.

— Je n'ai pas pensé à demander.

Depuis le jour où elle l'avait quitté, elle avait gardé une dent contre sa famille, à croire qu'elle avait été mise à la porte ! A moins qu'elle ne se sente gênée face à eux ? Lily levait vers lui un petit visage interrogateur et il ne savait pas du tout par où commencer. La manière directe ayant bien marché la première fois, il se lança :

— Lily, ça te plairait d'avoir un frère ?

— Oh !

La petite bondit sur ses pieds sur le coussin. D'instinct, Hélène tendit les mains pour la faire descendre mais il l'arrêta en secouant très légèrement la tête — le chintz d'Eliza était à l'épreuve des enfants.

— Maman disait que je ne pouvais pas avoir de frères mais je peux si tu en as un pour moi !

Elle bondissait sur place, survoltée. La saisissant au vol, il l'attira sur ses genoux.

— Tu t'es marié, papa ? demanda-t-elle.

Sa petite fille de quatre ans voyait les choses du même œil que James Kendall : pas d'enfants hors du mariage !

Olivia défit leurs bagages en faisant durer la tâche le plus longtemps possible. Combien de temps faudrait-il à Zach pour expliquer la situation ? Elle rangea les affaires d'Evan dans la chambre voisine de la sienne et posa son tyrannosaure en peluche sur l'oreiller. En revenant, elle passa devant le miroir de sa propre commode. Ses cheveux ! Depuis combien de temps se promenait-elle comme cela ? C'était le fait d'avoir dormi dans l'avion… Contrariée, elle se mordit la lèvre. Elle venait de rencontrer la mère de Zach avec une tête pareille ! Evan ou Zach auraient tout de même pu dire quelque chose !

Elle se coiffa avec soin, se lava les dents et décida que vingt minutes devraient suffire. Inutile d'interrompre Zach, elle descendrait juste s'assurer que tout se passait bien entre Evan et Beth dans la cuisine. Elle quitta la chambre, se retourna pour fermer la porte à clé…

— J'ai toujours voulu rencontrer le fantôme qui hantait mon mariage, dit une voix derrière elle.

Olivia se retourna d'un bond, tout de suite sur la défensive. Blonde, élégante et apparemment très furieuse, Hélène semblait prête à livrer bataille. Seul son regard blessé empêcha Olivia de répliquer vertement. Cette femme n'était pas son ennemie.

— Vous devez être Hélène.

Ce serait sans doute une erreur de lui tendre la main. Elle se contenta de la regarder bien en face, sans animosité.

— Vous avez enfin retrouvé Zach, fit l'autre femme.

— Je ne le cherchais pas. Je le croyais mort. Et lui ne se souvenait plus de moi.

— C'est bien ce qu'il disait mais moi, je savais qu'il y avait quelqu'un entre nous.

A une époque, Olivia aurait été heureuse de penser qu'elle avait gardé une place dans son cœur, mais elle n'y croyait plus. Elle se contenta d'observer :

— C'est vous qu'il a épousée.

— Il m'a épousée pour la même raison qu'il vous aurait demandée en mariage. J'étais enceinte.

Elle eut un rire bref et douloureux.

— Il a été plutôt actif pendant quelques mois, non ?

Olivia s'efforça de ravaler une subite amertume. La rancœur d'Hélène devait être contagieuse.

— Je l'aimais, dit-elle franchement. A l'époque, je l'aimais.

Mais elle, elle ne l'aurait pas épousée à moins d'être tout à fait sûre qu'il l'aimait aussi. Pas même pour Evan. Elle reprit :

— Je n'existais plus pour lui quand il vous a rencontrée. Je ne comprends pas pourquoi vous êtes en colère.

— Nous n'avons jamais pu savoir si son amnésie venait d'un traumatisme émotionnel ou physique.

— Oui, vous étiez l'une de ses infirmières. J'avais oublié.

— Il vous a parlé de ça ?

— J'ai fait quelques recherches avant de venir ici, dit Olivia en haussant les épaules.

— Des recherches ? Sur lui ou sur nous ?

— Sur lui. Je ne sais rien de vous à part le fait que vous avez divorcé.

— Moi, je dis qu'il a pu bloquer les souvenirs qui lui donnaient le sentiment d'avoir fait quelque chose de mal.

Olivia la fixa, troublée. Zach n'avait pas présenté les choses de cette façon. L'autre femme continuait :

— Autrement dit, il ressentait bien quelque chose pour vous, inconsciemment. Ne serait-ce que le regret de vous trahir. J'ai toujours su que quelque chose le retenait de se donner entièrement.

Sa bouche se crispa et elle grinça :

— Voilà : ma fille et moi, nous n'avons jamais eu la moindre chance de former une vraie famille avec lui.

Croyait-elle vraiment ce qu'elle disait ? Cette version ne correspondait pas du tout à celle de Zach.

— S'il m'aimait, il se serait souvenu de moi, dit-elle. Je n'ai rien à voir avec son problème. Nous nous sommes quittés en bons termes.

— Dans ce cas-là, l'agréable est gommé avec le désagréable. Et puis, vous êtes ici, non ? Il vous a bien demandé de revenir avec lui !

— Il ne me l'a pas demandé, non. Nous sommes venus ici à cause des manigances de mon père.

— Il m'en a parlé, oui.

Olivia approuva de la tête.

— Alors vous savez que je suis là pour Evan. Je ne pouvais tout de même pas le remettre entre les mains d'un inconnu, même si cet inconnu est son père. Vous devez bien le comprendre, vous qui avez un enfant.

— Je ne suis pas d'humeur à comprendre quoi que ce soit ce soir. Vous venez de confirmer mes pires soupçons sur mon mariage.

Pour Olivia, tout était beaucoup plus simple : Lily était là pour prouver que Zach avait désiré Hélène — mais cela, elle ne se sentit pas assez généreuse pour le dire. Absurde ou pas — et vu les circonstances, c'était plutôt absurde —, elle supportait mal l'idée de Zach avec une autre femme. Pourtant, à elle non plus, il ne s'était pas donné tout entier. Il lui avait caché énormément de choses, s'était bien gardé de rien promettre. Peut-être ne savait-il pas s'engager, tout simplement ? Peut-être n'avait-elle été qu'une distraction, de quoi se délasser un peu de ce travail qui était toute sa vie ?

— Vous vous êtes remariée, dit-elle avec un soupçon d'impatience. Il serait peut-être temps de laisser tout ça derrière vous.

Tout de suite, elle regretta de ne pouvoir reprendre ces paroles. Qui était-elle pour donner des conseils ? Moqueuse, l'autre femme riposta :

— Parce que vous avez oublié, vous ? Votre passé avec mon ex ne signifie rien pour vous ?

Pour Zach, leur passé ne signifiait rien, effectivement, alors que pour elle… disons qu'il avait au moins le pouvoir de lui faire regretter d'être venue ici. Manifestement, Hélène et elle avaient toutes deux beaucoup à apprendre sur le fait de lâcher prise ; Olivia espérait seulement qu'elle n'en viendrait jamais à exhiber autant d'amertume devant des inconnus.

— Nous ne devrions pas parler de ça. Cela n'a plus d'importance, et nous n'avons aucune raison de nous en vouloir, vous et moi. Evan devrait être couché depuis longtemps et je suppose que Lily aussi. Descendons et finissons-en pour ce soir.

Hélène campa les poings sur ses hanches fines.

— Parfait. Evan est déjà avec Zach et Lily. Moi, je suis venue vous dire de faire taire votre père. Ma fille ne devrait pas avoir à se cacher des journalistes.

Olivia sentit son souffle se bloquer. Ils avaient fait entrer Evan sans l'attendre.

— Je suis sincèrement désolée pour mon père. Si je pouvais l'empêcher de n'en faire qu'à sa tête…

Elle avait hâte de retrouver Evan maintenant. Passant devant Hélène, elle demanda :

— Vous venez ?

— Bien sûr que je viens ! Vous et votre fils, vous représentez deux raisons pour que Zach prenne ses distances par rapport à Lily. Elle est une Nash, maintenant.

Olivia préféra ne rien dire mais en fait, elle n'en croyait pas un mot. Hélène avait beau se servir de cette menace pour faire souffrir Zach, elle ne cherchait pas vraiment à l'oublier. Si elle en avait réellement terminé avec lui, elle ne serait pas aussi furieuse ! Elles descendirent dans un silence tendu.

Au bas des marches, Olivia voulut faire une dernière tentative. La gorge serrée, elle s'écria :

— J'aimerais pouvoir vous convaincre que je ne vous veux que du bien, à vous et à votre fille ! Je regrette infiniment que mon père ait lancé les médias à nos trousses, mais nos enfants comptent plus que tout le reste. J'espère qu'Evan et Lily s'aimeront.

Le visage délicat d'Hélène rougit brusquement.

— Moi non plus, je ne veux pas de mal à votre fils. J'aurais juste aimé être au courant de votre existence. Je n'aurais pas gâché trois années de ma vie avec Zach.

Se glissant devant Olivia, elle ouvrit la porte du salon de façon à lui en barrer le passage.

— Pour l'instant, c'est notre affaire, lâcha-t-elle. Nous vous enverrons Evan quand nous lui aurons tout expliqué.

La porte se referma au nez d'Olivia. Un instant, elle vit rouge. Au diable la justice, au diable les compromis, cette femme ne méritait qu'une bonne gifle ! Le souffle court, elle s'arrêta pourtant pour reconsidérer la situation et les options qui s'offraient à elle. Soit elle forçait le passage, reprenait son fils et disait à Hélène Nash ce qu'elle pensait d'elle ; soit elle laissait Evan faire connaissance avec sa sœur sans éclats. Son fils vivait un moment très important et pour la première fois, elle n'était pas avec lui. Elle le remettait entre d'autres mains.

Respirant à fond, elle analysa le comportement d'Hélène. Elle avait cru trouver un terrain d'entente jusqu'à la petite manœuvre d'évincement devant la porte. Si Olivia entrait, Hélène était suffisamment imprévisible pour faire une scène qui marquerait la suite des rapports entre Lily et Evan.

Elle décida de faire confiance à Zach pour protéger Evan face à son ex. Il fallait à tout prix éviter que le garçon voie la mère de Lily piquer une crise.

— Vous voulez un café, Olivia ?

Elle se retourna d'un bond. Beth et Eliza Calvert se tenaient derrière le comptoir d'accueil ; Eliza serrait le bras de Beth comme pour la retenir.

— Vous avez entendu ? leur demanda Olivia.

Elles hochèrent la tête, bouches crispées comme si elles s'étaient promis de ne pas faire de commentaire.

— Elle m'a embobinée en disant qu'elle ne voulait que du bien à Evan, lâcha Olivia, amère.

— Elle ne veut pas admettre qu'elle est autant responsable que Zach de l'échec de leur mariage. Pour elle, tout est la faute de Zach et tout ce qu'elle fait est justifié par ce quelle a souffert.

La franche analyse de Beth mit Olivia assez mal à l'aise.

— Vous n'avez rien de plus fort que du café ?

— Un thé que font nos belles-mères, proposa Eliza. Il est très apaisant.

— Je pensais plutôt à quelque chose d'alcoolisé. Il n'y a pas une certaine tradition dans le voisinage ?

Après la confrontation avec Hélène, cela faisait du bien de sourire. Elle demanda tout de même :

— J'espère qu'on ne se vexe pas, dans le Sud, si quelqu'un du Nord parle d'alcool artisanal ?

— Je n'en parlerais pas trop fort tant que vous n'aurez pas lancé votre propre distillerie clandestine, conseilla Eliza avec un bon sourire en l'entraînant vers la cuisine.

D'un commun accord, les trois femmes s'installèrent pour boire leur thé autour de la table ronde formant un coin lecture près de l'accueil. De leurs places, elles pouvaient surveiller la porte du salon. Sans trop savoir à quoi s'attendre, Olivia fut soulagée de n'entendre aucun éclat de voix derrière la porte.

— Eliza, dit-elle tout à coup, vous croyez qu'on pourrait faire du feu dans la chambre d'Evan ? Juste une petite flambée. Il aime faire semblant de camper dans la nature. Chez nous, il dort quelquefois devant la cheminée.

— Je m'en occupe.

Puis, regardant sa belle-sœur, elle observa :

— Le petit aime camper.

— Lily et Zach vont souvent camper près d'une source sur la crête, expliqua Beth. Vous êtes une campeuse, vous aussi ?

— De temps en temps, pour faire plaisir à Evan. En fait, je préfère un toit et une bonne douche.

Les deux autres femmes la toisèrent en silence. Elle sourit, un peu ennuyée.

— Je n'ai rien contre la nature mais je n'aime pas avoir les cheveux sales ou me laver à l'eau froide.

— J'ai déjà entendu ça quelque part, observa Eliza avec un brin d'ironie. Non… excusez-moi, Olivia.

Celle-ci scruta le visage des deux femmes et décida qu'il valait mieux préciser ses intentions.

— Je ne suis pas ici pour reprendre notre vie là où nous avons été interrompus, Zach et moi, dit-elle.

— Non, bien sûr, s'empressa de convenir Beth.

Pourtant, le regard qu'elle échangea avec sa belle-sœur confirma qu'elles avaient envisagé cette solution.

— Zach et Lily auront envie d'emmener Evan à la source chaude. Ce serait dur pour un homme tout seul de prendre soin de deux petits toute la nuit, ajouta Eliza.

A cet instant, la porte du salon s'ouvrit et Olivia croisa un regard vert identique à celui de Zach et Evan.

— Bonjour, Lily, dit-elle.

La toute petite fille en T-shirt et jean fleuri ressemblait énormément à son père. Elle était menue, adorablement jolie et devant son sourire timide, Olivia se sentit tout attendrie. Dire que le frère et la sœur avaient déjà perdu tant de temps !

— Bonjour, répondit Lily d'une voix haut perchée mais ferme. Je ne sais pas comment je dois vous appeler.

— Je m'appelle Olivia.

— Madame Olivia, dit Hélène en se montrant derrière sa fille. Chez nous, les enfants montrent du respect aux adultes.

Derrière elle, Zach referma la porte, le regard troublé.

— Je croyais que vous viendriez nous rejoindre, dit-il.

Elle leva les yeux vers Hélène qui sourit froidement en attendant l'accusation d'Olivia.

— La porte était fermée, dit-elle. J'ai cru que vous vouliez être entre vous.

Il fronça les sourcils, sceptique, mais choisit de ne pas relever.

— Lily, je viendrai te prendre à 6 heures vendredi.

— D'accord, papa, mais je peux revenir demain pour jouer avec Evan ?

Tous les regards se tournèrent vers Hélène. Olivia faillit proposer d'aller chercher la petite, et se ravisa juste à temps. Son aide ne serait pas la bienvenue.

— S'il vous plaît, Madame Hélène, dit Evan. Je n'avais encore jamais eu une sœur.

Blessée par son ton suppliant tout en étant heureuse de son impatience de mieux connaître sa nouvelle sœur, Olivia alla le prendre aux épaules. Il se dégagea avec un bref regard pour lui rappeler qu'il n'aimait pas les câlins en public.

— Je pourrais venir la chercher pour le petit déjeuner, proposa Zach. Ou elle pourrait dormir chez moi ce soir, Hélène.

Hélène décrocha le blouson de sa fille des patères près de la porte.

— Pour le petit déjeuner, décida-t-elle, l'air de choisir le moindre de deux maux. Et je veux la récupérer à midi. Elle a son cours de piano à 4 heures et elle doit travailler avant.

Zach approuva de la tête ; Olivia vit un muscle saillir de sa mâchoire.

— Papa ! hurla Lily. J'ai une journée de plus avec toi !

Elle s'accrocha à sa main et se balança, folle de joie. Olivia en eut les larmes aux yeux — et à voir la rougeur subite des paupières de Zach, elle n'était pas la seule.

8.

Avant d'aller chercher Lily le lendemain matin, Zach s'assura que Tyler, l'un de ses adjoints, pourrait assurer la permanence au bureau jusqu'à midi. Puis il éteignit son portable et fila chez Hélène. En arrivant, il s'aperçut qu'il voyait la demeure des Nash d'un nouvel œil.

La famille Nash l'avait achetée à l'époque où elle raflait toutes les propriétés sur lesquelles elle pouvait mettre la main, avant de se lancer dans le rachat de toutes les banques de l'Est du Tennessee. Une maison cossue… mais qui semblait modeste en comparaison de celle des Kendall.

Il sonna ; à sa grande surprise, Hélène lui ouvrit en personne, flanquée de Lily. Habituellement, il devait patienter sur le seuil comme un livreur.

Lily bondit, il l'accueillit dans ses bras.

— A tout à l'heure, maman. Je dois aller voir mon frérot.

— Ton frère, Lily, je te l'ai répété dix fois. A midi, Zach. Pas midi une.

C'était devenu une seconde nature d'ignorer le ton qu'elle prenait avec lui si Lily était présente. Il retourna vers sa voiture en serrant la main de sa fille dans la sienne. Le soleil lui sembla tout à coup plus brillant : il avait une matinée entière avec ses deux enfants ! Et avec Olivia…

Le laisserait-elle seul avec les enfants comme elle l'avait fait la veille au soir ? Il s'était pourtant attendu à ce qu'elle revienne dans le salon avec Hélène. Surpris d'entendre son ex proposer de monter chercher Olivia, il n'avait pas compris pourquoi celle-ci n'était pas entrée. Il ne comprenait pas plus sa propre déception en constatant qu'elle ne viendrait pas les rejoindre.

Lily se débattait avec sa portière. Il l'ouvrit pour elle, la boucla dans son siège et prit le volant.

— Tu as très faim ?

— Non. Maman m'a fait manger des flocons d'avoine et du pain grillé.

Alors qu'elle était invitée pour le petit déjeuner ? Il se mordit la lèvre pour retenir un juron.

— Tu n'auras qu'à boire du chocolat chaud pendant que nous mangeons.

— Evan et moi, il faut qu'on joue vite !

Il lui sourit, amusé. Elle avait raison, ils avaient beaucoup de temps à rattraper !

— Tu auras d'autres journées avec Evan, tu sais ! On va demander à Tante Eliza si on peut manger dehors sur la terrasse. Comme ça, vous pourrez jouer dans le jardin, même si nous n'avons pas terminé.

Tante Eliza l'avait devancé : à leur arrivée, la table extérieure était déjà prête et Evan et Olivia patientaient, elle devant un café, lui devant un verre de jus de fruits. Lily les vit la première, à travers la porte vitrée de la salle à manger.

— Voilà mon frérot, papa, voilà Evan !

— Vas-y, dit-il en lâchant sa main. Je fais juste un saut dans la cuisine pour prévenir Tante Eliza que nous sommes là.

Elle fila comme un petit boulet de canon ; il la vit s'arrêter net devant la table en vacillant comme un personnage de dessin animé. Evan et elle se regardèrent, rayonnants mais muets. Repoussant sa chaise, Olivia lança un regard indulgent à Zach

140

et fit monter la petite sur la chaise à côté d'Evan. Zach fit un geste vers la cuisine et elle approuva de la tête.

Eliza arrivait justement à sa rencontre, chargée d'un lourd plateau sur lequel il vit un grand plat de pain perdu et un autre de bacon grillé, le délicieux bacon qu'elle achetait à un éleveur local.

— Attends, je le prends, proposa-t-il.

— Je veux bien, dit-elle en lui abandonnant son fardeau. Je retourne chercher la salade de fruits. Fraise et mangue, la préférée de Lily.

— Merci, dit-il en posant un baiser sur sa joue. Et merci de nous laisser coloniser ta terrasse ce matin.

— Mes autres clients sont partis très tôt au Musée Appalachia à Norris. J'ai passé un excellent moment avec ton Evan. Il voulait goûter les *grits*, et il a manqué les recracher sur le carrelage de ma cuisine. Nous avons décidé que je ferais du pain perdu.

— Il appréciera mieux les spécialités du Sud à sa prochaine visite.

— Comme il avait failli vomir, Olivia n'a pas voulu goûter. Elle est délicate à ce point ?

— Elle fait surtout ce qu'elle peut pour ne pas se faire remarquer.

— Dommage que son père voie les choses autrement. File dehors pendant que c'est chaud, j'apporte les fruits. Où est ta maman ?

— Mamie l'a recrutée pour animer un atelier de crochet à l'Elevage.

— Mamie a sûrement pensé qu'Olivia et toi deviez rester en tête à tête avec les enfants. Beth n'aurait pas pu résister à l'envie de s'inviter.

— A ton avis, pourquoi les femmes de la famille se sentent-elles aussi libres de manipuler leur entourage ?

— Bardill's Ridge est une société matriarcale.

Elle n'était sans doute pas loin de la vérité, pensa-t-il en emportant son plateau avec précaution entre les tables de la salle à manger. Dès qu'Olivia l'aperçut, elle vint lui proposer son aide ; ensemble, ils casèrent le plateau sur la table et se mirent à servir les enfants. Il jeta un regard furtif à la jeune femme qui s'affairait près de lui. Les vraies familles faisaient ces gestes chaque matin ! Un papa ordinaire trouverait normal de se mettre à table avec femme et enfants, et il ne leur servirait sans doute pas une telle quantité de pain perdu ! Il lui sembla qu'il ne trouverait jamais normal la présence de quiconque à ses côtés.

Lily lui tira la manche avec un « pssst » perçant. Comme il l'interrogeait du regard, elle souffla :

— Tu as oublié le beurre de cacahuètes !

— Le beurre de cacahuètes, beurk ! s'exclama Evan.

— Moi, je trouve ça très bon, protesta Olivia avec un regard sévère. Je crois que je vais en prendre aussi. Tu viens avec moi le chercher, Evan ?

— Non, je dis juste pardon à Lily et je reste manger. J'ai trop faim !

Zach dut retenir un éclat de rire tandis que le garçon se penchait vers Lily pour lui dire très sincèrement :

— Pardon, Lily.

— Tu trouves vraiment que c'est beurk ? demanda la petite d'une voix qui tremblait un peu.

— J'en mangerai un peu si tu veux, proposa Evan.

— On n'a qu'à s'en tenir chacun à ce qu'on aime, temporisa Zach. Il suffira de se souvenir qu'Evan aime le sirop et Lily le beurre de cacahuètes sur le pain perdu.

Olivia quitta la table avec un regard sévère à l'adresse d'Evan qui piqua du nez dans son assiette.

— Mais pas de sucre, dit Lily en essuyant le sien avec ses mains. Je n'aime pas le sucre sur le pain perdu.

— Je vais l'enlever avec un couteau, ma grande.

— Oui, avant que ma mère te voie, souffla Evan.

— Et tu diras rien à ma mère, d'accord ?

Evan hocha vigoureusement la tête et Zach sourit, ému. Ses enfants avaient déjà leurs secrets !

— Vous êtes de braves gosses, vous savez ça ?

— Oui, bon, soupira Lily en lui tendant son couteau. Tu peux finir le sucre avant que la mère d'… Avant que Madame Olivia revienne ?

Il posa un baiser sur sa queue-de-cheval parfaite.

— Bien sûr. Et toi, Evan, je peux faire quelque chose ?

— Non, fit le garçon en balançant les jambes. Je suis cool.

— Cool ! répéta Lily en pouffant.

Zach ne voyait pas très bien ce qu'il y avait de si drôle mais il rit avec eux. Olivia revint, l'air décidé, avec un gros bocal de beurre de cacahuètes dont elle étendit une quantité généreuse sur un morceau de pain perdu. Elle parvint même à en avaler une quantité respectable avant que Lily ne termine goulûment son assiette et s'écrie sans reprendre son souffle :

— On peut aller à la balançoire ? Tu viens, Evan ?

Sans attendre de réponse, les deux enfants se précipitèrent vers le fond du jardin.

— Vous pouvez arrêter maintenant, dit Zach en lui remplissant sa tasse de café.

— Merci, dit-elle en avalant une grande gorgée. En fait, ce n'est pas si mauvais. On s'habitue.

Il eut un grand éclat de rire, soulagé de pouvoir enfin se lâcher. Comme elle avait l'air vexé, il lui dit :

— C'était gentil de faire ça. Vous avez vu comme Lily vous regardait ? Vous l'avez mise à l'aise.

— Je ne sais pas à quoi pensait Evan.

— Il est encore petit. Ils sont excités de se voir.

L'air un peu étourdi, elle murmura :

— Je me demande tout de même combien de temps cet âge d'or va durer. Lily finira sûrement par se rendre compte qu'Evan va détourner une part de votre attention, et Evan voudra s'assurer que vous l'aimez autant que Lily. C'est normal…

Il hocha la tête en prenant sa propre tasse de café.

— C'est drôle comme on sait tout de suite aimer son enfant. Moi, je me demande surtout comment je pourrai rattraper ces cinq années où je n'étais pas là pour lui.

Olivia se rembrunit, tendant vers lui une main incertaine.

— Vous n'avez aucune raison de vous en vouloir, Evan est enchanté de la situation telle qu'elle est. En vous attendant, il regardait l'horloge toutes les quinze secondes et il bombardait votre tante de questions. Eliza a fait preuve d'une patience incroyable, je n'en revenais pas.

Il secoua la tête en souriant.

— Nous sommes très « enfants » par ici. Alors, que pensez-vous de cette nouvelle famille ?

Tout de suite, il regretta sa question. Elle se redressa comme si elle cherchait à reprendre ses distances.

— Vous êtes la famille d'Evan. Je suis contente de rencontrer tout le monde mais je ne fais pas partie du contrat. Vous n'êtes pas obligés de m'accueillir.

— Vous autres, corrigea-t-il. Ou simplement « v'z'aut' ».

— Pardon ?

— Pas « vous » mais « vous autres ». C'est l'accent.

Elle eut un sourire hésitant. Il contempla un instant ses lèvres si naturellement rouges, si terriblement tentantes.

— V'z'aut', essaya-t-elle.

Quand elle détourna les yeux, des mèches de cheveux volèrent en travers de son visage. Elle les repoussa et il pensa que ces longues mains fines s'étaient promenées sur son corps…

— Vous auriez dû comprendre avant de venir comment fonctionne la famille dans le Sud, dit-il doucement.

144

Flirtait-il avec elle ? Il ne le savait pas très bien et elle non plus ne savait trop quelle réaction avoir.

— J'ai bien vu que tout le monde semblait nous accepter, Evan et moi… Votre vie est très différente de la mienne.

Soutenant son regard, elle ajouta :

— Je me suis toujours demandé pourquoi vous ne m'aviez pas invitée ici.

— Nous ne nous connaissions pas depuis longtemps.

— Non, je veux dire : vous êtes descendu en visite ici pendant que nous étions…

Elle se tut, il vit rosir ses joues. Elle voulait dire « pendant que nous étions amants ».

— J'ai tout fait pour vous faire comprendre que j'aimerais vous accompagner, mais vous avez ignoré mes appels du pied les plus lourds, dit-elle en souriant avec un peu de gêne.

Et elle, flirtait-elle avec lui ? Il n'eut pas le temps de le découvrir car la voix d'Evan hurla tout à coup :

— Sœurette !

Sa voix trahissait une véritable panique. Zach se retrouva debout, prêt à attaquer. Le garçon parut à l'angle de la maison, tirant Lily par la main et courant de toutes ses forces.

— Viens ! C'était une mauvaise femme.

Il se jeta contre sa mère, qui vacilla sous le choc en serrant les deux petits contre elle.

— Des caméras, haleta Evan. Et la dame voulait savoir le nom de Lily.

— Emmène-les à l'intérieur, lâcha Zach en s'éloignant à grands pas.

— Viens aussi. Ils partiront s'ils ne trouvent personne à qui parler, s'écria-t-elle.

Il était dans une telle rage qu'il ne parvenait plus à parler. Seule la présence des enfants, qui suivaient leur échange les yeux ronds, l'empêcha de perdre tout à fait la tête. Chaque fois que cette rage affreuse explosait en lui, il en avait des sueurs froides par la suite. Il ne se reconnaissait plus et finissait par croire à ses pires affabulations — par exemple qu'il aurait tué Kim et que c'était pour cela qu'il préférait tout oublier. A travers le brouillard rouge dans sa tête, une seule pensée claire surnageait : il devait protéger ses enfants et virer les journalistes qui avaient osé les effrayer.

— Olivia, faites ce que je dis.

Elle lui lança un regard très froid — manifestement, elle ne supportait ni son ton, ni sa façon d'aborder le problème.

— Ecoutez-moi un instant ! J'ai davantage d'expérience que vous pour négocier ce genre de situation.

Il se fichait royalement de son expérience avec ces charognards.

— Emmenez Evan et Lily à l'intérieur, répéta-t-il.

Sans attendre sa réponse, il contourna la maison en marchant tout droit à travers les plates-bandes de sa tante. Deux cameramen et trois journalistes s'accrochaient à la crête du mur de clôture. Des images jaillirent devant ses yeux, comme le jour du braquage où il s'était représenté très précisément la séquence des mouvements à faire ; cette fois, ce fut une vision confuse de caméras et de corps qui s'envolaient... et il se sut capable de le faire. Comment osaient-ils interroger son fils, effrayer sa fille, écrire leurs inepties sur la famille d'Olivia ? Des fauves capables de se repaître de bébés...

— Fichez le camp, articula-t-il.

— Etes-vous le père d'Evan Kendall ? demanda la femme.

— Je suis le shérif et je vais...

« vous casser en deux... »

— ... vous arrêter si vous ne quittez pas immédiatement cette propriété privée.

Personne ne ferait peur à ses enfants. Personne.

La femme ouvrit la bouche ; il serra les poings.

— On retourne sur la voie publique, les gars, lâcha-t-elle en sautant à bas du mur.

Zach savait que, légalement, il ne pouvait pas les repousser plus loin. Ils glissèrent tous du mur ; tournant les talons, il rentra dans la maison. Son cœur fou cherchait à s'échapper de sa poitrine. Sa réaction était disproportionnée, il le savait, mais chaque fois qu'il pensait au cri d'Evan, il avait envie de réduire en poussière le premier objet qui tomberait sous sa main.

— Seigneur, marmotta-t-il, ruisselant de sueur.

— Zach ?

Il se retourna vivement, toujours sur le qui-vive, et fut frappé par l'expression de méfiance tapie dans les yeux d'Olivia.

— Les enfants sont avec Eliza, précisa-t-elle.

— Vous n'auriez pas dû les laisser.

— Nous y retournerons tous les deux dès que vous n'aurez plus une tête de tueur à gages.

— Quoi ?

En fait, il savait exactement ce qu'elle voulait dire. Tueur à gages ? Un instant plus tôt, il se sentait prêt à travailler gratuitement !

— Dans les films, les assassins sont beaucoup plus calmes, ajouta-t-elle.

— Je suis calme.

— Vous avez la mort dans les yeux, dit-elle froidement en se retournant pour jeter un coup d'œil vers le mur de clôture. Ils sont encore en vie ?

— Ils installent leur matériel sur le trottoir. Ils ont sans doute d'excellents clichés de moi en train de les menacer.

— Ça vous arrive souvent de disjoncter ?

Cette accusation le terrifia.

— Mais non ! Je n'ai pas disjoncté. Je vous dis que ces imbéciles n'ont pris aucune photo.

— Vous étiez obligé d'assommer votre braqueur mais ces gens font juste leur boulot.

Son regard fixe le mettait de plus en plus mal à l'aise. Un peu affolé, il s'efforça de se ressaisir. Olivia ne cherchait pas un prétexte pour le séparer de son fils, elle était seulement choquée par ce qui venait de se passer. Et lui, il ne pouvait pas la rassurer parce qu'il n'avait aucune idée pourquoi la rage rentrée qui hantait ses cauchemars faisait tout à coup irruption dans sa vie réelle.

Il fit un effort immense pour se calmer.

— Vous comprenez ces gens parce que vous êtes plus ou moins de la partie. De mon point de vue, ils menaçaient mes enfants. Ils sont trop jeunes pour affronter des paparazzi.

— Parce que c'est comme ça que vous me voyez ? s'écria-t-elle, suffoquée.

— Non, dit-il.

Tournant les talons, il se dirigea vers la salle à manger.

— Laissons tomber pour l'instant. Je veux voir les enfants. Nous discuterons une autre fois du meilleur moyen de gérer un accès de colère.

— Comptez-y !

Il frissonna involontairement. Il n'avait pas peur de ce que pourrait faire Olivia, mais plutôt de ses propres réactions sous l'influence de ses angoisses diffuses. Il avait du mal à accepter le fait qu'il était capable de mettre un être humain en pièces, ou même de présenter une façade de calme absolu alors qu'intérieurement, il explosait comme un volcan.

Postée à la fenêtre de sa cuisine, Beth guettait l'allée avec une inquiétude grandissante. Zach, les enfants et Olivia auraient déjà dû arriver.

Zach avait téléphoné pour demander s'ils pouvaient passer chez elle, le temps de semer les journalistes rassemblés autour du Dogwood. En les attendant, elle prépara le matériel nécessaire pour l'atelier de crochet qu'elle animerait tout à l'heure, puis apporta quelques jouets dans le salon : le grand baril de poutres miniatures avec lesquelles on pouvait tout construire, la voiture de course et son circuit qui répandaient toujours une odeur de court-circuit ; elle trouva également deux Yo-Yo écaillés et une corde à sauter qui avait dû appartenir à Molly ou à Sophie. Les gosses s'intéressaient-ils encore à ce genre de jouets ? Pourvu qu'Evan se sente à son aise chez elle !

Elle tomba en arrêt devant deux numéros de *Pertinence* rangés dans le portant près de son fauteuil. Elle se rongea machinalement l'ongle du pouce en se demandant si elle ne devait pas les fourrer dans un tiroir. Cela faisait tout de même un drôle d'effet d'accueillir chez elle la patronne de ce magazine.

Le téléphone sonna et elle se détourna avec un soupir de soulagement. C'était sûrement Zach !

— Allô ?

— Zach Calvert, je vous prie, dit une voix brève.

Sans doute un de ces fichus journalistes. Le ton sur lequel il lui parlait la hérissa.

— Il n'habite pas ici.

— Si j'ai bien compris le programme, il a emmené mon petit-fils rendre visite à une certaine Mme Beth Calvert. C'est vous ?

— Je suis Beth, oui.

— J'ai besoin de lui parler. Tout de suite. Passez-le-moi, je vous prie.

Kendall en personne. Ce type se prenait vraiment pour l'être suprême ! Un instant, elle fut tentée de dire ce qu'elle pensait de lui, mais elle opta pour la prudence.

— Il n'est pas encore arrivé, dit-elle. Je peux lui faire passer un message ?

— Comment ça, pas arrivé ? Ma fille et Evan sont avec lui et ils ont quitté leur hôtel il y a une demi-heure, d'après une autre Mme Calvert à qui je viens de parler.

— Nous avons des journalistes en ville, dit-elle délibérément. Zach tente de les semer pour qu'ils ne le suivent pas jusqu'ici.

Un silence, légèrement brouillé de parasites.

— Madame Calvert, ma fille refuse de prendre mes appels ou de répondre à mes mails. Voudriez-vous aussi lui transmettre un message ?

— Peut-être…, marmonna-t-elle de mauvaise grâce.

Du moment qu'il ne lui ordonnait pas de le rappeler dès qu'elle descendrait de la voiture de Zach !

— Dites-lui que j'ai renvoyé le maître d'hôtel.

Malgré son agacement, elle fut si soulagée qu'elle se mit à rire.

— Je serai contente de lui dire. Vous voulez toujours que Zach vous rappelle ?

— Oui. Son ancien officier supérieur vient de me contacter et je suis prêt à écouter le point de vue de Calvert quant à l'information que je dois transmettre à l'Amiral.

— Je transmettrai, dit-elle en perdant toute envie de rire.

— Merci, madame Calvert.

— Beth, corrigea-t-elle.

Il avait renvoyé le maître d'hôtel indiscret, elle était prête à déclarer une trêve.

— Merci, Beth.

— De rien, monsieur Kendall.

— Je vous en prie, appelez-moi James. Vous avez vu Evan ?

150

— C'est un petit garçon adorable, drôle et intelligent. Il a entraîné sa sœur loin des journalistes comme s'il la sauvait des meutes de l'enfer.

— C'est un brave petit gars. Je suppose que vous ne me croirez pas si je vous dis à quel point je regrette d'avoir causé ce problème pour ma fille et votre fils.

— Curieusement, je vous crois, mais je ne compte pas pour grand-chose. C'est avec Olivia et Zach que vous devrez faire la paix. Et avec Evan. Il a eu peur pour sa sœur.

— Ma fille refuse d'écouter mes conseils. Je ne cesse de lui répéter qu'elle devrait se faire accompagner d'un garde du corps quand elle voyage avec Evan. Celui qui l'accompagne à l'école serait enchanté de faire des heures supplémentaires…

L'idée d'un garde du corps accompagnant Evan à l'école la fit regretter de n'avoir pas raccroché pendant que leur échange était encore courtois.

— Je transmettrai vos messages, James, dit-elle. Au revoir.

Elle raccrocha, sans écouter son adieu cérémonieux. Des gardes du corps ! A quoi ressemblait donc le quotidien d'Evan ?

— Papa ? fit Evan de la banquette arrière. Lily dit que tu vas lui construire une cabane dans un arbre.

— Elle sera pour toi aussi, maintenant, répondit Zach. Tu veux nous aider à dessiner les plans ?

Olivia se retourna juste à temps pour voir leurs deux enfants brandir un poing triomphal. Hélène n'apprécierait sans doute pas cette façon peu raffinée d'exprimer sa joie.

— La cabane, ce sera peut-être pour la prochaine fois, dit-elle. Je ne sais pas combien de temps nous pourrons rester.

— Nous la mettrons en chantier d'ici à un ou deux jours.

151

Zach parlait calmement mais dans son regard, elle lut la même prière que dans celui des enfants. Elle s'en voulut d'être intervenue. Elle se sentait prise de court de les entendre faire des projets à long terme, mais elle n'aurait pas dû parler de départ devant les enfants.

— J'ai un travail, dit-elle d'une voix contenue. Je dois retourner à Chicago avant que Brian ne démissionne.

— C'est qui, Brian ? souffla bruyamment Lily à l'arrière.

— Un type, répondit Evan d'un ton important. Il joue au foot avec moi.

Gênée, Olivia jeta un regard furtif à Zach, qui tenait tant à faire du sport avec Evan et qui trouverait peut-être que ce Brian empiétait sur ses plates-bandes. Il lui sourit, un peu ennuyé.

— Oui, ça m'embête, glissa-t-il dans un chuchotement plus discret que ceux des enfants. Mais j'apprendrai à jouer aussi.

— Brian est gentil. Il a juste cherché à…

Elle ne voulait surtout pas suggérer que Zach avait failli à sa tâche. Elle ne pouvait pas lui reprocher son absence alors qu'il n'était pas au courant de l'existence de son fils — mais il n'était pas du genre à se montrer très indulgent envers lui-même.

— Oui, Brian a rempli un manque, je comprends, dit-il en ralentissant pour engager la voiture dans une route non pavée, à peine visible entre les buissons. Et je comprends aussi que vous ne me le reprochez pas. Vous n'êtes pas obligée de peser chaque mot avec moi.

Cela non plus, les enfants n'avaient pas besoin de l'entendre. Heureusement, sur la banquette arrière, Lily se vantait de courir plus vite que le chat de Mamie Beth, et Evan affirmait qu'il était sûrement plus rapide.

— Ce n'est pas facile, dit-elle en se rapprochant un peu de Zach pour ne pas attirer l'attention. Je ne suis pas dans votre tête, et je ne veux pas que vous pensiez que je vous garde rancune…

— Moi, je me demande surtout comment vous pouvez être aussi magnanime.

Elle se redressa un peu.

— Vous n'avez pas disparu délibérément. Je suis une femme raisonnable.

— Plus que raisonnable.

Elle sentit son cœur battre plus vite mais ne trouva rien à répondre. Zach leva les yeux vers le rétroviseur. Ils roulaient dans un tunnel de verdure, les feuillages balayaient le toit ; personne ne les suivrait ici ! Il y eut un nouveau virage puis Zach lança :

— Voilà, on y est ! Evan, regarde la maison là-haut. C'est là que j'habitais quand j'étais petit, et aussi ma mère quand elle était petite.

— Je veux voir ta maison de maintenant.

— On ira ensuite, mais Mamie Beth a des jouets à te montrer, et Lily pensait que tu aimerais faire des cookies.

Olivia et Zach s'étaient mis d'accord au Dogwood avant de partir : une fois semés dans l'enchevêtrement des chemins forestiers, les journalistes chercheraient la maison de Zach. Il ne pensait pas que quiconque puisse la trouver mais il voulait s'en assurer avant d'emmener Evan et Lily chez lui.

Glissant la main dans la poche de son manteau, Olivia palpa le téléphone portable qu'elle n'avait pas allumé depuis trente-six heures. Sa boîte vocale devait être inondée de messages de son père.

Tout en haut de l'allée abrupte, Zach se gara derrière la haie, sous une plante grimpante incroyablement drue.

— C'est du chèvrefeuille, Evan, dit-il. Tu devrais le voir au printemps. Ça sent bon !

— On peut boire dedans, ajouta Lily.

— C'est vrai ? demanda son fils, impressionné.

— Oui ! Mamie Greta m'a montré. C'est la mamie de papa.

— Je la connais, papa ? demanda Evan.

— Pas encore, mais tu vas la connaître.

Manifestement, Evan commençait déjà à s'y perdre parmi les nombreux membres de la famille Calvert. Olivia mit pied à terre de son côté, ouvrit la portière arrière et se pencha à l'intérieur pour défaire le harnais de Lily. Dès qu'elle fut libre, la petite glissa à terre en lui prenant la main. Stupéfaite par la spontanéité du geste, Olivia leva les yeux vers Zach qui lui sourit en retour.

— On arrive en cachette, papa ? pouffa la petite. Tu joues à cache-cache avec la voiture ?

— On ne se cache pas de Mamie ! Tu vas frapper ?

Elle fila au galop et Evan se précipita à sa suite. Olivia murmura :

— Elle m'a pris la main…

— J'ai vu.

— Elle est adorable, Zach. Je sais que vous avez des problèmes avec Hélène mais Lily a l'air de bien accuser le coup.

— Nous l'aimons tous les deux, nous cherchons à faire au mieux pour elle, chacun à notre façon.

— Hélène vous en veut encore.

— Ma mère dit qu'elle a été désagréable avec vous hier soir.

Les enfants tambourinaient à la porte. Olivia se demandait encore si elle devait parler des accusations d'Hélène quand la mère de Zach parut sur le seuil, rayonnante. Tout de suite, elle souleva les deux petits dans ses bras.

— Hélène a dit ce qu'elle pensait, conclut-elle en regardant Evan rendre ses baisers à sa grand-mère. Dites, Evan finira par être gâté si tout le monde le traite comme le petit Jésus.

154

— Pour ma mère, l'arrivée d'un petit-enfant, c'est mieux que Noël. Et que pense Hélène ?

— Nous devrions entrer. Ça ne servira à rien d'avoir caché la voiture si nous restons en pleine vue.

— S'ils devaient grimper la route, nous les entendrions avant qu'ils ne puissent nous voir.

Cela lui venait beaucoup trop facilement de jouer à l'espion ! Mesurait-il à quel point ses réflexes étaient insolites ? Elle ne lui posa pas la question : cette journée était pour la famille, pas pour les grandes explications. A leur tour, ils se dirigèrent vers la porte, et Zach la surprit en lui prenant le bras pour la faire entrer. Troublée par la chaleur de son corps, elle l'entendit murmurer :

— Vous n'êtes pas obligée de frapper.

— Je ne suis pas chez moi.

Il se contenta de lui sourire. Dès le seuil, elle fut surprise par la bonne odeur de pommes et de pâtisserie, et l'atmosphère incroyablement douillette qui régnait dans la maison. Ils se trouvaient dans un petit salon rempli de meubles et tapissé de photos de famille. Emue, elle murmura en s'approchant de l'une de Zach, enfant :

— C'est fou ce qu'Evan vous ressemble…

— J'ai tout de suite su qu'il était de moi. Lily, Evan ! Laissez descendre Spike de la télévision.

Suivant son regard, Olivia vit un énorme chat gris qui sifflait furieusement, le dos arqué, perché sur un gros téléviseur à l'ancienne.

— Evan ! protesta-t-elle. Tu aimes les animaux. Laisse-le tranquille.

La mère de Zach sortit d'une petite cuisine, une chope dans chaque main.

— Il n'aime pas qu'on le caresse, expliqua-t-elle. Si vous buvez votre chocolat bien tranquillement, il viendra s'asseoir près de vous.

— Oh, c'est pas drôle...

De déception, Evan parlait comme un enfant gâté. Se tournant vers sa sœur, il demanda :

— Comment est-ce que tu fais la course avec lui, alors ?

— Je cours peut-être après lui. Mais seulement un peu, Mamie Beth, et quelquefois je le laisse partir.

— Tant que tu ne lui fais pas peur. Il a besoin d'un peu d'exercice. Méfie-toi tout de même de ses griffes, d'accord ?

Puis elle poussa les enfants vers une pile de jouets.

— Je n'ai pas de jeux vidéo..., s'excusa-t-elle, penaude.

— Maman a horreur de ça, répondit Evan. C'est quoi, ça ?

— C'est pour construire, expliqua Lily.

— On peut, Mamie Beth ?

Olivia se détourna pour sourire. La petite copiait le style et la prononciation de son grand frère tandis que ce dernier venait de lui emprunter cette expression de « Mamie Beth », et dieu que ce nom était doux dans la bouche de son garçon ! Dire qu'il avait une mamie, maintenant !

— Allez-y ! s'écria Beth. On dirait que ta maman a tout fait pour te préparer à me rendre visite sans t'ennuyer.

— Oh, je ne m'ennuie pas ! Tout le monde m'aime dans le Tennessee.

Malgré elle, Olivia protesta :

— Evan, est-ce qu'il y a une seule personne à Chicago qui ne t'aime pas ?

— Non, m'man, mais tu vois ce que je veux dire, renvoya-t-il à voix basse, comme si elle venait de lui faire honte.

— Je vois très bien, repartit-elle en ébouriffant affectueusement ses cheveux.

156

— M'man ! protesta-t-il aussitôt en rabattant ses cheveux et en évitant le regard de Lily.

— Olivia, je dois vous parler, à vous et à Zach.

La voix de Beth était grave. S'était-il encore passé quelque chose ?

— Tu sauras ouvrir la boîte ? demanda Olivia à son fils.

— Je l'aiderai, la rassura Lily.

Zach se contenta d'arracher le couvercle en lâchant :

— Nous, les mecs, on doit se serrer les coudes.

Lui aussi ébouriffa les cheveux d'Evan, mais celui-ci lui lança un large sourire et cette fois, il laissa ses cheveux comme ils étaient. Olivia retint une grimace. Elle avait encore de longues années devant elle, au moins jusqu'à l'adolescence, avant que son fils ne décide qu'elle n'était pas fréquentable ! Elle eut beau s'interdire d'attacher trop d'importance à l'incident, le chagrin la serrait à la gorge quand elle suivit Beth dans la cuisine.

Céramiques, porcelaines, faïences fleuries encombraient les étagères et même l'appui de la fenêtre. C'était charmant, gai et reposant à la fois. Personne ne devait jamais avoir envie de repartir d'ici.

— Votre père a téléphoné, lui dit Beth de but en blanc.

Le sourire d'Olivia s'affaissa aussitôt. Elle aurait dû se douter qu'il s'adresserait ailleurs, puisqu'elle refusait de l'écouter.

— Je suis désolée. J'aurais dû écouter ses messages. Je m'assurerai qu'il ne vous…

— Il ne m'a pas dérangée, interrompit Beth en regardant Zach. L'Amiral Gould venait de l'appeler.

A son tour, Olivia se tourna vers Zach.

— Je peux téléphoner ? demanda-t-il, le visage figé.

— Bien sûr.

Olivia aurait aimé quitter la pièce mais elle n'osa pas. Debout près de Beth, elle attendit pendant qu'il composait rapidement un numéro. Au bout de quelques instants, il dit :

— Je vous appellerai plus tard, quand je serai chez moi. Rien n'a changé, non. On s'en tient à la version convenue.

Il leva les yeux vers Olivia, un regard troublé mais pourtant chaleureux.

— J'ai expliqué, et je lui dirai, enchaîna-t-il après un silence. Non, ne vous inquiétez pas. Merci.

Il raccrocha. Sans réfléchir, Olivia s'approcha de lui.

— Ça va ?

— Très bien. Il voulait juste savoir si je comptais parler aux journalistes.

Levant les yeux vers sa mère, il ajouta avec tendresse :

— Personne ici ne leur parlera.

Se retournant vers Olivia, il couvrit sa main de la sienne. Le contact lui plut tant qu'elle faillit se dégager.

— Il m'a aussi demandé de vous faire des excuses. S'il avait su pour le bébé, il aurait dit la vérité à votre père.

Elle trouva la force de relever la tête pour lui sourire.

— Merci.

— Parlant de votre père…, dit la voix hésitante de Beth derrière elle.

Olivia retint son souffle.

— Il m'a demandé de vous dire qu'il avait renvoyé son maître d'hôtel.

— Oh ! Je suis contente !

Sa main libre se glissa dans sa poche et se referma sur son portable. Zach et sa mère échangèrent un regard perplexe.

— Alors il ne mentait pas, expliqua-t-elle. Il disait la vérité quand il affirmait que l'initiative de parler aux journalistes venait de ce type. J'ai horreur qu'on me mente.

Elle avait aussi horreur d'exhiber les tares de sa famille.

Fuyant l'expression de compassion qui adoucissait le visage de Zach, elle se tourna vers le salon.

— Je meurs d'envie de construire une cabane de rondins, lança-t-elle.

9.

Fuyant l'expression de compassion qui adoucissait le visage de Zach, elle se tourna vers le sapin.

— Je peux t'envoyer chercher une casse de pommes, lança-t-elle.

Le lendemain, Olivia et Evan prirent leur petit déjeuner dans la chambre allongés en travers du grand lit, tout en regardant un livre sur les dinosaures. Ce moment agréable fut interrompu par un coup bref frappé à la porte. Olivia glissa une serviette de table dans leur livre pour marquer la page.

— C'est sans doute ton père, murmura-t-elle.

— Avec Lily ? demanda Evan, plein d'espoir.

— J'en doute, répondit-elle avec douceur. Sa maman voudra sûrement la garder avec elle aujourd'hui.

Elle sauta du lit, ajusta rapidement son pyjama qui la couvrait aussi bien qu'un jogging, mais elle aurait aimé se cacher davantage. Pieds nus, elle respira à fond et ouvrit la porte. C'était bien Zach, infiniment séduisant en sweat et jean moulant délavé.

— Pas d'uniforme aujourd'hui ? demanda-t-elle, la bouche sèche.

Hier, il portait sa tenue de shérif parce qu'il devait prendre son service dès qu'il aurait ramené Lily chez elle. En jean, il ressemblait beaucoup plus à l'homme dont elle se souvenait.

— J'ai demandé à mes adjoints de se répartir les tours de garde pendant le long week-end.

Olivia assimila la nouvelle, notant à quel point elle était heureuse — beaucoup trop, même ! — de le voir. Evan, qui n'avait pas tant de scrupules, jaillit des profondeurs de l'édredon avec un piaillement aigu.

— On va t'avoir tout le temps, papa ? C'est quoi, un long week-end ?

— Quatre jours, répondit Olivia.

Elle se sentit rougir… C'était épouvantable mais elle n'y pouvait rien, elle aimait être avec Zach et Evan !

— Quatre jours ? articula Evan, émerveillé.

Zach eut un sourire si heureux qu'elle ne put s'empêcher d'avoir le cœur léger tout à coup. Puis elle s'aperçut qu'il la regardait — un regard insistant qui s'accrochait à elle. Instinctivement, elle passa la main sur sa bouche comme si elle craignait de s'être barbouillée de confitures. Il saisit son poignet et son regard se fit encore plus intense, plus concentré. Elle cessa de respirer. Un instant, ses doigts se resserrèrent autour des siens dans un geste possessif, puis il laissa retomber leurs mains. Il n'avait pas prononcé un mot.

— J'ai pensé que tu aimerais voir l'aquarium de Chattanooga, dit-il à Evan, tout naturellement. Ils ont un parcours qui permet de découvrir tout l'écosystème du Tennessee.

Olivia luttait contre le vertige. Il venait de la toucher comme s'il en avait le droit, et elle ne l'avait pas rabroué. Elle oubliait qu'elle ne ressentait plus rien pour lui ! Elle s'efforça de suivre la conversation. Evan semblait perplexe et Zach expliquait gentiment :

— Tu marches sur un sentier, et les arbres et les fleurs changent comme si tu suivais la rivière Tennessee du haut des montagnes jusqu'au Golfe du Mexique.

— C'est bien, ça ? demanda le petit.

— Trop bien !

— Super !

— Evan, le plateau ! s'écria-t-elle en se précipitant pour éviter un désastre.

161

Surtout, ne pas s'attirer de commentaires défavorables de la part d'un Calvert en tachant la literie !

— On faisait un pique-nique, expliqua Evan à son père. Tu veux du pain grillé ? Maman a mangé les muffins mais les croissants sont tous là-dedans !

Il désignait son ventre rebondi avec un orgueil bien masculin.

— Je prendrais bien du pain grillé, dit Zach. Il vous reste de la confiture ? Quel genre ?

— Juste ce truc horrible à l'orange, repartit le petit en repoussant le pot de marmelade d'un air méfiant.

Zach vint se servir, les yeux rieurs. Olivia réfléchissait au projet de Zach, ne sachant qu'il voulait être seul avec Evan.

— A quelle heure pensez-vous le ramener ? demanda-t-elle.

Il se retourna vers elle, perplexe, essuyant une pointe de marmelade du coin de sa bouche. Elle eut le souffle coupé par ce simple geste. Quelques mois auparavant, Brian avait écrit un article affirmant que les femmes ne réagissaient guère aux stimuli visuels. Elle allait devoir lui dire qu'il se trompait.

— Je pensais que vous voudriez avoir Evan pour vous, bredouilla-t-elle.

— Et moi, je pensais que vous auriez tous deux besoin d'une journée loin des Calvert.

Effectivement... mais elle venait aussi de s'apercevoir que son désir pour Zach n'était pas mort. Le temps d'hésiter, son regard se voilait déjà. Quelle situation impossible ! Il n'était plus celui qu'elle avait aimé et pourtant, elle ne pouvait plus nier qu'elle trouvait l'homme debout devant elle infiniment séduisant. Ce fut Evan qui décida à sa place :

— Allez, maman ! Faut que tu voies les poissons !

Tour à tour, elle consulta son fils qui la suppliait du regard, et Zach, qui restait sur la réserve… et décida d'oublier toute prudence.

— Je craque complètement pour les tortues, dit-elle. Et la brochure d'Eliza dit qu'il y a même des hippocampes.

Enchanté, Evan se remit à bondir sur le lit ; Zach sourit avec un air si content qu'elle se sentit absurdement heureuse. Car en fait, elle n'y allait que pour accompagner Evan !

— Tu as terminé, Evan ? Alors range ton livre, on s'habille.

Il bondit vers la porte ouverte de sa propre chambre. Olivia se dirigeait vers la salle de bains quand Zach lui barra le passage. Son parfum l'enveloppa, un peu épicé et très viril, soulevant en elle une nouvelle déferlante de souvenirs. Des moments tout simples, des moments de passion ou de fou rire…

— Pourquoi ce sourire ? demanda-t-il à mi-voix.

Elle sentit une chaleur se lover autour de son cœur et recula, ouvrant la penderie pour se donner une contenance.

— Je pensais, murmura-t-elle.

Il n'allait tout de même pas lui demander des détails ! Quoi qu'il ait ressenti à l'époque — et elle n'était pas sûre qu'il ait ressenti grand-chose — il ne pensait qu'à Evan aujourd'hui.

Il se rapprocha d'elle et la força à lui faire face.

— Je vous aurais invitée si Evan ne l'avait pas fait.

Que voulait-il dire ? Elle s'efforça de déchiffrer son expression, sachant qu'elle n'aurait pas le courage de l'interroger. Puis l'explication la frappa, douloureuse : il cherchait à établir des rapports amicaux avec elle, parce qu'il redoutait une nouvelle relation houleuse comme celle qu'il endurait avec Hélène. Il la trouvait *sympathique*. Elle ferait bien de se secouer, cesser de rêver, gommer impitoyablement son désir. Il lui était reconnaissant de lui avoir fait une place dans la vie d'Evan, point à la ligne.

— Merci, dit-elle avec raideur. J'en ai pour une minute.

Se retirant dans la salle de bains, elle se doucha rapidement, enfila un jean et un pull léger. Tout en se lavant les dents, elle alla passer la tête dans la chambre d'Evan et les trouva tous deux en grande conversation, assis en tailleur à même le plancher. Pendant un court instant, elle fut tentée de tendre l'oreille pour savoir de quoi ils parlaient. Au fur et à mesure que ses anciens sentiments remontaient à la surface, cela devenait de plus en plus difficile de voir son fils s'attacher à son père. Honteuse, elle recula et acheva en quelques gestes de se préparer.

— Vous êtes prêts ? lança-t-elle le plus gaiement qu'elle put.

Ils sautèrent sur leurs pieds et passèrent bruyamment devant elle, apparemment sans rien remarquer d'anormal dans son attitude. Fermant les deux chambres à clé, elle dévala l'escalier à leur suite ; Eliza leva la tête d'un dossier ouvert sur son comptoir.

— Vous partez vous amuser ? demanda-t-elle.

— On va à Chatta-machin. Où ça, papa ? demanda Evan.

Celui-ci attrapa une brochure sur le présentoir et la lui tendit en répondant :

— Chattanooga, à l'aquarium. Regarde, il y a des photos.

— Tu vas adorer, Evan, il y a tant de choses à voir, s'écria Eliza. J'aimerais fermer boutique et venir avec vous.

— Viens, alors, proposa poliment Evan.

— Tu es gentil mais je dois travailler.

— Et Mamie Beth, papa ?

— Je crois que Mamie Greta l'a enfermée pour le reste de la journée.

— Pas en prison ? protesta Evan, horrifié.

— Non, chez elle. Elles sont en train d'organiser la fête dont je t'ai parlé. L'anniversaire de mariage.

— Ah, bon. Alors elle finira par la laisser sortir. On devrait peut-être aller voir, s'écria-t-il en s'emparant de la main de son père. Juste pour voir si ma mamie va bien.

— Ne t'en fais pas pour elle. Si elle a besoin de nous, elle nous appellera.

De sa main libre, Zach leur tint la porte d'entrée ; ils passèrent devant lui et Olivia, connaissant les habitudes de son fils, se hâta de lui saisir l'épaule. Ce geste suffit à lui faire oublier sa grand-mère.

— M'man ! protesta-t-il.

Il se dégagea et sautilla le long de l'allée vers la voiture de Zach.

— Ne cours pas dans la rue !

Le petit se retourna vers Zach d'un air las, comme pour le prendre à témoin de ce qu'il devait supporter. Zach éclata de rire et Olivia allait faire de même quand un grondement sourd comme celui d'un convoi de tanks leur parvint. Lentement, un immense camping-car s'engageait dans la rue.

Bleu métallisé, le toit hérissé d'antennes, aussi grand qu'un dirigeable, il aurait pu accueillir une troupe entière de scouts. Prudent, Evan battit en retraite.

— Oh, non…, murmura Olivia, l'estomac noué.

Qui d'autre que son père pourrait se trouver au volant de ce monstrueux joujou ?

— Nom de Dieu, murmura Zach.

— Mon père, corrigea-t-elle.

— Grampy ? fit la petite voix d'Evan. Où il a trouvé ça ?

— Il a dû passer commande dès qu'il a compris qu'on était partis.

Elle jeta un coup d'œil vers la porte du Bed & Breakfast. Son père allait se donner en spectacle ; la famille de Zach ne tarderait pas à mépriser la sienne.

— C'est grand, observa Zach.

— Tout est grand chez mon père à part son tact. Pour l'amour du ciel, je ne peux pas croire qu'il nous ait suivis.

— Je peux en avoir un comme ça, maman ? Quand je serai assez grand pour conduire ? Ce serait vraiment cool !

— Tu peux probablement avoir celui-là. Grampy s'en sera lassé depuis longtemps, grinça-t-elle.

Le mobile home se rapprochait et effectivement, elle reconnut son père au volant, sans doute enchanté de son petit effet ! Les places de parking en épi étant trop petites pour accueillir le monstre, la portière s'ouvrit, Ian sauta lestement sur le sol, suivi de Jock qui semblait boiter un peu. Ensemble, les deux gardes du corps aidèrent leur patron à manœuvrer tandis qu'il garait le mobile home le long du trottoir, occupant au moins huit espaces.

— Vous pouvez lui flanquer un PV pour ça ? glissa Olivia à Zach.

— Vous n'avez pas encore suffisamment d'ennuis de famille ?

— Maman, trépigna Evan. On ne va plus voir les poissons ?

— Peut-être pas aujourd'hui. Il faut déjà trouver un endroit où Grampy puisse se garer.

— Il y a un terrain, à la sortie de la ville, dit Zach en se dirigeant vers l'énorme véhicule. Accordez-lui le bénéfice du doute, Olivia. Il se fait du souci pour vous.

De saisissement, elle buta sur le trottoir parfaitement lisse. Il était mal placé pour lui recommander la patience et la modération !

— J'aurais besoin d'un peu de soutien, protesta-t-elle en le suivant. Il se mêle de ce qui ne le regarde pas et votre famille va nous prendre pour des fous.

— Ils comprendront. Pourquoi êtes-vous venue avec Evan ? Pour vous assurer que votre enfant allait chez des gens bien. Votre père est pareil.

— J'ai vingt-sept ans, Zach.

Il se retourna, la scrutant du regard — un regard amusé tout d'abord, puis de plus en plus intense. Elle se sentit vibrer sous cet examen.

— Oui, dit-il d'une voix plus rauque. J'avais oublié. Vous n'êtes pas une petite fille.

Une femme réellement indépendante se serait indignée, pensa-t-elle. Elle resta parfaitement immobile en s'efforçant de ne pas rougir.

— Vous pouvez bien faire une exception pour moi, Zach. C'est vous le chef ici.

Kendall semblait incapable de saisir pourquoi Zach ne l'autorisait pas à s'approprier tant de places de parking. Apparemment pas le moins du monde troublé par tous les soucis qu'il leur avait déjà causés, il le flattait pour obtenir le traitement de faveur qu'il considérait comme un dû. Zach s'efforça de s'expliquer, tout en gardant Evan à l'œil. Le garçon avait déjà oublié ses parents et l'expédition à Chattanooga, et explorait la nouvelle maison de son Grampy.

— Vous savez, notre Maire pense plutôt que c'est lui, le chef. Et vous ne pouvez pas vous garer ici parce que c'est illégal.

— Le week-end commence demain ! Ne me dites pas que vos hommes d'affaires ont besoin de toutes ces places !

A l'entendre, il n'y avait sûrement pas d'hommes d'affaires à Bardill's Ridge.

— Les familles qui viennent faire leur shopping le week-end se garent ici, ainsi que les clients du Dogwood.

— Le Dogwood, répéta Kendall, très content de lui. Propriétaire, Eliza Calvert. Elle fait partie de votre famille, je me trompe ? Je connais déjà la ville comme ma poche. Je me suis renseigné !

Zach comprit qu'il allait devoir trouver un moyen de calmer les instincts dictatoriaux de Kendall, si possible sans offenser Olivia. Sa marge de manœuvre se trouvait encore réduite par la présence d'Evan, qui hurlait de joie devant les jeux vidéo qu'il venait de trouver à l'intérieur.

— Papa, le pays entier connaît cette ville maintenant, grâce à toi, fulmina Olivia. Pourquoi es-tu venu ?

A présent, Evan leur criait des informations confuses au sujet de la télé, des ordinateurs et de ses chocolats préférés.

— Tu es ma fille. Je ne voulais pas que tu penses que j'avais poussé Malvers à parler aux journalistes. J'ai pris à cœur ce que tu m'as dit et j'ai tenté de tout annuler.

Kendall jeta un regard sec à Zach, l'air de suggérer que le petit policier local pourrait le laisser parler à sa famille en privé. Mais Zach n'avait aucune envie de laisser Olivia se battre seule. Une fois déjà, elle s'était sentie trahie par lui. C'était déjà trop !

— Monsieur, dit-il, vous avez sans doute donné des instructions à *vos* journalistes mais votre présence ici ne fera qu'aiguiser l'intérêt des autres.

— C'est votre présence dans la vie de ma fille qui les attire ici. Si vous vous étiez comporté correctement, aucun d'entre nous n'aurait rencontré ce problème.

Il ne pouvait pas le contredire. On ne se lance pas dans une histoire d'amour quand on suit un entraînement top secret. Sa responsabilité allait encore plus loin : en ne parlant d'elle à personne, il l'avait mise dans une position intenable.

— Vous n'avez pas tort, reconnut-il.

— Papa ! s'exclama Olivia, à bout. Arrête de culpabiliser Zach ! La situation est ce qu'elle est, et tu ne fais qu'aggraver les choses. Personne n'ira chercher une autre info ailleurs tant que tu rôdes dans les parages.

Les deux Kendall s'affrontaient, face à face, à forces égales. Kendall dit tout à coup :

— Je ne veux pas que tu aies à affronter ça toute seule. Tu as horreur que je t'aide mais Evan est sous ma responsabilité depuis cinq ans et toi, tu seras toujours ma fille.

Le ton sincère de Kendall attisa la méfiance de Zach. Ce n'était qu'une façon plus subtile de culpabiliser l'interlocuteur. Il aurait aimé mettre Olivia en garde, la prévenir que son père cherchait à l'attirer de nouveau sous sa coupe. Puis il comprit qu'elle réfléchissait avant de faire savoir la décision qu'elle avait prise.

Elle sourit à demi, un sourire patient qui portait la trace de vingt-sept années de bras de fer affectif ; doucement, elle repoussa les mains de son père.

— Tu aimerais que je file te trouver chaque fois que j'ai un problème, parce que tu crois pouvoir tout régler. Je suis contente de pouvoir te demander conseil à l'occasion, mais cette fois, je sais ce qui est mieux pour mon fils.

Zach admira l'effort qu'elle faisait pour ne pas blesser son manipulateur de père. Si Kendall s'érigeait en patriarche de leur petite famille, Olivia revendiquait haut et fort qu'elle était responsable et garante du lien entre James et Evan. Elle protégeait son fils et donnait une certaine latitude à son père… jusqu'à ce qu'il dépasse les limites qu'elle avait fixées.

Elle glissa les mains dans les poches arrière de son jean ; Zach sentit brûler ses paumes en imaginant le contact avec ces fermes rondeurs. Une seule chose semblait manquer dans la vie d'Olivia : un homme. Pourquoi n'était-elle pas retombée amoureuse, elle qui était capable de tant d'amour ? Dire que cette voix lui avait murmuré des mots tendres, dire que ces bras s'étaient noués passionnément autour de lui. Troublé, il recula discrètement d'un pas. Il ne pouvait pas se permettre d'échouer une seconde fois avec elle.

Après l'accident, il avait traversé une période trouble où il semblait avoir un peu perdu la tête, conduisant trop vite, se forçant à reprendre les commandes d'un avion... se croyant amoureux un peu rapidement. Les risques, il avait cessé d'en courir le jour où il avait appris qu'il allait être père, mais il ne voulait pas recommencer à se faire des illusions. Pourtant, il n'avait pas organisé la sortie d'aujourd'hui à la seule intention d'Evan. Il voulait qu'ils se retrouvent tous les trois ensemble, le fils, le père et la mère. Il voulait savoir ce qu'Olivia pensait de lui, en tant que père et en tant qu'homme.

Il la vit baisser la tête et rassembler ses cheveux en une tresse épaisse. Quand elle leva les bras, ses seins se dressèrent ; il crut presque les sentir au creux de ses mains. Son pouls s'accéléra brutalement. Oui, il la désirait. Elle avait été à lui.

Et si la théorie d'Hélène était la bonne ?

— Viens, il faut emmener ton monstre ailleurs, disait-elle à son père. Zach, vous disiez que vous connaissiez un endroit ?

Elle parlait tout naturellement ; il s'efforça de lui répondre sur le même ton. Pourtant, son monde venait d'être retourné sens dessus dessous : tout à coup, il saisissait la *réalité* de leur ancienne relation physique — et il reconnaissait à quel point elle l'attirait aujourd'hui avec sa beauté, son intégrité et sa force de caractère. Quant à sa générosité face à la tyrannie de son père, elle était tout bonnement bouleversante. Il s'éclaircit la gorge et proposa :

— Vous n'aurez qu'à suivre ma voiture. Il y a des branchements pour l'eau et l'électricité.

— Vous m'envoyez dans un camping public ?

L'expression choquée de Kendall était presque comique.

— Ça ressemble bien à un camping-car ? murmura Zach en toisant le véhicule flambant neuf.

— Papa, maman, venez voir ! cria Evan de l'intérieur. Je vous vois à la télé.

170

Bien sûr : les fameuses caméras en circuit fermé dont s'entourait son père. Olivia leva les yeux au ciel.

— Oui, s'emporta son père. Moi au moins, je reste vigilant.

Cette vigilance n'était peut-être pas une si mauvaise chose, pensa Zach. Après tout, Kendall avait aidé Olivia à élever un petit garçon normal, tout à fait charmant, qui ne semblait pas profiter outre mesure de ses privilèges. Tout ce que voulait Evan, c'était une vraie famille avec une maman, un papa, son Grampy et lui. Les morceaux du puzzle étaient tous présents mais encore éparpillés. Pour la première fois, Zach se demanda si Olivia et lui auraient pu réussir le pari du mariage, six ans auparavant.

Mieux valait ne pas trop se retourner vers ce mystère, décida-t-il. Il y aurait de quoi se mettre en tête des idées… Mais quel père voudrait décevoir un fils comme Evan ?

Ce soir-là, lorsque Zach gara la voiture devant le Bed & Breakfast, Olivia étouffa un bâillement dans le creux de sa main. Sur la banquette arrière, Evan dormait, tête renversée contre le dossier et bouche ouverte.

— Il est K.O., observa Zach.

— Oui. Vous avez été patients tous les deux.

Elle se sentait un peu coupable car ce n'était pas du tout la journée qu'ils avaient prévue : après avoir aidé son père à s'installer au camping, elle s'était servie du matériel informatique du camping-car pour rattraper un peu son retard au travail. Zach s'était occupé d'Evan, faisant galoper des dinosaures dans les décors animés de divers jeux vidéo avec une virtuosité surprenante. Au moment de partir, il avait de lui-même chargé l'ordinateur portable, le scanner et le fax dans son coffre.

Comme elle se récriait, protestant qu'elle ne voulait pas s'approprier ce matériel, son père avait répliqué que son propre portable n'avait pas une capacité suffisante, si elle comptait séjourner indéfiniment dans ces montagnes. Et elle n'avait pas su dire combien de temps elle comptait rester ici.

— Vous en avez terminé pour ce soir ? demanda Zach.

— Pas vraiment, mais j'ai envoyé un mail à Brian avec une liste de choses à faire et je pourrai encore régler quelques questions quand Evan sera au lit. En fait, ce n'est jamais terminé.

Il hocha la tête avec une telle nonchalance qu'elle sentit ses soupçons s'éveiller.

— Lily et moi, nous avons des projets pour demain matin, dit-il. Je pourrais passer prendre Evan en allant la chercher…

Elle faillit refuser, réussit à ravaler le mot de justesse. Zach voulait simplement emmener leur fils avec lui pour quelques heures ; une matinée sans elle, ce serait un bon départ pour eux. Plus Evan verrait Lily, mieux cela vaudrait. Quant à elle, elle avait besoin de quelques heures sans distractions pour boucler le prochain numéro de la revue.

— Bon, dit-elle avec un manque d'enthousiasme manifeste. Vous emporterez mon numéro de portable ?

— Olivia, dit-il, amusé, j'ai un enfant. Je suis opérationnel.

— Opérationnel… c'est ce qu'on dit dans la Navy, grogna-t-elle, butée.

— Je suppose, dit-il avec un brin de nostalgie. Alors, oui ou non ?

— Oui, dit-elle. Mais vous ferez bien attention ?

Pour toute réponse, il eut un petit rire qui la fit frissonner comme s'il venait de la toucher.

— Pourquoi riez-vous ? demanda-t-elle.

— Je suis surpris que vous ayez survécu à une enfance avec votre père… mais vous lui ressemblez aussi un peu.

172

— Juste pour ce qui est de surprotéger mon fils.

Elle ne dit rien à propos d'une réaction dont elle avait honte : si elle avait pu contrôler chacun des gestes de Zach au cours de sa première sortie en solo avec son fils, elle l'aurait fait.

10.

Le lendemain matin, à l'arrivée de Zach, Evan jaillit de la
porte d'entrée du Dogwood comme un boulet de canon. Derrière
lui, Olivia resta plantée sur le seuil, l'air curieusement fragile
et solitaire. Lorsque Evan se retourna vers elle, elle se contenta
de lever la main dans un signe d'adieu. Le petit s'arrêta avec
un soupir exagéré.

— Les filles se font trop de souci, marmotta-t-il. M'man !
Je vais bien !

Ce visage pincé troublait aussi Zach. Elle ne pensait tout
de même pas qu'il allait disparaître avec leur fils ! Agitant la
main à son tour, il prit le temps d'échanger quelques phrases
avec le petit, laissant à sa mère la possibilité de paniquer si elle
devait le faire.

— Nous reviendrons vous chercher, vous pourrez nourrir les
animaux avec nous ! cria-t-il de sa voix assurée de shérif.

Elle approuva de la tête ; enfin, un sourire vint éclairer
son regard. Evan lui fit un dernier signe en grimpant dans la
voiture.

— Il faut conduire combien de temps avant d'arriver chez
Lily ? demanda-t-il avec entrain.

— Quelques minutes, mais je dois d'abord m'arrêter à la
poste. Ça ne t'ennuie pas ?

— Non !

174

Emballé, il rebondissait littéralement sur le siège.

— Tu n'as pas de boîte aux lettres chez toi ? Nous, on en a une pour l'appartement. C'est une petite boîte dorée dans le mur, et maman me laisse l'ouvrir avec une petite clé dorée.

Magique ! Zach expliqua :

— J'habite dans la montagne, c'est plus facile pour le facteur si je viens chercher mon courrier chez lui.

— D'accord.

Escaladant le siège de Lily, il se jeta sur l'autre siège et boucla sa ceinture. Refermant soigneusement la portière, Zach se glissa derrière le volant.

Le premier trajet fut très court, ils n'eurent qu'à rouler jusqu'à la place, passer derrière le Tribunal et se garer devant un petit bâtiment de bois. Zach grimpa les marches au trot, ouvrit la porte marquée « Entrée » et s'effaça pour laisser passer Evan.

— Il fait noir là-dedans, murmura le garçon en s'immobilisant sur le seuil.

Considérant avec inquiétude les hautes silhouettes qui patientaient dans la pénombre, il glissa sa main dans celle de Zach.

— Il y a une lampe sur le comptoir, répondit celui-ci. Tu verras mieux quand on avancera.

Mme Banks, la vieille préposée, avait la manie d'incliner sa lampe pour éblouir les usagers, comme les méchants dans les vieux films de guerre. Curieux, Evan s'avança un peu et se heurta immédiatement à l'homme qui se tenait devant lui. Surpris, celui-ci se retourna à demi et Zach reconnut Mike Henderson.

— Excusez-moi, bredouillait Evan en reculant d'un bond. Je ne l'avais pas vu, papa.

— Attends une minute et tes yeux s'habitueront, recommanda celui-ci en posant la main sur sa tête.

— Bonjour, mon vieux ! s'exclamait en même temps Mike en lui serrant la main avec enthousiasme. Dis donc, je veux encore te remercier d'avoir protégé ma femme, à la banque.

Le souvenir brutal de sa rage ce jour-là sauta au visage de Zach. Il jeta à son fils un regard furtif, presque honteux.

— C'est mon boulot, Mike. Tiens, Evan et moi, nous allons chercher Lily et ensuite, on va dans ton magasin.

— Tu plantes quelque chose ?

— Non, je prends du grain pour les animaux dans mes bois. Il commence à faire froid.

— Bonne idée. Content de te rencontrer, jeune homme, dit l'homme à Evan en lui tendant cordialement la main.

Celui-ci la serra poliment mais son assurance habituelle semblait l'avoir abandonné. La poste si sombre, ce grand gaillard qui parlait si fort : il y avait de quoi impressionner un petit homme. Zach posa la main sur son épaule pour le réconforter ; le petit leva les yeux un instant et s'appuya contre sa jambe avec une confiance qui lui serra le cœur.

— Monsieur Henderson ? appela Mme Banks. J'ai quelques petites choses pour vous.

L'interpellé se détourna et Evan s'écarta un peu de Zach. Un instant plus tard, Mike repartait en soulevant courtoisement sa casquette de base-ball. Au passage, il tapota le dos d'Evan.

— A tout à l'heure. Tammy pourra peut-être trouver quelques beignets aux pommes pour les enfants. Elle cueille nos pommes depuis le début de la semaine.

— Nous, on fera ça tous ensemble samedi prochain, à l'anniversaire de mariage de mes grands-parents, lui dit Zach en s'avançant à son tour vers le comptoir.

— Seth est malin de vous mettre tous au travail !

Derrière eux, Mme Banks s'éclaircit la gorge. Zach entraîna Evan vers son comptoir ; immédiatement, elle fit basculer sa lampe et la lumière crue tomba sur le petit visage d'Evan, lui ôtant toute couleur.

— Bonjour, mon petit.

— Bonjour, répondit Evan.

— Il te ressemble, Zach.

Le vieille femme attendit sa confirmation, ses yeux bleu pâle étincelant derrière ses grosses lunettes à l'ancienne. Kendall et elle devraient s'associer, pensa Zach. Le reste de la presse à ragots n'aurait plus qu'à mettre la clé sous la porte.

— Merci, repartit-il poliment.

Elle attendait toujours ; il continua de se taire. Désœuvré, Evan tendit la main vers le bulletin d'annonces de la commune, dont les papiers voletaient dans le courant d'air.

— Chatons. Ça veut dire qu'ils donnent des chatons pour rien ? Je voudrais bien un chaton, papa.

— Il faudra qu'on demande à ta mère.

Le fait d'avoir répondu à « papa » suffirait à renseigner Mme Banks. Elle dut parvenir à la même conclusion car elle se résigna enfin à faire son travail.

— Pas grand-chose pour toi aujourd'hui. Deux factures et un dépliant d'un entrepreneur de Knoxville. Tu comptes faire des travaux ?

Elle fit passer les enveloppes sous l'écran un peu rouillé qui la protégeait des usagers — et séparait les usagers de leur courrier.

— Non, c'est juste une publicité, constata-t-il. Je suis surpris qu'ils ratissent aussi loin de leur siège.

Il se détourna pour partir, prenant au passage une sucette dans la jatte qu'elle posait sur son comptoir, côté clients — car elle avait aussi ses bons côtés.

— Pour Evan, dit-il.

— Prends-en une autre pour Lily et donne à tes deux petits un gros doudou de ma part !

— Merci, madame Banks.

Il donna la sucette à Evan qui remercia gentiment la vieille dame.

— De rien, fils. Ne la mange pas tout de suite, attends de donner la sienne à ta sœur.

— D'accord, chuchota le petit.

Zach salua la postière, poussa la porte et entraîna Evan dehors, dans le grand soleil d'automne. Les torsades de brume matinale à flanc de montagne commençaient à se dissiper. Le garçon cligna des yeux comme un petit hibou.

— Qu'est-ce que tu en dis ? C'est un beau pays, non ?

— Oui, mais les postières font peur. C'est quoi, le doudou que tu dois nous donner, à Lily et moi ?

— C'est un mot du Sud pour un baiser.

Le petit se frotta les joues des deux mains.

— Moi, je n'en ai pas besoin. Je suis un gârçon.

Zach lui sourit, attendri.

— Viens, dit-il. On va chercher ta sœur.

Olivia était si concentrée sur la maquette du prochain numéro qu'elle n'entendit pas tout de suite le téléphone. A la seconde sonnerie, elle prit machinalement son portable avant de s'apercevoir qu'il s'agissait du téléphone fixe à son chevet. Elle ajouta à la hâte quelques mots au mail qu'elle tapait à l'intention de Brian et alla décrocher.

— Olivia Ken…, répondit-elle machinalement. Allô ?

— Zach m'a dit qu'il serait là à 9 heures et il est 9 h 13. Il perturbe mon planning de toute la journée. Où est-il ?

— Hélène ?

— Bien sûr que c'est moi ! s'énerva l'autre femme. Il n'a pas un nombre illimité d'ex-femmes. Sauf que vous, bien sûr, vous n'étiez pas mariés.

Refusant de se vexer, Olivia répondit :

— Evan et lui sont partis d'ici il y a un petit moment. Je suis sûre qu'ils vont arriver bientôt.

— Un petit moment, ça représente combien de temps ?

Assez longtemps pour qu'Olivia se demande pourquoi ils n'avaient pas encore atteint les beaux quartiers de Bardill's Ridge. Elle consulta sa montre.

— Il s'est peut-être arrêté en route ?

— Combien de temps allez-vous rester en ville, vous et votre fils ?

— Je ne sais pas, Hélène, mais nous n'avons rien à voir avec vous. Je veux dire que notre présence ne change rien pour vous.

— C'est ce que vous croyez. A moins que Zach ait une réelle phobie des engagements, quelque chose ou quelqu'un l'a tenu éloigné de moi pendant notre mariage.

Elle avait à la fois tort et raison. Zach ne semblait avoir aucun problème pour s'engager. Après tout, il était shérif de sa ville natale, il n'hésitait pas à s'impliquer à fond dans la vie de son innombrable famille, il se mettait en quatre pour s'occuper de ses enfants. De fait, il endossait les responsabilités de trois hommes ordinaires. S'il avait un problème, ce serait plutôt face aux femmes... En bonne Kendall, elle décida de prendre le taureau par les cornes.

— Parlons franchement, Hélène. Je ne sais pas ce qui s'est passé entre vous et je ne veux pas le savoir, ce n'est pas mon affaire. Je souhaite simplement que nos rapports soient suffisamment courtois pour que nos enfants se voient dans de bonnes conditions.

Le silence dura si longtemps qu'elle crut que Hélène avait raccroché.

— Ne vous méprenez pas, dit subitement la voix à son oreille. Je suis heureuse avec Leland, mais ce n'est pas moi qui ai tout gâché avec Zach, même si sa famille pense le contraire. Je vous ai vus ensemble cinq minutes, il fait davantage d'efforts avec vous…

— Pas pour moi. Pour Evan.

— Alors Lily ne doit pas compter autant pour lui.

— C'est ridicule : il a simplement dû progresser, suite à vos problèmes. Il aime Lily et vous le savez. J'espère seulement qu'il aimera autant Evan.

— Vous êtes une vraie petite sainte, ma parole !

— Pas particulièrement, répliqua-t-elle en serrant les dents, mais vous n'avez rien à perdre si Zach et moi nous parvenons à avoir des rapports détendus.

— J'aurai un problème si Lily perd son père.

Abasourdie, Olivia ne trouva aucune réponse. Hélène ne cherchait donc plus à éjecter Zach de sa vie ? Elle avait bien deviné que c'était juste pour sauver la face…

— J'ai besoin d'être sûre que Zach est un bon papa, pour Evan comme pour Lily, dit-elle en choisissant bien ses mots. Je suis enchantée qu'Evan ait une petite sœur. Il l'adore déjà.

Hélène hésita, puis admit à son tour :

— Elle est contente de le connaître, elle aussi.

Olivia fut si heureuse de cet aveu qu'elle lui pardonna tout de suite de le faire de si mauvaise grâce.

— Alors, voilà où nous sommes, conclut-elle. Dans le même camp.

— Franchement, je ne sais pas si j'ai envie d'y être. J'ai toujours senti qu'il y avait quelqu'un d'autre, vous avez fini par devenir une sorte de monstre…

Olivia respira à fond. Hélène était-elle prête à changer d'attitude ? Au fond, ce serait plutôt à elle de se montrer méfiante et hargneuse, car son grand rêve d'autrefois, Hélène l'avait obtenu pour le jeter aussitôt aux orties.

180

— Je me doute bien que mon existence est un choc pour vous, dit-elle, mais Lily a tout à gagner dans l'histoire.

— Zach vient d'arriver, jeta l'autre femme en retrouvant son ton péremptoire.

Puis elle respira à fond et ajouta :

— Je suppose qu'on vient de déclarer une trêve ?

Olivia se retint de répliquer qu'elle n'avait jamais cherché les hostilités.

— C'est une bonne chose, dit-elle.

— Je ne crois pas que je dirai à Zach que nous avons eu cette discussion.

— Cela ne me pose aucun problème.

Après tout, ce n'était qu'une conversation privée. Zach avait gardé des secrets autrement plus importants, et celui-ci était inoffensif.

Zach se gara devant le magasin de matériel agricole, sous l'antique enseigne. Sur les marches, un petit groupe d'agriculteurs bavardait : quand on venait chez Mike, on s'attardait toujours pour discuter. Après sa mauvaise expérience de la poste, comment Evan allait-il percevoir ce haut lieu de la vie sociale de Bardill's Ridge ?

De l'autre côté de la route, un rideau d'arbres s'accrochait au replat puis c'était le vide de la vallée. Une majorité de pins, quelques arbres à feuilles caduques ; il nota que leurs feuilles jaunes et orange se faisaient plus rares. L'hiver arrivait, chassant les derniers touristes. Il respira à fond, s'imprégnant du parfum des cheminées que l'on allumait tôt cette année. Un parfum bien d'ici, qui lui rappelait son enfance.

Dire qu'il avait cru sa vie fichue lorsqu'il était revenu ici ! Peu à peu, entre sa famille et ses voisins, la vie avait repris. Et puisqu'il retrouvait un peu de confiance en lui, pourquoi ne pas faire aussi confiance à Evan ? Même en ayant l'habitude du luxe, un garçon comme lui pouvait apprendre à aimer Bardill's Ridge. Une part de ses racines était ici, tout autant que celles de Lily ou de n'importe quel autre Calvert. Olivia faisait tout pour que leur fils s'y sente chez lui, et Hélène elle-même lui avait à peine reproché son retard.

— Ta maman était de bonne humeur, dit-il à Lily.

— Oui, mais elle parlait au téléphone quand tu es arrivé. Avant, elle était en colère.

Gêné, il se tut. Il n'avait pas eu l'intention de lui soutirer des informations. Poussant les deux petits vers la porte, il recommanda :

— Ne vous éloignez pas et ne touchez à rien, d'accord ?

Comme Evan n'avait pas l'habitude de ce genre de magasin, il ne voulait pas le voir tripoter les outils tranchants exposés à portée de main.

— On achète quoi ? demanda le garçon.

— Du fourrage et du grain, lâcha Lily, fière d'en savoir plus que son frère. Pour les chevreuils et les écureuils et les opossums et les… quoi d'autre, papa ?

— Les lapins, je suppose, et les autres rongeurs.

Levant un sourcil à l'intention d'Evan, il ajouta :

— La mouffette occasionnelle.

— 'casionnelle ? répéta Evan, perplexe.

— Il veut dire les mouffettes qui viennent de temps en temps, expliqua Lily avec une grimace de dégoût. Elles sont jolies mais elles puent !

— J'en ai vu à la télé. Je veux en voir une vraie !

Tirant la main de son père, il se précipita vers les marches.

— Elles ne sont pas chez Henderson's, protesta-t-elle. Papa, je peux montrer les sifflets à Evan ?

182

Mike et Tammy avaient disposé près de la caisse un présentoir de sifflets et d'appeaux en tout genre, fabriqués pour la plupart par l'oncle Ethan Calvert, menuisier de son état.

— Je vais juste demander à Mike de vous garder à l'œil pendant que je charge le fourrage.

— C'est cool, décida Evan.

A l'intérieur, des étagères montaient jusqu'au plafond ; une rangée de ventilateurs à l'ancienne rabattait les odeurs un peu âcres des produits agricoles. Evan s'immobilisa un instant, le nez froncé.

— Ça sent mauvais mais on s'habitue, dit gentiment Lily.

— Tout est bizarre ici, s'écria-t-il. On est allés chercher le courrier de papa et il faisait tout noir.

Lily se retourna d'un bond vers son père. Anticipant sa question, celui-ci sortit sa sucette de sa poche. Evan exhiba la sienne, passablement tordue par le trajet.

— Je l'ai gardée, dit-il fièrement. Papa dit qu'on pourra les manger quand on aura nourri les animaux.

— Il fait déjà assez froid pour les nourrir, papa ?

— Ce sera peut-être un peu tôt car il n'a pas encore gelé, mais ça fera plaisir à Evan.

— On jette leur nouriture par terre mais les chevreuils se cachent en attendant qu'on rentre dans la maison, expliqua Lily. Je te montrerai.

Tendant sa sucette à sa fille, Zach se dirigea vers la caisse. Souriant, Mike Henderson posa ses mots croisés, fourra son crayon derrière son oreille et se pencha par-dessus le comptoir pour lancer :

— Re-bonjour, Evan. Ça va aujourd'hui, Miss Lily ?

— Bonjour ! dirent les deux enfants en chœur.

— Je vais bien, monsieur Henderson, mais j'ai besoin de montrer vos sifflets à Evan, s'écria Lily.

Son frère se hérissa.

— Je sais ce que c'est un sifflet.

— Mais pas un sifflet comme ceux-là !

— Mike, demanda Zach, amusé par les efforts des petits pour prendre l'ascendant l'un sur l'autre, ça t'ennuie s'ils restent ici pendant que je…

Il s'interrompit, conscient tout à coup du silence qui régnait dans la grande salle sonore. Même les frères Larsen, deux vieux qui passaient leurs journées au comptoir, avaient cessé de refaire le monde pour contempler sa nouvelle famille. Les joies du monde rural…

— Vas-y, répondit Mike. On sera bien, tous les trois.

Se renversant en arrière dans le siège de vinyle rouge que son père avait occupé avant lui, il lança :

— Tammy ? Apporte donc de tes beignets aux pommes pour Evan et Lily.

Plus personne dans le magasin ne semblait s'intéresser à l'agriculture. Des voisins que Zach connaissait depuis son enfance le fixaient comme s'il lui était poussé une deuxième tête ou comme s'il venait d'amener un second enfant parmi eux.

— Surtout, Mike, que personne…

— Pas un mot de plus. Je les garde à l'œil.

— Bon, d'accord.

Il connaissait tous ces gens qui le dévisageaient, et aucun reporter n'était embusqué entre deux charrues. Empoignant un sac de granulés pour les chevreuils, il l'emporta vers sa voiture, revint en chercher un autre… Jamais il n'avait effectué un chargement aussi vite, en s'interrompant uniquement pour s'assurer qu'aucune de ses connaissances ne bavardait avec Evan. C'étaient de braves gens mais il ne voulait voir personne interroger le petit. Peut-être aurait-il dû donner davantage d'éléments à Mme Banks ? Elle se serait chargée de les retransmettre et on les aurait laissés tranquilles.

Il hissait le dernier sac quand Evan sortit du magasin, Lily sur ses talons.

— Papa ! s'écria-t-il, le mot déformé par l'appeau à dindes sauvages qu'il avait dans la bouche.

Juste derrière lui, Lily s'époumonait dans un sifflet de locomotive.

— Ne courez pas avec ça dans la bouche.

Claquant le coffre, il s'avança pour cueillir les sifflets entre leurs lèvres. Evan lâcha prise tout de suite mais Lily s'accrocha au sien.

— Papa, je fais comme un train !

— Je veux appeler les dindes !

Zach faillit éclater de rire. Décidément, Evan voulait un animal, n'importe lequel, que ce soit un chiot, un chaton ou une dinde !

— Je peux le garder ? supplia-t-il.

— Pas si tu vas courir quand tu l'as dans la bouche.

Il avait envie d'offrir un cadeau à son fils. Lily souffla encore dans le sien et il vit que les deux sifflets étaient si mouillés que Mike lui-même ne le reprendrait pas. Hélène allait être furieuse.

— Lily, c'est pareil pour toi, prévint-il.

— On courra seulement quand on les tient à la main, promit Evan.

Une petite brise repoussa ses cheveux blonds de son front ; son expression solennelle lui rappela Kendall en train d'assurer à Olivia qu'il ne pensait qu'à son bonheur.

— Tu sais te servir de l'appeau ? demanda-t-il.

— M. Henderson m'a montré.

Le reprenant d'un geste vif, il le fourra dans sa bouche et lança l'appel bredouillant des dindes, les yeux brillant de fierté. Assourdi, Zach recula d'un pas. Le garçon était doué !

— Tu apprends vite.

— Tu vas faire peur aux chevreuils, objecta Lily.

— Mais non ! Les chevreuils n'ont pas peur des dindes !

Il voulut recommencer mais l'expression de Zach le fit pouffer de rire.

— Me fais pas rire, papa, protesta-t-il.

Son prochain appel fut beaucoup moins réussi.

— Je peux le garder ? répéta-t-il en s'esclaffant de plus belle.

Même sans avoir le budget des Kendall, il pouvait tout de même faire plaisir à Evan ! Olivia apprécierait-elle que son fils appelle les dindes sauvages dans leur appartement de Chicago ? Oh, et puis au diable la prudence ! Prenant les épaules de ses enfants, il les fit pivoter vers les marches.

— D'accord. Venez, on rentre les payer.

Les deux petits grimpèrent les marches au grand galop, ouvrirent la porte à la volée et se précipitèrent à l'intérieur. Zach rattrapa le battant de justesse pour éviter de le recevoir en plein visage… et vit l'inconnu appuyé à la rambarde au bout de la véranda.

Un inconnu en pantalon de toile et chemise de polo ; un touriste peut-être, mais plus probablement un journaliste. Il avait une façon de les dévisager… Quand Zach fit un pas vers lui, le type sauta lestement par-dessus la rambarde et disparut.

Zach se précipita à sa poursuite, mais il n'y avait plus rien à voir. Il eut beau fouiller des yeux les bosquets, puis la crête derrière la maison, il ne trouva rien, pas même le reflet de l'objectif d'un appareil photo. Il n'entendait rien non plus et pourtant, les sons portaient bien dans ce creux de terrain. L'homme avait-il renoncé ? Ce n'était guère probable et Zach résolut qu'il ferait bien d'aller chercher Olivia au Bed & Breakfast pour emmener tout le monde chez lui. Là au moins, aucune caméra ne pourrait les trouver… ou du moins il l'espérait.

Nerveux, il traversa la véranda. Depuis l'accident, son instinct n'était pas toujours fiable. Quelque chose dans ces années perdues le poussait parfois à réagir à une menace inexistante.

— Papa ! brailla Evan à l'intérieur.

Pour une fois, il se comportait exactement comme un gosse ordinaire. Oublie les reporters, s'enjoignit Zach, concentre-toi sur les enfants. Il poussa la porte ; dès qu'il parut, les deux petits le traînèrent jusqu'au vieux comptoir. Les deux mains à plat sur la surface bosselée, Lily clama :

— Papa doit vous donner des dollars, monsieur Henderson. Mon frère veut ce truc pour les dindes et moi, j'ai *besoin* de mon sifflet de train !

— Tu emmènes le petit à la chasse, Zach ?

— Non, se hâta de répondre celui-ci avant que le garçon ne puisse se passionner pour ce nouveau passe-temps.

Mais Evan avait ses propres opinions sur la vie sauvage.

— Je ne tuerai pas des dindes, s'exclama-t-il. Ça ne se tue pas des dindes, monsieur Henderson !

— Bien sûr que non, protesta le brave homme en lissant sa salopette sur son gros ventre. Moi, je dis qu'on devrait interdire les fusils dans ce pays et sauver toutes les dindes et les chevreuils… tant que tout le monde vient acheter son fourrage chez moi.

Evan et Lily pouffèrent de rire. Pendant que Mike préparait sa facture, Zach haussa le cou pour surveiller la route. Personne en vue.

— Je te dois combien, Mike ?

L'autre homme montra du doigt le total qu'affichait sa caisse.

— Tu as l'air inquiet, Zach ?

Celui-ci haussa les épaules, préférant ne pas alarmer les petits. Sortant son portefeuille, il compta ses dollars, comme disait Lily, et attendit sa monnaie avec impatience. Près de lui,

Evan et Lily s'époumonaient dans leurs sifflets. Le reste de la clientèle ne faisait même plus semblant de s'intéresser à ses propres affaires : tous les regards étaient rivés sur eux.

Enfin, il put entraîner les enfants vers la porte. Au dernier moment, il s'interposa et sortit le premier. Il traversait la véranda, Evan et Lily dans son sillage comme deux canetons, quand il s'arrêta net, stupéfait. En bas des marches, une mer de visages et d'appareils photos les attendait.

Un vent furieux se leva dans sa tête. Ces fumiers harcelaient ses enfants ! Machinalement, il les compta — ils n'étaient pas si nombreux en fait, mais quel métier que de suivre des bébés à la trace ! Battant en retraite, il fit rentrer les enfants dans le magasin en prenant bien soin de les cacher derrière son dos. Il sortit son téléphone portable de sa poche. Olivia répondit à la première sonnerie.

— Des journalistes, dit-il en écartant doucement Lily de la porte que Mike venait d'ouvrir.

— Où ? dit-elle tout de suite.

— Au magasin de matériel agricole. Je ne peux pas revenir vous chercher, ils me suivraient. Vous vous souvenez du chemin pour monter chez ma mère ?

— Je crois.

Un brouhaha de voix montait de la véranda. Il leva les yeux. Ses voisins trop curieux sortaient à leur tour.

— Papa ? demanda Lily d'une petite voix effrayée.

— Tout va bien, dit-il en la serrant contre lui.

Evan vint passer le bras autour des épaules de sa sœur.

— On s'en occupe, ne t'en fais pas. On a juste à faire ce que dit papa.

Malgré sa colère, Zach sentit sa gorge se serrer. La maturité du petit le touchait et l'horrifiait tout à la fois. Tapotant sa tête blonde, il s'adressa de nouveau à Olivia.

— Si vous avez le moindre doute, demandez le chemin à Eliza. Demandez aussi à emprunter sa voiture, ce sera plus sûr. Retrouvez-nous chez maman et je vous emmènerai tous chez moi. Je suis quasiment sûr de pouvoir les semer et ils ne nous retrouveront pas là-bas.

— Ne conduisez pas trop vite avec Lily et Evan.

Comme si elle avait besoin de le mettre en garde !

— J'appelle Sherm dès que je serai dans la voiture. Il pourra peut-être les intercepter.

Tous les fermiers rassemblés dans le magasin se dirigeaient maintenant vers la porte, contournant le petit îlot qu'il formait avec ses enfants.

— Sherm ? répéta Olivia.

— L'un de mes adjoints. Allez-y.

Il raccrocha et tendit le cou pour voir à l'extérieur. Pendant qu'il téléphonait, ses voisins s'étaient déployés sous la véranda ; maintenant, ils descendaient lentement les marches à la rencontre des journalistes. Voilà pourquoi il avait voulu revenir ici, dans un endroit où on se serrait les coudes. Cela représentait une sacrée protection… mais il ne voulait pas être obligé d'arrêter ses propres sauveteurs s'ils se faisaient trop menaçants.

— Mike, lança-t-il au meneur du groupe. Restez bien calmes, tous. J'appelle Sherm.

— A mon avis, on peut s'en occuper nous-mêmes, repartit son ami en se plantant devant le type qui venait de sauter à bas de sa véranda.

Zach se dit qu'il aimerait bien « s'occuper » de quelques-uns de ces gars en personne ! Sauf qu'il n'avait aucune envie d'exposer les enfants à une émeute. Elevant la voix, il lança à l'intention des deux camps :

— Réfléchissez une minute. Personne n'a envie de se créer des ennuis. Je vais emmener les enfants et ces messieurs et ces dames vont se *disperser*.

— On ne les touchera pas s'ils n'essaient pas de vous ennuyer, répondit encore Mike. Et tu sais comme moi qu'aucun juge de par ici ne leur donnera raison contre nous.

Il n'avait pas tort. Zach décida de ne plus perdre de temps.

— Merci. On y va.

Il souleva les deux enfants dans ses bras. Immédiatement, Evan pressa son visage dans le creux de son épaule. Voyant son geste, Lily l'imita. Zach éprouva une nouvelle flambée de colère, parce que son fils avait été forcé d'apprendre à se cacher des médias.

— Tu sais ce qu'il faut faire, Evan…

— Grampy dit de garder ma figure privée, répondit la voix étouffée du petit.

Il fonça à travers le cliquetis des appareils photo. Lily laissa échapper un gémissement terrifié. Pourvu qu'il n'ait pas verrouillé la voiture ! Maladroitement, il ouvrit une portière, vérifia qu'aucun reporter ne se cachait à l'arrière et installa vite les enfants à l'intérieur. Lily grimpa dans son siège en plaquant ses cheveux sur son visage.

— Je fais ta ceinture, dit Evan.

— Assure-toi qu'elle est bien bouclée, lança Zach. Et ensuite, boucle la tienne.

Mike et ses clients étaient parvenus à contenir les intrus sans poser la main sur eux. Quand Zach démarra, filant vers la route dans une gerbe de gravier, aucun journaliste ne parvint à échapper hors du cercle qu'ils avaient formé.

— Lily, ça va ?

— Oui, papa.

Elle semblait tout de même un peu étourdie, et ses yeux verts étaient humides. Dans un geste protecteur, Evan lui tapota l'épaule. Sans quitter la route des yeux, Zach tendit une main derrière lui pour tester le harnais de la petite.

190

— Merci, Evan, c'est du bon boulot. On sera bientôt chez Mamie Beth.

— Tu pourras jouer avec Spike, dit Evan à sa sœur. On fera peut-être encore une petite cabane avec ma mère.

Maintenant que le danger était passé, la maturité du petit faisait presque horreur à Zach. Evan avait encore le temps avant de jouer les hommes !

— Je pensais qu'on pourrait tous aller chez moi répandre du fourrage et du grain pour les animaux, proposa-t-il.

Evan tapota de nouveau Lily, un peu lourdement.

— Tu vois ? On va bien s'amuser. Tu n'as pas besoin de pleurer.

— Je pleure pas.

Mettant son sifflet dans sa bouche, elle lui arracha un faible chuintement. Evan répondit avec un gargouillis asthmatique.

— Je suis désolé, soupira Zach.

Quand elle saurait ça, Hélène voudrait sa peau et cette fois, il lui donnerait raison. Il aurait dû être plus vigilant. Il aurait parfaitement pu aller chercher le fourrage tout seul, avant de prendre les enfants.

Conduisant vite mais prudemment, il parcourut le dédale des petites routes avant de se rabattre vers la nationale. Enfin, il vira sur le petit chemin qui montait sous les arbres, aborda le dernier virage et vit la maison de sa mère. Celle-ci sortit en courant, le visage crispé d'inquiétude. Dès que la voiture s'immobilisa, elle se glissa à l'arrière pour étreindre les petits.

— Mes pauvres bébés ! Venez vite à l'intérieur. Spike et moi, nous vous avons fait du chocolat chaud.

— J'ai eu peur, bredouilla Lily, encore toute pâle. Mais regarde !

Elle siffla si violemment que Zach et sa mère sortirent de la voiture en titubant. Il allait falloir lui expliquer que les tympans sont fragiles ! Il la détacha en vitesse de son siège et ouvrit la portière d'Evan.

— Merci, mon grand. Tu as bien pris soin de ta sœur.

Le garçon descendit, retirant l'appeau de sa bouche ainsi qu'il l'avait promis. Son regard était perplexe, comme s'il ne comprenait pas qu'on fasse tant d'histoires.

— Mais puisque je l'aime…

Zach en eut les larmes aux yeux. Un instant, il revit Kim, le tirant à part entre deux cours pour lui montrer des photos de sa toute petite fille, pendant un séminaire qu'ils suivaient tous les deux un an après leur sortie de l'Académie. Se laissant tomber à genoux sur le gravier, il attira son garçon dans ses bras.

— Et moi, je t'aime, Evan.

11.

Le soleil d'automne était presque parvenu à son zénith quand Olivia guida prudemment la vieille voiture d'Eliza entre les buissons du chemin menant chez Beth. Elle avait désespérément hâte de voir son fils — mais elle tenait aussi à ne pas érafler un véhicule appartenant à sa nouvelle famille.

Lorsqu'elle déboucha du chemin, Zach serrait Evan dans ses bras, agenouillé sur le gravier. Elle eut un sursaut de terreur. Il était arrivé quelque chose ! Elle avait été folle de confier son fils à un homme qui mettait les braqueurs en pièces à mains nues ; son ex-femme elle-même disait qu'on ne pouvait pas compter sur lui.

Instinctivement, elle enfonça l'accélérateur, soulevant une gerbe de gravier. Zach sauta sur ses pieds en poussant Evan derrière lui, la tête de Beth jaillit de derrière l'autre voiture. Olivia serra le frein à main, surgit de sa portière et courut vers son fils. Au passage, elle nota tout de même que Beth et Lily semblaient n'avoir aucun mal… et qu'elles la regardaient toutes deux, bouche bée…

Le souffle court, elle s'efforça de parler calmement pour ne pas effrayer les enfants.

— Evan, ça va ?

— Hein ?

Elle le palpa, sachant déjà que sa réaction était excessive, trop gênée pour croiser le regard de Zach.

— Maman, tu me chatouilles !

La repoussant, Evan brandit un petit sifflet de bois.

— Regarde ce que papa m'a donné !

Elle s'accroupit sur ses talons, le cœur battant follement dans sa poitrine et la tête lourde comme si elle allait s'évanouir. La petite ville en armes, l'appel de Sherm, le shérif adjoint, pour la prévenir qu'il avait dispersé les amis de Zach ainsi que la « foule » de journalistes, toute cette panique et Evan ne pensait qu'à lui montrer un cadeau de son père ?

— C'est bien, dit-elle, les lèvres sèches. Qu'est-ce que c'est ?

Il souffla vigoureusement dans l'appeau ; le bruit perçant la fit basculer sur le derrière.

— C'est un appeau ? réussit-elle à dire. Pour les oiseaux ?

— Oui ! Pour appeler les dindes.

— Et moi, j'ai un sifflet de locomotive, gazouilla Lily derrière elle.

Un instant plus tard, le sifflet résonnait à son tour. Olivia réussit de justesse à ne pas se couvrir les oreilles.

— Dis donc, Lily ! On dirait un vrai train.

— Les enfants, pas dans les oreilles d'Olivia !

Il lui tendit la main. Un instant, elle fixa la large paume si familière, puis se décida à y déposer la sienne. Il la remit sur pied avec une aisance impressionnante et lui demanda :

— Vous m'entendez toujours ?

Malgré elle, elle eut un petit rire. Regardant les enfants, elle murmura :

— On dirait qu'ils n'ont rien…

— M. Henderson nous a aidés, s'écria Evan.

— Nous devrions peut-être aller à l'intérieur, intervint la voix inquiète de Beth.

194

— Non, maman, fit Zach d'une voix ferme.

Lâchant Olivia, il se tourna vers sa mère. Olivia se hâta de fourrer sa main soudain si froide dans sa poche arrière. Zach expliqua :

— Nous allons attendre quelques minutes pour voir si d'autres voitures nous suivent et ensuite, nous filerons chez moi. Je dois expliquer à Hélène ce qui s'est passé, au cas où quelqu'un publierait des photos.

— Tu peux appeler d'ici.

— Je veux d'abord m'assurer qu'on ne risque pas de les revoir, maman, dit-il avec un regard appuyé vers les petits. C'était assez impressionnant.

S'il espérait que les enfants ne suivraient pas la conversation, il se trompait !

— J'ai eu peur, papa, dit de nouveau Lily.

Elle tendit les bras ; quand il la souleva, elle posa la tête sur son épaule. Olivia se sentit affreusement coupable.

— Je suis désolée, soupira-t-elle. Nous aurions peut-être dû rester à Chicago. J'ai appelé mon père pour lui demander s'il pouvait faire quelque chose… Il se renseigne.

— Que pourrait-il faire ? demanda Zach en fronçant les sourcils.

— Eh bien… il pèse plus lourd que tous les autres…

Olivia détestait parler de l'influence de sa famille ; elle avait toujours évité de faire appel au pouvoir des Kendall, s'efforçant de se convaincre qu'Evan et elle étaient comme n'importe quels mère et fils— mais si Lily et lui devaient devenir des cibles, elle était prête à laisser son père monter au créneau.

— Ça ne le rend pas vulnérable, justement ? Tous les autres n'essayent pas de l'enfoncer ? demanda Zach.

— Ils n'ont encore jamais réussi.

Zach hocha la tête, peu convaincu.

— Nous avons assez attendu, dit-il en jetant un coup d'œil à sa montre. Lily, je vais te remettre dans la voiture. Evan, tu veux monter avec moi ou ta maman ?

Le petit poussa un gros soupir.

— Je ferais mieux d'aller avec maman. Elle a peut-être besoin de moi.

— Je vais très bien, protesta celle-ci, interloquée. Va avec ton père si tu veux.

— D'accord !

Il ne se le fit pas dire deux fois et contournant sa mère au trot, il grimpa à l'arrière près de Lily.

Olivia le regarda faire, abasourdie. Elle ne représentait vraiment plus une priorité pour lui ! Elle avait cru s'être bien préparée ; c'était elle l'adulte raisonnable… mais elle voulait rester au centre de l'univers de son fils !

— Je vais faire demi-tour là-bas, dit-elle en montrant la courbe de l'allée de Beth. Je vous suivrai dans la descente.

— Parfait. Allez doucement parce que je ralentirai dans les virages pour m'assurer que personne ne nous attend.

Elle approuva de la tête et se retourna vers Beth.

— J'aurais aimé que vous restiez un peu plus longtemps, dit celle-ci, d'une voix un peu plaintive. Evan, Lily, je vous verrai aux vergers vendredi.

Evan cessa d'examiner son appeau pour dresser l'oreille.

— Des vergers ?

— Pour la fête de Mamie Greta. Tu pourras cueillir des pommes.

— Sur une échelle ? s'écria Lily, oubliant sa frayeur.

— Pour ça, il faudra voir, coupa Zach. Prête, Olivia ?

Elle s'éloigna, ses pas crissant dans le gravier, remonta dans la voiture d'Eliza et recula pour lui laisser la place. Pendant qu'il faisait demi-tour, elle appela le portable de son père,

196

sans résultat. Avec un peu de chance, il était déjà occupé à ses petites manœuvres.

Après cette série d'événements, elle ne savait plus elle-même ce qu'elle ressentait. Ses émotions s'étaient mises en veille. Laissant retomber l'appareil dans son sac, elle suivit prudemment la voiture de Zach dans la descente. Bientôt, ils atteignirent la Nationale, tournèrent vers le nord et se perdirent dans un lacis de petites routes sinueuses. Jamais elle ne retrouverait son chemin, Zach serait obligé de la guider pour rentrer au Bed & Breakfast ce soir.

La dernière route se prolongeait par un chemin de terre ; quelques centaines de mètres plus loin, Zach s'arrêta devant une maison de bois blanche aux volets vert sombre. Une large véranda faisait le tour du bâtiment et des jardinières vides pendaient aux fenêtres du premier. L'endroit était plaisant mais semblait un peu à l'abandon.

Olivia mit pied à terre. Ce serait facile d'imaginer les jardinières et les plates-bandes nues remplies de fleurs multicolores, et Evan et Lily — voire d'autres enfants — courant sur la pelouse bien tondue… La pensée de ces enfants sans visage l'arrêta net. S'il lui était douloureux de se représenter Zach avec Hélène, il était en revanche facile, beaucoup trop facile même, de l'imaginer avec une autre. Une femme qui saurait l'apaiser et le rendre heureux. Ni Hélène ni elle n'avaient su l'attacher suffisamment pour qu'il ait envie de rester…

Elle rougit brutalement. Ce n'était pas le moment de perdre les pédales, avec des journalistes plein les montagnes, et son fils sous le charme de son père retrouvé. Elle ferait mieux de se dire que, contre toute attente, elle venait de réaliser le vœu qu'elle avait si fort désiré six ans auparavant : son fils avait deux parents, Zach était indemne. Ecartant soigneusement toute pensée dangereuse de son esprit, elle alla rejoindre les autres.

Zach l'attendait devant sa portière ouverte.

— Vous ne venez pas ? demanda-t-elle, surprise, en voyant que les enfants ne bougeaient pas.

Zach décrocha une clé de son trousseau et la lui tendit.

— Nous allons à la grange pour décharger. Entrez, faites comme chez vous, il y a sûrement quelque chose à boire au frigo. Nous revenons dans quelques minutes.

— Où est la grange ? Je n'ai plus très envie de quitter Evan des yeux aujourd'hui.

— Désolé, je n'y avais pas pensé.

L'entraînant un peu plus loin, il lui désigna le chemin de terre qui bifurquait.

— Cette branche mène à la grange. Vous pouvez la voir de la cuisine, ajouta-t-il en exhibant de nouveau la clé, ou vous pouvez venir avec nous.

Elle hésita ; elle aurait préféré qu'il l'invite franchement à les accompagner. Un peu ridicule peut-être mais dans son état d'esprit actuel, cette invitation avait son importance.

— Non, à tout de suite, soupira-t-elle. Surveillez-le bien. Evan n'est encore jamais entré dans une vraie grange.

— Il est donc entré dans une fausse ? demanda-t-il en posant la clé dans sa paume.

— A la mini-ferme où on peut caresser les animaux, dit-elle d'une voix éteinte. Je ne saurais pas vous dire si elle était vraie ou fausse.

Zach la regarda, perplexe. Derrière lui, une locomotive siffla et, pour toute réponse, provoqua le gloussement d'une dinde.

— Je ferais bien d'y aller, lâcha-t-il.

D'un geste las, elle remonta la lanière de son sac sur son épaule et recula de quelques pas. Il reprit le volant et la voiture disparut derrière la maison. Lentement, elle se détourna et grimpa les marches de la véranda en écoutant le moteur s'éloigner. Une rafale de vent rabattit ses cheveux sur son visage et un frisson la parcourut. Elle aurait dû emporter un blouson.

Elle tendit la clé vers la serrure. La maison de Zach ! Cela lui semblait tout à fait irréel, et si différent du *happy end* dont elle avait rêvé, dans lequel ils retrouveraient leur amour perdu. Six ans plus tôt, elle avait tout fait pour en savoir davantage sur lui et sa famille. Aujourd'hui, en se souvenant de ses anciens interrogatoires, elle sut qu'elle ne pourrait pas tourner cette clé. Ce serait la pire des indiscrétions.

Avec un sourire un peu amer, elle se laissa tomber dans un rocking-chair, serra son pull sous son menton pour se réchauffer et se mit à attendre.

Le panorama était beau à couper le souffle. La crête des montagnes se dressait droit devant, encadrée par la rangée de pins qui protégeait le terrain. Dans l'immense vallon qui s'ouvrait devant elle, la forêt éclaboussée de couleurs d'automne était une splendeur. A l'Est et en contrebas, la coupole du bourg se nichait dans son nid de feuillages, à l'ombre du clocher.

Les Calvert, perchés comme des rois sur leur promontoire… Une nouvelle rafale souffla, un peu froide, chargée de senteurs. L'endroit n'aurait pu être plus différent du musée dans lequel elle avait grandi, ou de l'appartement résolument contemporain dans lequel elle élevait son fils — et pourtant, elle se sentait bien. Cette montagne l'acceptait sans la juger, elle l'accueillait telle qu'elle était, de toute sa rude beauté. Ici, son nom et son compte en banque ne signifiaient rien.

Derrière elle, la porte s'ouvrit brusquement et Zach émergea de la maison, l'air surpris.

— Qu'est-ce que vous faites ?

Que faisait-elle ? Elle pensait. Elle se contentait d'être. Des activités assez exceptionnelles pour elle.

— Je regarde le paysage, dit-elle en se levant. Quand êtes-vous venu vivre ici ?

— C'était notre maison jusqu'à la mort de mon père. Ensuite, ma mère a pris la ferme en grippe et nous nous sommes installés dans sa maison de famille.

— Quel âge aviez-vous ?

— Il est mort une semaine après mon huitième anniversaire.

A Chicago, il aurait éludé cette question.

— Et vous êtes devenu l'homme de la maison. Vous avez pris soin de votre mère.

— Quand elle me laissait faire.

Levant la main, il posa le dos de ses doigts sur sa joue. Curieusement, ce geste ne sembla pas déplacé.

— Vous avez froid, dit-il. Entrez, je vais faire du feu.

— Où sont Evan et Lily ?

— Ils répandent du fourrage derrière la maison, dit-il en lui tenant la porte. Vous voulez du café ? Quelque chose à manger ?

— Non, tout va bien.

Il cherchait encore à prendre soin des autres, tout en refusant d'accepter quoi que ce soit pour lui. Elle ravala son émotion pour le bien-être de leur fils qui avait besoin de sentir qu'ils se comportaient d'une façon naturelle, tous les deux. En franchissant le seuil à l'abri de son grand corps, elle dut résister à une foule d'impulsions contradictoires. S'enfuir à toutes jambes pour se préserver d'un retour de son ancien amour. Rester, faire comme s'ils formaient un couple tous les deux, ne serait-ce qu'une heure. Faire semblant, c'était tellement mieux que de souffrir de son absence ! La première fois, ils faisaient déjà semblant, elle le savait maintenant. Ses propres souvenirs la trompaient — la chaleur brûlante de sa cuisse sous sa main, le halètement de son ventre plat contre le sien... pour lui, cela avait été juste du sexe...

200

Elle se prit les pieds dans un tapis berbère, glissa sur le plancher de pin. Quand il tendit la main pour la soutenir, elle évita le contact de sa main.

— J'avais plus froid que je ne pensais...

C'était un prétexte acceptable. Le moment serait mal choisi pour parler sentiment, et son geste vers elle n'avait rien de personnel...

Au centre de la grande cuisine se dressait une table de ferme étonnamment longue pour un homme seul. Elle vit Zach sortir du café d'un placard, s'affairer devant la cafetière. Dehors, un rire d'enfant fusa ; elle s'approcha de la fenêtre au-dessus de l'évier et vit Evan galoper sur la pelouse en pente, un seau de plastique bleu à la main. Lancée à sa poursuite, Lily lui jetait des poignées de granulés. En atteignant l'orée du bois, ils ralentirent et se mirent à répandre la nourriture avec plus de soin.

— Evan espère convaincre un chevreuil de s'installer ici, observa Zach en comptant les cuillerées de café qu'il versait dans le filtre. Il a vraiment très envie d'un animal domestique.

— Je sais bien, mais je suis si débordée que je n'ai jamais su si nous pourrions en prendre soin correctement. Nous avions un poisson quand il était bébé.

Un sourire adoucit l'expression de Zach. La sévérité habituelle de son visage disait clairement que lui non plus n'avait pas été heureux pendant ces six dernières années ! S'écartant encore davantage, elle alla se planter devant la porte vitrée qui donnait sur l'arrière de la maison.

— Vous avez une terrasse, observa-t-elle.

Une terrasse à deux niveaux, ouverte aux nuages qui glissaient par-dessus la crête et au vent qui fouillait les pins. Elle pressa le front contre les vitres froides. Un barbecue à gaz se dressait près de la porte. Plus bas, une table vert sombre et des chaises aux coussins crème attendaient des invités.

— J'ai tout refait cet été, avec mon oncle Ethan.

— Ethan ? Le père de Sophie ?

Il leva la tête, surpris.

— Vous vous souvenez de ça ?

Elle faillit détourner la tête mais décida de tenir bon.

— Dans mon travail, il faut avoir de la mémoire.

Son regard s'attarda sur elle, pensif et un peu distant— puis il se concentra de nouveau sur son café. Avec un mouvement de menton vers la fenêtre, il demanda :

— Je leur avais laissé quelques réserves… Ils ont tout répandu ?

— Les seaux ont l'air vides mais ils s'amusent bien. Maintenant, c'est Evan qui court après Lily.

— Vous devriez rester ici tous les deux cette nuit.

Elle tourna la tête, interdite.

— Les journalistes ne pourront pas vous trouver, expliqua-t-il en sortant des tasses. S'ils savaient où j'habite, ils seraient déjà ici. Personne en ville ne leur indiquera le chemin, et s'ils sont capables de trouver mes terres au cadastre, je les embauche pour m'aider dans mes enquêtes.

— Les Kendall ne se cachent pas.

— Vous devriez peut-être le faire. Si le fait de se cacher permet à Evan et Lily de faire connaissance en toute quiétude…

— Ils nous trouveront, Zach.

Elle ne voulait pas rester ici, ce n'était pas sa place. C'était trop simple, trop douillet et ressemblait trop au lieu qu'elle avait tenté en vain de créer pour Evan. Dans cette maison, elle perdait tous ses moyens.

— Je vous promets que non. Si je suis incapable de trouver la distillerie clandestine de Buford Taylor alors que je connais ces bois comme ma poche, aucun étranger ne trouvera une maison qui n'est même pas dans l'annuaire.

— Je ne veux pas qu'Evan commence à tout confondre.

Il lui tournait le dos, penché dans le réfrigérateur ouvert ; elle eut l'impression que ses épaules s'étaient raidies.

— Tout confondre ? répéta-t-il.

— Il pourrait commencer à nous considérer comme une famille, tous les trois. Je pourrais le laisser, lui, si vous voulez.

Elle regretta aussitôt d'avoir dit cela. Et si Evan allait aimer cette maison davantage que leur appartement ?

— Si vous repartez, quelqu'un verra peut-être d'où vous venez.

— C'est peu probable.

— Ces journalistes sont vos collègues, vous savez combien ils sont inventifs. Nous avons réussi à passer une fois...

— Je n'ai pas de vêtements de rechange, l'interrompit-elle.

— Je vous prêterai quelque chose. Un jogging et un T-shirt pour dormir. Je suis sûr que cela amuserait Evan de mettre un de mes T-shirts.

Elle commençait à avoir mal à la tête. Machinalement, elle se frotta le front, massa la lisière de ses cheveux tout en cherchant à voir la situation objectivement. Que devait-elle faire ? Tous les endroits où elle risquait de se retrouver seule avec Zach et où elle se sentait si bien ? Elle laissa retomber ses bras le long de son corps. Les sourcils levés, Zach attendait sa réponse. Sans un mot, elle ouvrit son grand sac et en sortit un short, un T-shirt et des sous-vêtements d'Evan. C'était plus facile que de capituler en paroles.

— Vous n'aviez pourtant pas prévu de rester.

— J'ai toujours des affaires avec moi, dit-elle d'une voix brève. Evan a souvent besoin de se changer.

— C'est une bonne idée. J'y penserai, pour Lily. Je ne sais plus combien de crèmes glacées elle a rapporté sur son plastron.

— Nous devrions les faire rentrer.

— C'est aussi une bonne idée. Je ne m'attendais pas à ce que vous laissiez Evan dormir ici si vite, sa chambre n'est pas prête.

Elle se retourna vers le living pour qu'il ne voie pas son expression. Non, par pitié, elle ne voulait pas l'aider à vider une chambre et à l'aménager pour son fils. Ces travaux effectués ensemble la hanteraient tout le reste de sa vie.

— Votre canapé se déplie ? demanda-t-elle. Ça nous suffirait, à tous les deux.

Il approuva de la tête.

— Vous n'avez qu'à prendre ma chambre, Evan et vous, et je prendrai le canapé.

Elle ouvrit la bouche pour refuser mais il l'interrompit :

— C'est mieux comme ça. Vous serez beaucoup plus tranquilles là-haut que sur le canapé.

— J'allais vous remercier.

Ce n'était pas vrai et ils le savaient tous les deux, mais c'était une façon de les ramener vers un terrain plus neutre. Ouvrant la porte extérieure, Zach sortit sur la terrasse ; les mains fourrées dans les poches, il se balança sur les talons en scrutant le ciel.

— Nous aurions dû les faire rentrer plus tôt. Une tempête se prépare.

Elevant la voix, il cria :

— Evan, Lily ! C'est l'heure de rentrer.

Deux exclamations désolées lui répondirent.

— Un bon chocolat chaud, ça vous réchauffera, lança-t-il encore. Lily, il faut aider Evan à choisir sa tasse.

— Sa tasse ? demanda Olivia derrière lui.

— Chaque fois qu'elle dort ici, nous prenons un chocolat au lait avant de la coucher. Chaud en hiver, froid en été, toujours dans la même tasse. Je pense qu'Evan voudra avoir la sienne.

204

Il lui sourit, un sourire de connivence qui la prenait à témoin de la façon dont le frère et la sœur se copiaient mutuellement quand ils ne cherchaient pas à se commander l'un l'autre.

— J'espère que vous en avez une qui ressemble à celle de Lily, observa-t-elle en souriant faiblement en retour.

Il revint dans la cuisine, se planta devant elle.

— Vous devrez sans doute en choisir une aussi.

— Moi ? Mais je ne fais…

— Pas partie du rituel ? Pourquoi pas, tant que vous êtes ici ? Vous n'avez rien à perdre.

Cela ne lui coûtait rien de dire cela car il ne se souvenait pas de la dernière fois.

Beth verrouilla ses portes et ses fenêtres. Tout l'après-midi, elle avait eu une impression bizarre, comme si on la surveillait. Elle n'était même pas sortie couvrir ses plantes, malgré le froid. Elle faisait un dernier circuit de la maison pour éteindre les lampes quand on tambourina à la porte.

Elle laissa échapper un cri. Dehors, un corps lourd se jeta contre sa porte de tout son poids.

— Tout va bien là-dedans ? cria une grosse voix. Madame Calvert, vous avez besoin d'aide ?

Terrifiée, elle se glissa vers une fenêtre donnant une vue de la véranda… et découvrit le père d'Olivia devant sa porte. Il se démenait comme un beau diable, cherchant un moyen d'entrer ; il s'apprêtait à fracasser une fenêtre avec une jardinière quand elle lui ouvrit.

— Vous m'avez fait une frousse terrible, lança-t-elle, furieuse. Je n'ai pas entendu votre voiture.

— Mais vous allez bien ?

Elle hocha la tête. Assez essoufflé, Kendall repoussa ses cheveux blancs de ses yeux.

— Désolé, dit-il. Quand vous avez crié, j'ai cru qu'un maraudeur était entré chez vous. Ça fait si longtemps que je ne suis pas sorti sans Ian et Jock… Enfin, passons. Où est ma fille ?

— En train de coucher Evan, je suppose.

— Je suis passé au Bed & Breakfast : cette femme ne m'a pas laissé les voir. J'ai eu l'impression qu'ils n'étaient pas là.

— Eliza nous aide à cacher Evan. Olivia ne vous a pas téléphoné ?

— Alors c'est vrai ! fulmina-t-il. Elle est chez Zach ce soir, ils y sont tous les deux ?

Elle le toisa, prête à l'envoyer paître s'il disait un mot contre son fils. Il ne s'y hasarda pas et comme on est courtois dans le Sud, elle finit par lâcher :

— Ils sont en sécurité. Vous voulez du café ?

— Non, je ne veux pas de café, je veux éloigner ma fille d'un homme qui l'a fait souffrir. Personne ne veut me dire où habite votre fils. Vous, vous allez me le dire.

Son arrogance, même teintée d'inquiétude et de colère, effaça la sympathie qu'elle commençait à éprouver pour lui.

— Je ne crois pas, non. Bonne nuit, monsieur Kendall. Je ne reçois pas de visiteurs aussi tard.

Il ouvrit la bouche, la referma et dit plus calmement :

— Je serais arrivé plus tôt mais j'ai passé tout l'après-midi à négocier le rachat de pellicules qui donnaient une sale image de votre charmante ville et de ses habitants.

Elle le fixa avec davantage de respect.

— Pourquoi feriez-vous ça ?

— Ils ont brandi des fourches pour écarter les journalistes de Zach et des enfants !

— Mais vos rivaux se sont laissés acheter ?

Il retrouva toute son assurance dans un large sourire.

— Vous ne vous doutez pas à quel point je suis riche.

Elle s'efforça de ne pas rire — ce serait comme de rire d'Evan quand il se vantait.

— Je croyais que les riches ne mentionnaient jamais leur fortune.

— Habituellement non, mais je cherche à vous impressionner.

Il tombait mal : la richesse ne l'impressionnait guère.

— Vous avez protégé ma ville et probablement mon fils, dit-elle. Je suppose que ces gens auraient suggéré que Zach était à l'initiative de la réplique à coup de fourches ?

— Il n'y avait pas de fourches, avoua-t-il, gêné. J'ai un peu exagéré. C'est un problème que j'ai.

Voilà qu'il devenait humain au moment où elle s'y attendait le moins ! Décidément, cet homme commençait à lui plaire.

— Entrez donc. Le café est déjà prêt.

— Finalement, je vais me laisser tenter.

— Mais je ne vous dirai pas où habite Zach.

— Peut-être que si.

Depuis la mort de Ned, elle n'avait plus relevé de défi de ce genre. Cet homme avait besoin d'être remis à sa place.

12.

Zach avait déjà dit bonne nuit à Evan et maintenant, il chantait « Le Petit agneau de Mary » à Lily. La petite réclamait « Mary » chaque fois qu'elle passait la nuit chez lui. Bientôt, ses paupières se fermèrent et il posa un dernier baiser sur son front. Comme il l'aimait, sa généreuse petite fille qui accueillait si bien son grand frère ! Pour la cérémonie du chocolat, elle avait tenu à ce qu'Evan prenne sa propre tasse, une épaisse chope de grès faite par sa mamie.

Zach remonta la couette sur ses épaules menues, éteignit la lampe et sortit, laissant sa porte entrouverte pour le cas où elle l'appellerait dans la nuit. Les enfants semblaient moins choqués qu'Olivia ou lui-même par la confrontation de cet après-midi mais cette nuit, il dormirait plus loin que d'habitude et il voulait être certain de l'entendre.

Le couloir était très sombre : Olivia avait fermé la porte de sa chambre. A travers l'épais panneau de bois, il capta le murmure de leurs voix ; Evan semblait déjà dormir à moitié. C'était le moment d'appeler Hélène.

Surprise par son coup de fil, elle vint rapidement au téléphone. Au son de sa voix, il comprit qu'aucune des photos de cet après-midi n'étaient encore passé sous ses yeux.

— Lily ne va pas bien ?

— Si, très bien, elle dort déjà. Nous avons eu un petit problème chez Henderson cet après-midi. Je voulais être le premier à t'en parler.

— Quel genre de problème ? coupa-t-elle.

— Rien de très sérieux, juste un retour des journalistes. Mike Henderson et quelques-uns des gars qui traînent là-bas nous ont aidés.

— Les *gars* ? Ces types sont des ancêtres, comment ont-ils pu vous aider ?

— Ils ont juste entouré les journalistes pendant que nous partions.

— Attends, Zach, cela ne me suffit pas. Pourquoi faut-il que tu te sauves devant eux ? Pourquoi ne pas leur tenir tête ? Tu dois faire quelque chose, ou je serai obligée de séquestrer Lily à la maison.

Il sentit sa main se crisper sur le combiné.

— Ne me menace pas. Tu ne peux pas me retirer Lily simplement parce que tu es en colère. Combien de fois dois-je te rappeler que nous avons la garde partagée ?

— Je ne suis pas comme les Kendall, je n'ai pas de gardes du corps pour tenir les inconnus à distance quand je la dépose à la garderie ou à un cours. Essaie donc d'expliquer cela à ta chérie puisqu'elle s'inquiète tant pour nous.

— Ma… quoi ?

— Olivia Kendall. Puisqu'elle parle tant du bonheur de Lily et de faire comme si nos enfants formaient une famille. Laisse-moi te dire que si son fils crée des problèmes à ma fille, je ne veux plus le voir dans le secteur.

— Quand as-tu parlé à Olivia ? Tu l'as appelée ?

A moins qu'Olivia n'ait contacté Hélène pour lui couper l'herbe sous le pied ? Une stratégie à la Kendall…

— Oh, lâche-moi, j'appellerai ta chère Olivia si j'en ai envie. Elle n'a pas besoin de ta protection, tu sais.

Sa fureur était évidente, mais il tenait surtout à démêler le déroulement de sa conversation avec Olivia.

— Je te demande si Olivia a cru pouvoir régler un problème quelconque en parlant avec toi.

— Non, grogna Hélène. Mais tu peux lui dire de ma part que je croirai ses belles paroles quand elle fera en sorte que ses copains journalistes laissent notre enfant tranquille.

— Si elle pouvait le faire, elle les aurait déjà renvoyés. C'est tout le problème. Une autre chose, Hélène : moi, je ferai en sorte qu'il n'arrive rien à Lily.

— Jusqu'ici, tu n'as fait que réagir au coup par coup. Fais quelque chose !

— J'essaie de devenir le père d'Evan, Lily et lui apprennent à être frère et sœur. Je pourrais prendre le temps de parler aux journalistes mais ça ne les guérira pas de leur curiosité.

— Ça ne me suffit pas, répéta-t-elle. Lily ne peut pas fuir les caméras indéfiniment.

— Je trouve aussi. Nous allons donc rester ici ce week-end.

Un silence assourdissant se fit à l'autre bout du fil. Un silence qui signifiait « nous, c'est aussi Olivia ? » Il se sentait bien trop coupable et ce, depuis bien trop longtemps pour pouvoir répondre à cette question muette.

— Tu me ramèneras Lily lundi matin en allant au travail ?

— Oui. Hélène… je suis désolé.

— Je me fiche de tes excuses. Tes excuses n'ont jamais rien arrangé.

Elle raccrocha. Il coupa le haut-parleur et posa l'appareil sur le plan de travail. La bouteille de scotch du placard semblait de nouveau très tentante.

— Je devrais peut-être redescendre en ville, dit la voix d'Olivia.

Il se figea.

— Vous avez entendu ? demanda-t-il.

Il cherchait à se souvenir si la voix d'Hélène lui avait jamais fait un tel effet.

— J'ai essayé de m'éloigner mais tout était déjà dit.

— Nous sommes comme ça.

Il se retourna vers elle. Elle serrait entre ses mains le jean, le pull et la chemise d'Evan. Son visage anxieux était très différent de celui de la journaliste qui était entrée dans son bureau, d'un pas si décidé.

— Vous aussi, vous avez parlé à Hélène ?

— Je lui ai dit exactement la même chose qu'à vous : je veux que cette situation soit favorable aux enfants.

— Cette situation fait de nous tous…

— … Je sais, une espèce de famille bizarre. Je n'avais jamais imaginé que je devrais tenir compte des préférences d'une autre femme en décidant pour mon fils.

— Elle dit un peu la même chose…

Sauf que chez Hélène, il s'agissait surtout de jalousie. Dieu sait qu'il n'avait pas souhaité la faire souffrir en restant lié à un fantôme…

— Je n'ai pas réussi à la convaincre qu'elle se trompe sur vous et moi, dit Olivia. En revanche, depuis notre venue, elle semble avoir décidé qu'elle vous veut auprès de Lily.

Il approuva de la tête. Lui aussi, ce changement le laissait perplexe.

— Le divorce n'a rien résolu pour elle, elle m'en veut toujours autant. Enfin, tant qu'elle ne dit rien à Lily, je peux encaisser tout le reste.

Olivia le fixa, les yeux plissés.

— Vous vous êtes peut-être mariés trop tôt après l'accident, opina-t-elle.

— C'est encore pire que ça. Nous avons eu Lily trop vite et j'espère seulement qu'elle ne s'en apercevra jamais.

211

Olivia baissa les yeux sur les affaires d'Evan froissées entre ses mains.

— Je pourrais laver le jean d'Evan, au cas où il ferait trop froid demain pour son short ?

— Bien sûr.

Un même malaise commençait à les paralyser. Elle était au courant de son passé mais lui ne savait rien d'elle. Que faisait-elle, avec qui était-elle pendant qu'il s'efforçait de sauver son couple avec Hélène ? Une réaction subite lui vrilla les entrailles, et il découvrit qu'il ne voulait rien savoir des autres hommes de sa vie.

— La buanderie est par ici, dit-il en traversant la cuisine. Vous avez aussi quelque chose à laver ?

Elle hésita un instant, puis laissa de côté sa réticence.

— J'aimerais bien, oui.

— Je vais vous chercher quelque chose à vous mettre.

Tournant les talons, il grimpa l'escalier et entra à pas de loup dans sa chambre. Il y eut un froissement du côté du lit.

— Papa ?

— Désolé, fils. Tu rêvais déjà ? demanda-t-il en fouillant dans sa commode.

— Pas encore.

Le petit lui tendit les bras. Zach vint le rejoindre et l'étreignit tendrement en respirant son odeur de petit garçon propre.

— Je t'ai entendu chanter pour Lily.

— Nous chantons « Mary » tous les soirs.

— Et moi, tu me chanteras « Frosty » ?

Il semblait de moins en moins endormi. Zach aurait bien voulu lui chanter sa chanson mais il n'en connaissait pas les paroles. Il pourrait difficilement en inventer si Evan était tout à fait réveillé.

— Tu chantes aussi ? proposa-t-il.

212

Evan se mit à chanter avec entrain ; Zach le suivit, se perdant une ou deux fois en cours de route, ce qui ne sembla pas déranger le garçon : à la fin, il se jeta à son cou et le serra à l'étrangler.

— Tu aimes « Frosty » ? lui demanda Zach.

— C'est ma préférée.

Le dernier mot se brouilla un peu. Evan se retourna sur le flanc et s'endormit instantanément.

Zach se leva, reprit le sweat et le jogging gris qu'il avait choisis… et vit Olivia devant la porte ouverte. Elle recula sans un mot et il la suivit le long du couloir, fasciné par la grâce naturelle de sa démarche.

— Je me suis rendu compte que je vous regardais tous les deux, et je me suis trouvée indiscrète, avoua-t-elle une fois qu'ils furent de retour dans le salon.

Elle sourit et il remarqua que sa bouche parfaite se retroussait davantage d'un côté que de l'autre. Incapable de détacher son regard de ce léger défaut qui la rendait encore plus irrésistible, il la vit se couvrir les lèvres d'un geste brusque. Son regard était étrange, tourmenté.

— Tu… vous disiez toujours que ma bouche souriait de travers, dit-elle d'une voix sourde.

Il sentit une chaleur pesante se lover dans sa poitrine. Une nouvelle tension s'était réveillée entre eux, il la sentait vibrer dans ses muscles. En face de lui, Olivia frémissait. Une grande inspiration gonfla leurs poitrines et il s'aperçut que leurs souffles s'étaient synchronisés. Il fit un pas vers elle, vit son visage se crisper ; elle lui arracha presque les vêtements des mains et il les lâcha, incapable de réagir. Leurs regards s'affrontaient toujours.

Souvenir ou désir ? Attirance ou solitude ? Ou encore un mélange de tout cela, fondu dans un creuset si intime qu'il ne pouvait pas s'y retrouver ? Dans tous les cas, le moment n'était pas encore venu pour eux. Il rompit le charme en détournant les yeux et parcourut la pièce du regard, cherchant un prétexte pour s'écarter d'elle.

— Pendant que vous vous changez, je vais rentrer du bois.

Tout d'abord, elle ne sembla pas l'entendre ; puis son regard vacilla, sa tête pivota vers le gros poêle. Sans doute n'avait-elle jamais vu de système de chauffage aussi primitif.

— Il est joli et en plus, il chauffe, dit-il stupidement, espérant détourner son attention de lui. Mon arrière-grand-père l'a installé en bâtissant cette maison, et mon père a ajouté des conduits pour chauffer le reste de la maison.

— Je ne sais pas du tout de quoi vous parlez.

Sa voix, très basse, attisa le désir qu'il voulait ignorer. S'il n'occupait pas ses mains tout de suite, il ne pourrait pas s'empêcher de la toucher. Quand il charrie des bûches, un homme ne peut plus désirer l'impossible.

— Nous aurons plus chaud cette nuit si je rentre assez de bois pour entretenir le feu, expliqua-t-il.

Elle hocha la tête, mais il vit la colère filtrer lentement dans son regard. Elle devait bien comprendre qu'il cherchait à les protéger, elle et Evan, autant que lui-même. Il préférait se comporter en lâche plutôt que de la faire souffrir.

Elle se changea dans la salle de bains, arrachant son jean, son pull et son t-shirt, jetant ses chaussettes à la volée. Pourquoi avait-elle donné à Zachary Calvert une nouvelle occasion de la repousser ? Elle devait être folle ! Les poings serrés, elle s'immobilisa, revivant la scène, sentant son corps ployer vers lui— et l'entendant se mettre à parler à tort et travers de bûches et de chauffage. Elle poussa un juron bien senti.

Dans le miroir, une rougeur marbrait sa peau nue de la gorge jusqu'aux joues. Demain, elle n'aurait qu'à appeler Hélène pour lui proposer d'organiser un fichu club. Pour ce soir, elle se retiendrait de l'agonir d'injures — mais uniquement pour ne pas réveiller les enfants.

Elle enfila son jogging en refusant d'imaginer le coton doux glissant sur les cuisses musclées de son propriétaire. En faisant passer le sweat par-dessus sa tête, elle retint son souffle, redoutant d'y retrouver le parfum de sa peau. Jamais elle ne se serait cru aussi faible ! Quel était son problème, comment pouvait-elle continuer à penser à lui de cette façon ? Elle se jeta de l'eau fraîche au visage et quitta résolument son refuge, très droite, marchant à grands pas vers la cuisine. Une Kendall ne cède le pas à personne.

Zach n'était pas là. Dans la buanderie, elle chargea les affaires d'Evan et les siennes dans le lave-linge ; bientôt, le clapotis régulier de la machine couvrit tous les autres sons. Avec un peu de chance, Zach s'assommerait lui-même avec une bûche ; à défaut, elle espérait qu'il terminerait sa tâche et se coucherait sans lui adresser la parole.

Quant à elle, elle ne tenait pas en place. Si elle montait se coucher dans cet état, elle empêcherait Evan de dormir. Ouvrant la porte de derrière, elle sortit sous les étoiles. Le vent soufflait, puissant et froid, et des flottilles de nuages glissaient près de la lune. Les pins se balançaient en sifflant et un torrent bavardait quelque part dans les ténèbres. Les planches étaient très froides sous ses pieds nus mais la majesté de la scène parvint à dissiper sa colère.

Les paumes pressées sur son visage, elle s'efforça de réfléchir. Elle était venue à Bardill's Ridge pour Evan. Au lieu de se sentir insultée, elle devrait remercier Zach : s'il avait accepté sa proposition muette, ils auraient eu toutes sortes de décisions difficiles à prendre. De cette façon, tout était beaucoup plus simple.

Au diable son désir et son sentiment d'abandon ! Tant qu'ils ne se touchaient pas, elle n'aurait pas de regrets par la suite. Le lien entre son fils et Zach comptait plus que tout le reste. Quant à elle, plus rien ne la liait à lui.

Frissonnante, elle fourra les mains sous son sweat pour les réchauffer et se retourna vers la maison en espérant que la lumière du salon se serait éteinte. Cela signifierait qu'il s'était couché.

— Olivia ?

Stupéfaite, elle sursauta et se retourna vers la pelouse.

— Où êtes-vous ?

Il posa le pied sur la première marche et s'avança dans la lumière.

— J'ai fait plusieurs faux pas avec vous.

— Je sais bien que vous le pensez, répliqua-t-elle.

S'il osait dire tout net qu'il ne voulait pas d'elle, elle lui lancerait le barbecue à la tête.

— Je veux dire, en me sauvant à l'instant.

Il monta rapidement à sa rencontre.

— Je voulais…

Il s'interrompit, serra les poings.

— Je ne sais pas ce que je voulais. Par-dessus tout, je veux savoir si je me souviens de quelque chose. Si je pouvais…

— Vous ne pouvez pas.

Qu'il aille au diable s'il espérait se servir d'elle comme d'une potion magique pour guérir son amnésie !

— A cause d'Evan ?

Il s'approcha encore, le ton dur et le corps tendu.

— C'est pour Evan que nous devrions chercher à savoir ce que nous ressentons vraiment, affirma-t-il gravement.

— Vous vous souvenez de ce que vous m'avez dit le premier jour, dans votre bureau ? Vous ne vous sentiriez pas à l'aise parce que je sais sur vous des choses très personnelles…

Elle sentit une brusque décharge d'adrénaline monter en elle avec une force explosive ; une part de ce qui l'étouffait jaillit brutalement :

216

— A l'époque, je n'imaginais pas que tu puisses me cacher quoi que ce soit ! cria-t-elle. Je t'aimais. Tu comptais plus que tout…

Elle se tut, saisie d'un vertige. Croyant qu'elle avait terminé, ou par besoin de la faire taire, il la prit dans ses bras et la pressa contre lui, le regard rivé sur sa bouche. Elle ne parvint même pas à secouer la tête.

Au premier contact de ses lèvres, elle sentit les larmes lui brûler les yeux. Car elle aussi, elle avait beaucoup oublié ! Elle retrouvait tout à coup le goût de son désir, à la fois si franc et si doux. Elle aurait aimé s'enfuir… mais elle sut que si elle faisait un geste, elle céderait sur toute la ligne.

Il embrassa la courbe de sa joue ; ses mains pétrissaient ses épaules comme s'il cherchait à s'assurer qu'il ne rêvait pas. Puis il reprit sa bouche haletante, allumant en elle un immense brasier… Elle glissa les bras autour de sa taille. Son corps était plus mince, plus dur qu'autrefois, mais si viril qu'il l'effraya un peu : cela faisait si longtemps qu'elle était seule ! Elle s'accrocha à l'étoffe douce de sa chemise…

— Olivia…

Ce chuchotement balaya ses dernières défenses. Avec un soubresursaut, elle se retrouva pressée contre lui. Elle avait rêvé de cet instant ; nuit après nuit, elle s'était réveillée en sentant l'enfant ruer dans son ventre, pour fondre aussitôt en larmes en se souvenant que plus jamais il ne la serrerait dans ses bras.

— S'il te plaît…, supplia-t-elle, sans même savoir ce qu'elle lui demandait.

Lui semblait le savoir. Il l'embrassa encore, laissant échapper un gémissement lorsqu'il glissa les mains sous le sweat trop grand pour caresser son dos et ses épaules. Elle se cambra contre lui, lui offrant ses seins. Son désir était si intense que ses caresses lui faisaient mal ; elle haletait, les larmes aux yeux. Tout à coup, il se tassa sur lui-même et s'écarta d'elle.

Ce nouveau rejet fut encore plus douloureux.

— Je ne peux pas.

Ce n'était pas la voix de Zach ; ni celle d'alors, ni celle d'aujourd'hui. Elle était devant un inconnu… et elle le désirait quand même.

— Quoi ?

— Je n'ai pas le droit.

Elle scruta son visage, la tête et le corps vidés par le choc. Il ne pouvait pas la rejeter encore une fois ! Pas maintenant !

— Je te donne le droit, Zach.

— Je ne peux pas t'expliquer.

Il se frotta le visage des deux mains, les yeux blessés.

— C'est Hélène ? demanda-t-elle durement.

— Non, pire que ça. C'est Kim.

— Ton amie de l'accident.

— Mon amie, oui.

Voyant qu'elle reculait, il lui saisit la main.

— Seulement une amie, oui, mais elle est morte, peut-être par ma faute. Je crois que c'est ça qui a tout fait rater avec Hélène. Et je ne peux pas oublier que j'ai quasiment fichu ta vie en l'air.

— N'exagérons rien.

Il eut une grimace.

— Je sais que tu as pris ta décision librement. Tu aimes Evan, il ne représente pas un problème pour toi, mais tu as dû tout affronter toute seule. Si ça se trouve, c'est suite à cette histoire que ton père est devenu aussi dingue.

— Papa est ce qu'il est, coupa-t-elle. Evan enrichit ma vie chaque jour. Je ne comprends sincèrement pas un mot de ce que tu dis, et je ne comprends pas non plus pourquoi tu parles de ton amie après tout ce temps. Tu as fait de ton mieux pour la sauver.

— J'ai essayé, j'ai échoué et j'ai survécu. J'ai ma vie et deux gosses. Kim n'a pas pu voir grandir son bébé.

218

— Tu as épousé Hélène. Kim ne t'as pas retenu à ce moment-là.

— Je l'ai seulement épousée parce qu'elle était enceinte.

— Et c'est ce que tu veux pour le reste de ta vie ? Tu préfères refuser…

Refuser quoi ? L'amour ? Pas question de se déclarer une fois de plus. Jamais plus !

— Tu veux qu'aucune femme n'ait plus jamais besoin de toi, acheva-t-elle à sa place.

— Je crois, oui.

— Je regrette mais à mon avis, c'est un prétexte. Si tu ne veux pas de moi, tu n'as qu'à le dire.

— Tu sais que le problème n'est pas là.

Son ton presque plaintif la mit hors d'elle.

— Tu ne crois tout de même pas que tu pourras…

— Il faut rentrer. Tu gèles.

— Et toi, tu gèles à l'intérieur, cria-t-elle en plaquant ses paumes sur sa poitrine. Là où ça compte vraiment !

— Tu n'avais encore jamais eu recours à de telles banalités.

— Peut-être, mais c'est aussi la vérité.

Il était temps de regarder en face une autre vérité : elle ferait bien de le planter là tout de suite. Ce soir, elle avait eu de la chance. Elle n'avait pas eu le temps de recommencer à y croire.

— Je vais me coucher, lâcha-t-elle.

Elle le contourna, marchant vers la porte, sûre qu'il chercherait à la retenir, mais il ne bougea pas. Autant s'y résigner tout de suite : elle lui inspirait du désir mais rien de plus. Dans un élan, elle se retourna et saisit son visage entre ses mains pour déposer sur ses lèvres un baiser rapide, l'adieu dont il l'avait privée six ans plus tôt. Cela ne pouvait plus faire de mal à personne ! Mais à présent, elle lui offrait l'adieu fervent d'une femme qui saurait qu'il ne reviendrait pas.

Quand elle voulut s'écarter, les mains de Zach s'accrochèrent à elle. Son regard torturé, bouleversé de désir, faillit la renvoyer dans ses bras. Elle réussit pourtant à reculer d'un pas et, le regardant bien en face, elle articula :

— Bonne nuit.

Il scruta son visage comme s'il y cherchait une réponse. Eh bien, il n'y trouverait plus la confiance d'autrefois ! Jamais plus elle n'exhiberait le pauvre amour qui avait failli la détruire. Lorsqu'elle atteignit la porte de la cuisine, une douleur affreuse lui vrillait la poitrine. Il venait de l'abandonner une deuxième fois et cette fois, c'était un choix délibéré.

— Il m'a semblé que vous deviez savoir, pour votre père.

Zach reconnut la voix de sa mère. Que faisait-elle chez lui si tôt le matin après une nuit presque blanche ? Zach se souleva sur les coudes. Par la porte entrouverte de la cuisine, il vit sa mère se lever de sa place et aller remplir sa tasse à la machine à café.

— Tu m'en apportes une ? demanda-t-il d'une voix enrouée.

Elle se retourna, surprise.

— Tu es réveillé ? Bonjour, fils.

— Bonjour…

Roulant à bas du lit trop mou, il entreprit de lui rendre son aspect de canapé. Tout à coup, le souvenir de la soirée précédente lui revint à l'esprit avec une brutalité qui le fit s'affaisser dans un fauteuil, atterré. Comment allait-il oser se présenter devant Olivia dans la cuisine ?

L'arôme du café sut vaincre ses réticences. Il entra en s'efforçant de ne pas traîner les pieds ; Olivia, vêtue de ses propres jean et chemisier, posa une tasse devant lui sans le regarder. Il la prit et goûta la café sans prendre la peine de s'asseoir.

— Qu'est-ce qui t'amène, maman ?

— Je vois que tu as mal dormi.

— Il s'est passé quelque chose avec le père d'Olivia ?

— Quelque chose de bien, répondit-elle en poussant vers lui une assiette de muffins faits maison. Miel ? Confiture de mûres ?

— Non, sans rien, marmotta-t-il.

Levant les yeux vers Olivia, il demanda :

— Vous voulez bien me dire ce qui se passe ?

— Il a racheté toutes les pellicules de l'incident d'hier, lâcha Olivia.

Puis elle sourit à Beth, un sourire douloureux qui semblait s'excuser d'avance de ce qu'elle allait dire.

— Je lui suis reconnaissante, Beth, mais vous devez comprendre que ça ne marchera qu'une fois.

— Vous pensez qu'ils vont revenir à la charge ? demanda Zach.

— Si je ne le pensais pas, je ne serais pas ici, dit-elle sans se retourner. La presse à scandales s'est périodiquement intéressée à Evan et j'ai toujours réussi à les tenir à distance. Cette fois, ce sera plus compliqué, ils essaieront de lui parler directement ou de vous harceler, vous et votre famille. Mon père s'est fait une règle de ne publier que les sujets qui ont été vérifiés et confirmés par plusieurs sources. Il n'a jamais caché son mépris à l'égard de ceux qui travaillent différemment et qui attendent depuis longtemps de pouvoir le traiter d'hypocrite. Pour eux, notre petit secret de famille est l'occasion de le dénigrer, lui et nos publications.

Gênée d'avoir fait un tel discours, elle rougit, haussa les épaules et se tut.

— Alors, laissez-moi leur expliquer, dit Zach.

— Non !

Sa véhémence le prit de court, puis il comprit qu'à ses yeux, il venait de la rejeter une seconde fois. Aujourd'hui, elle n'accepterait rien de lui. Et il ne pouvait pas aborder ce sujet devant sa mère !

— C'est la meilleure solution, Olivia, insista-t-il en fourrageant dans ses cheveux hérissés. Une fois qu'ils auront leur article, ils nous laisseront tranquilles.

Elle n'eut pas le temps de répondre : on venait de frapper un grand coup à la porte.

— Ils m'ont suivie ! se lamenta Beth.

— Cela n'a plus d'importance, maman. Je vais leur parler.

Il se leva. Sa tenue débraillée n'arrangerait pas la réputation d'Olivia mais il n'y pouvait plus rien !

— Ne vous montrez pas, lui recommanda-t-il, et gardez Evan et Lily à l'étage.

— Non, répéta-t-elle.

— Nous ne pouvons nous cacher toute la journée derrière une porte close.

Il se dirigeait vers la porte quand elle le rattrapa.

— Et Evan ? Et son visage en première page ? Vous savez ce que la légende dira, sous la photo ?

— Nous prendrons soin d'Evan. Je refuse de laisser ces gens me dicter…

— Je ne suis pas d'accord, Zach.

Il aurait aimé l'écouter mais quelqu'un devait finir par faire quelque chose ! Ouvrant la porte à la volée, il fut surpris, mais très soulagé, de découvrir à la place de la meute qu'il attendait, Kendall flanqué de ses deux gardes du corps.

S'il s'était déplacé dans l'immense camping-car bleu et argent, il n'était certainement pas passé inaperçu et les autres ne tarderaient pas à le suivre ! Devant la maison, il ne vit qu'un 4x4 noir presque discret, garé à côté de la vieille Volkswagen de sa mère.

— Vous avez acheté une voiture ? bredouilla-t-il.

Kendall hocha les épaules comme si les Range Rover étaient monnaie courante à Bardill's Ridge.

— Il me fallait de la place pour ma fille et mon petit-fils. C'est encore un peu juste, avec Jock et Ian.

Derrière lui, Zach entendit la voix d'Olivia.

— Papa, nous allons venir passer quelques jours avec toi.

Zach se retourna brusquement mais le regard qu'elle lui lança lui ôta l'envie de faire le moindre commentaire. Elle repoussa ses cheveux en arrière, dégageant son visage magnifique et furieux, le visage qu'il avait embrassé hier soir, fou de désir. Il la désirait encore, mais il ne faisait manifestement plus partie de ses projets !

— J'ai encore mon mot à dire, et vous n'avez pas pris la peine de m'écouter. Quand vous serez prêt à faire équipe au lieu de vouloir décider tout seul, faites-moi signe.

13.

Ian se rendit au Bed & Breakfast pour prendre leurs affaires et les apporter au terrain de camping. Il oublia plusieurs jouets d'Evan et une chemise qui s'était égarée sous le lit mais quelques jours plus tard, Molly fit le déplacement jusqu'au camping pour les lui rendre, accompagnée de Beth qui ne perdait pas une occasion de voir son petit-fils. La jeune femme, époustouflée comme tous ceux qui découvraient le mobile home, demanda à Evan de lui faire visiter.

Beth et Olivia se retrouvèrent en tête à tête dans un silence un peu gêné. Etudiant le grillage qui entourait une piscine remplie de feuilles mortes en guise d'eau, Beth dit sans rire :

— Ils vont ont donné une bonne place.

Très amusée, Olivia désigna du pouce le gigantesque camping-car derrière elle.

— Mon père est un peu dépaysé à Bardill's Ridge mais il fait des progrès. En ce moment même, il fait ses courses au marché en plein air. En fait, je suis contente qu'il soit venu, avoua-t-elle franchement. Il appelle ce monstre notre bureau de campagne, et c'est effectivement beaucoup plus facile de travailler.

La glace était rompue, elle se sentait de nouveau face à une alliée. Spontanément, elle demanda :

— Dites, puisque vous êtes là, ça vous ennuierait de garder Evan avec vous ? Où allez-vous maintenant ?

224

— A l'Elevage. Je serai trop contente de l'emmener ! Tenez, ça vous intéresserait peut-être aussi d'y passer à l'occasion. Greta accueille les femmes enceintes dont les maris sont en déplacement, ou qui ont simplement envie d'un peu de temps pour elles. Et mieux que ça, elle propose un refuge pour les jeunes filles.

— Des jeunes filles… vous voulez dire des adolescentes enceintes ?

Elle avait bien lu un article sur la Maison des Mamans dans un journal de Knoxville, mais il ne mentionnait pas cette activité.

— Ce sont les parents qui les envoient ?

— La majorité d'entre elles arrivent chez Greta parce qu'elles n'ont nulle part où aller. L'argent versé par les clientes ordinaires sert à financer leur séjour.

Olivia n'avait jamais oublié sa propre solitude quand elle redoutait de parler de sa situation à son père…

— Je vous propose un marché, s'écria-t-elle. Vous vous occupez d'Evan pendant une heure et je fais un article sur l'Elevage.

Beth n'hésita pas un instant.

— Je marche ! Allez parler à Zach et ne vous en faites pas pour Evan. Je le ramènerai ici quand j'aurai terminé mon atelier.

Elle se détournait quand une idée subite la frappa :

— Ça ne vous ennuie pas s'il apprend à faire du crochet ?

— Pas du tout ! s'écria Olivia en riant. Du moment que vous parvenez à le convaincre de s'y mettre !

— J'y parviendrai.

Ça, Olivia n'en doutait pas ! Elle grimpa à toute allure les marches métalliques du camping-car. Beth avait donc deviné qu'elle voulait aller voir Zach ? D'un autre côté, sa nouvelle idée d'article l'emballait. La Maison des Mamans, ou l'Elevage comme disait la famille, ferait un excellent papier pour *Pertinence*, et la publicité pourrait attirer des fonds pour Greta Calvert.

Elle trouva Molly assise par terre devant la télévision, un pied levé pour accompagner un virage particulièrement réussi dans la course qu'elle disputait contre Evan.

— Molly, je ne vois rien ! hurlait-il.

— Désolée. J'ai besoin de mes pieds quand je conduis dans un jeu vidéo.

— Hein ?

— Laisse tomber. Je suis en train de te doubler, mon pote.

— Evan, dit Olivia, tu m'écoutes ?

Elle détestait ces jeux, mais ne voulait pas reconnaître que c'était parce qu'elle était nulle.

— Je t'entends, maman, lâcha-t-il, toujours concentré sur sa conduite.

— Mamie Beth va t'emmener avec elle pendant une heure ou deux. Je dois sortir.

— D'ac'.

Ni de « Où vas-tu ? », ni de « Pourquoi je ne peux pas venir ? », juste « D'ac' », parce qu'il serait avec sa Mamie Beth. Olivia avait désiré de toutes ses forces avoir une grande famille chaleureuse comme celle des Calvert, et elle était heureuse qu'ils fassent partie de la vie d'Evan… mais cela changeait tout de même beaucoup ses habitudes.

— Evan, tu mettras ton pull.

— Maman, tu vas me faire perdre. Je ne t'entends pas et… non, Molly !

— Désolée…, marmotta Olivia.

Elle trouva ses clés sur un meuble, passa devant Beth qui lui tapota gentiment le bras, et dévala les marches du camping-car. D'elle-même, sa main vint se poser à l'endroit où Beth l'avait touchée. C'était très doux de se sentir acceptée… mais elle ne parvenait pas à se défaire d'un sentiment de gêne, comme si elle profitait de sa position en tant que mère d'Evan pour s'immiscer dans le clan.

Zach gara sa voiture de police derrière le Tribunal, là où personne ne pourrait sentir les effluves de la distillerie clandestine qu'il venait de démolir, et s'efforça de gagner son bureau sans attirer l'attention sur sa manche déchirée par un coup de feu. Dès qu'il poussa la porte, Olivia jaillit de la chaise qui faisait face à son bureau. Les yeux écarquillés, elle s'écria :

— Qu'est-ce qui vous est arrivé ? Vous saignez !

Il jeta un coup d'œil à sa manche.

— Ce n'est pas grand-chose.

Ce fut à son tour de rester bouche bée en la voyant se raccrocher à sa chaise, le visage livide.

— Vous avez peur pour moi, bredouilla-t-il, médusé… et assez émerveillé.

— Quelqu'un vous a tiré dessus !

— Elle a eu peur quand j'ai trouvé sa distillerie. Elle a prétendu qu'elle voulait juste se faire un peu d'argent pour Noël.

— Ce n'est pas drôle !

Tout à coup, elle fut près de lui, écartant sa manche de ses mains tremblantes. La balle avait tracé un sillon en diagonale juste au-dessus du coude.

— Elle ne tirait pas très bien, dit-il, gêné.

— Taisez-vous, Zach. Où est votre pharmacie ?

— J'aime vous entendre dire mon nom.

Il parlait sérieusement. Il oubliait toujours qu'elle le connaissait depuis longtemps, jusqu'au moment où elle prononçait son prénom avec une charge émotive incompréhensible.

— La pharmacie ? répéta-t-elle sèchement.

Il se pencha vers elle ; elle détourna un peu la tête, mais le laissa saisir son menton sans se débattre. Quand il l'embrassa, elle lui rendit son baiser comme si elle ne pouvait pas faire autrement, et s'écarta. Plus fermement, elle lança :

— Je vais nettoyer ça pendant que nous parlons.

— Ce n'est pas une telle affaire mais je suis content que cela te dérange.

Il la fixait d'un regard brûlant de désir. Et s'il allait retrouver ses souvenirs perdus, auprès d'elle ? Les souvenirs d'eux deux, ensemble ? Ouvrant l'armoire métallique dans laquelle il rangeait les armes à feu de son équipe, il demanda :

— De quoi voulez-vous parler ?

— De ce qui s'est passé l'autre soir.

Il faillit en laisser tomber son pistolet.

— Je suppose que ma mère est passée vous voir, marmotta-t-il en bouclant son arme de service, puis en allant chercher la pharmacie dans le tiroir de son bureau.

— Elle est passée, oui, mais elle n'a rien dit. J'avais déjà décidé de venir vous parler, répliqua-t-elle en lui faisant signe de prendre le siège qu'elle venait de quitter.

— Je ne veux pas qu'on parle à ma place. Je serais venu moi-même dès que j'aurais su que vous acceptiez de parler.

— J'étais en colère parce que vous vouliez prendre la décision sans me consulter, mais j'étais aussi gênée.

Elle se tut un instant, lèvres serrées. Il crut qu'elle ne dirait rien de plus mais elle le surprit en ajoutant :

— Je sens des choses que vous ne pouvez pas sentir.

Cette fois, il osa dire :

— Je sens des choses aussi.

— Vous dites ça bien tranquillement !

— A l'intérieur, je ne suis pas tranquille.

Penché sur sa manche pour éviter de regarder la jeune femme en face, il déchira avec soin l'étoffe afin d'exposer son égratignure.

— Je ne parle pas facilement des émotions mais jugez-moi à mes actes. J'essaie de prendre soin de vous autant que de mon fils.

228

— Je ne tiens pas à ce qu'on prenne soin de moi. Ce n'est pas moi qui vous pose un problème.

Elle ouvrit le flacon d'eau oxygénée en lui jetant un bref regard.

— Je ne veux rien savoir de votre mariage, et je n'ai aucun droit de savoir s'il y a eu quelqu'un d'autre.

C'était une conversation bizarre ; ils sautaient d'un sujet à l'autre et répondaient aux pensées de l'autre plutôt qu'à ses paroles. Zach venait justement de se demander qui elle avait aimé après lui. Au diable les droits des uns et des autres, il voulait le savoir.

— Vous êtes prêt ? demanda-t-elle.

— Je suis prêt pour ça, fit-il avec un signe du menton vers le flacon.

— Mais pas pour… Oh, je l'ai bien compris l'autre soir.

Versant généreusement l'antiseptique sur une compresse, elle la pressa sur sa peau à vif. Il dut se mordre la joue pour ne pas crier.

— Je vous ai fait mal ? demanda-t-elle.

— Vous faites de l'ironie ?

— Je me suis ridiculisée. Ce n'est pas agréable.

— Je devrais peut-être accepter la mort de Kim mais je ne peux pas, c'est comme ça. Je sais bien que les blessés peuvent mourir dans les bras de leurs sauveteurs, à quelques secondes du salut — mais moi, je sème la destruction sur mon passage. Nous devons penser à Evan.

— Vous n'avez pas besoin de me dire de penser à mon enfant.

Elle imbibait une nouvelle compresse. Il préféra la lui retirer des mains, protestant :

— Surtout, ne prenez pas de gants avec un blessé.

Elle refusa de sourire.

229

— Je ne dis pas que vous devriez… vous attacher à moi.
C'était humiliant et je n'aime pas qu'on me repousse mais en
fait, c'est à vous que je pense en ce moment. Et à Evan. Combien
de temps allez-vous continuer à vivre dans un passé dont vous
ne vous souvenez même pas ?

Il termina de nettoyer sa plaie. Puis, sans lever la tête, il
dit :

— Où je vis est mon affaire tant que je ne vous fais pas de
mal.

Il y eut un silence. Se décidant enfin à la regarder, il
ajouta :

— Et je ne vous ferai pas de mal. Vous voyez bien que je
suis complètement disponible pour Evan.

Les bras croisés dans une attitude de défi, elle lui semblait
encore vulnérable. Il sentit que s'il la prenait dans ses bras, elle
céderait. Dorénavant, il devait faire très attention à ses paroles
et à ses gestes…

C'est alors qu'elle lâcha sa bombe.

— Vous avez parlé aux Salva ? Vous avez vu la fille de
votre amie ?

Il sauta sur ses pieds, horrifié. La petite fille de Kim ? Son
mari ? Il serait bien incapable de les regarder en face !

— Vous devriez peut-être, reprit-elle, impitoyable. Ce serait
un moyen de tourner la page.

Elle se détourna et reprit son sac.

— Je dois m'en aller. Votre mère ne va pas tarder à ramener
Evan au camping.

— Maman ?

— Elle l'a emmené avec elle à l'atelier qu'elle anime à
l'Elevage.

Elle venait encore de le surprendre.

— Elle sera contente que vous soyez prête à le lui confier,
dit-il avec un plaisir non dissimulé.

230

— Vous l'avez tous accueilli avec une gentillesse extra-ordinaire, il se sent aimé, il fait partie de la famille. Je vous en suis reconnaissante.

Cette reconnaissance, elle l'exprimait sans grande chaleur, et quand elle se dirigea vers la porte, ses mouvements n'avaient pas leur grâce habituelle. C'était si difficile pour elle de dire merci ? Oui, sans doute : ce ne pouvait pas être plaisant de se sentir redevable à la famille du père de votre enfant de l'accepter parmi eux.

— Olivia, attendez.

Elle se retourna à moitié en lui lançant un regard interrogateur.

— Vous viendrez à l'anniversaire de mariage de mes grands-parents, samedi ? La cérémonie est à 8 h 30 et ensuite, nous montons sur la crête pour un barbecue dans les vergers de mon grand-père.

Il vit son attitude changer du tout au tout. Maintenant, elle hésitait, incertaine.

— Votre grand-mère m'a bien envoyé une invitation mais je ne sais pas… Ils cherchent juste à être polis. Je comprends qu'ils souhaitent la présence d'Evan mais ce sera peut-être mieux si vous l'emmenez vous-même.

— Lily et moi, nous passerons vous prendre tous les deux.

Greta était si excitée par son « mariage », comme elle disait, qu'elle ne s'apercevrait peut-être pas de l'absence d'Olivia, mais lui, il voulait que la mère et le fils soient tous les deux avec sa famille. Elle hésitait toujours. Lui prenant le coude, il l'entraîna vers la porte.

— A 8 heures moins le quart, samedi matin.

Sans lui laisser le temps de répondre, il la mit poliment dehors… et attendit, le cœur battant, qu'elle revienne pour l'envoyer paître. Elle ne le fit pas.

Le vendredi matin, Zach téléphona pour demander s'il pouvait emmener Evan camper le soir même. Il voulait monter avec les deux enfants près de la source chaude. Olivia s'attendait à ce qu'il l'invite aussi ; quand il ne le fit pas, elle se sentit exclue. Tout en préparant les affaires d'Evan, elle s'efforça d'en rire. C'était absurde ! Elle ne voulait pas voir Zach et de toute façon, elle n'aimait pas le camping. Avant de boucler le sac, elle ajouta la tenue d'Evan pour le « mariage » car les campeurs devaient se préparer sur place avant de venir la chercher. Puis elle assista au grand départ en agitant la main, un sourire plaqué sur le visage, en se jurant de profiter de l'absence d'Evan pour travailler toute la soirée.

Elle avait également un autre projet. Un jour, en flânant avec Evan, elle avait trouvé chez l'antiquaire de la place un merveilleux cadre en platine. Le cadre se refermait comme un livre et à l'intérieur, deux médaillons ovales se faisaient face. Elle avait déjà placé une photo d'Evan d'un côté et Beth lui en avait promis une de Zach. Comme prévu, elle monta dans la soirée pour la prendre. Elle fut surprise de ne pas se voir invitée à entrer lorsque Beth lui ouvrit la porte. Celle-ci se contenta de lui prendre le cadre des mains en lui demandant d'attendre. Les femmes du clan semblaient réunies à l'intérieur car Olivia entendait de grands éclats de rire… Docile, elle patienta devant la porte close en se sentant de nouveau exclue. De la part de la famille de Zach, cela semblait bizarre !

Enfin, Beth reparut. Serrant spontanément Olivia sur son cœur, elle lui montra le cadre en s'écriant :

— Voilà ! Regardez !

Zach à cinq ans faisait face à son fils au même âge. Leurs regards avaient la même lumière confiante, leurs cheveux les mêmes épis ; ils auraient pu être jumeaux.

— Oh, balbutia Olivia en levant ses yeux humides de larmes vers Beth. On dirait… qu'ils ont toujours été ensemble.

Beth la serra dans ses bras pour une nouvelle étreinte.

— J'aimerais bien avoir une photo d'Evan, moi aussi.

— Je vous en expédierai une dès que nous serons de retour à Chicago, promit Olivia.

Le silence tomba, assourdissant. Un nouvel éclat de voix joyeuses s'éleva à l'intérieur.

— Bon…, marmotta Olivia.

Elle se dégagea, blessée d'être renvoyée à sa solitude. Beth la retint un instant.

— A demain, Olivia. Je suis contente de vous avoir avec nous.

— Merci.

Cette réponse n'était guère appropriée mais elle ne savait plus très bien ce qu'elle disait, trop déroutée d'avoir si envie de rester, de se fondre dans ce groupe de femmes. Elle aurait aimé demander à Beth ce qui les rendait tous si proches, ces Calvert qui n'avaient pas besoin d'une entreprise, de limousines ou de gardes du corps pour être ensemble.

— Bonne nuit, dit-elle.

Elle se dirigea vers sa voiture en s'interdisant de courir ; quand elle démarra, Beth était déjà rentrée. La petite route s'ouvrit devant elle, simple trouée dans les feuillages avant le plongeon vers la vallée. Malgré elle, elle jeta un dernier regard vers la porte close.

Une soirée de liberté, ce n'était pas une si mauvaise chose ! Son père avait trouvé, Dieu sait où, un excellent cuisinier. Pendant que Zach et les enfants dévoraient des hot dogs calcinés dans la montagne, pendant que Beth et sa tribu grignotaient des amuse-gueules, Olivia picora un médaillon de saumon et une salade assaisonnée aux graines de courge.

Après le dîner, elle se disputa avec son père, négligea son travail et se coucha sans parvenir à trouver le repos. Chaque fois qu'elle allait s'endormir, elle se réveillait en sursaut en croyant sentir les lèvres de Zach sur les siennes.

Elle finit par sauter du lit pour se poster devant une fenêtre. Avec le week-end, le camping s'était rempli. Dans la journée, des enfants jouaient, des parents les rappelaient à grands cris. Les journalistes eux-mêmes semblaient en vacances ; la nuit tombée, elle n'avait plus vu d'autre mouvement que les feuilles poussées par le vent sur les étroites routes mouillées. Tous ses semblables s'étaient réfugiés à l'intérieur… à part son fils, sa sœur et leur père.

En imaginant les deux petits serrés contre Zach devant leur feu de camp, elle s'avoua enfin qu'elle mourait d'envie d'être avec eux. Elle voulait entendre les grands éclats de rire de Lily, voir le regard indulgent de Zach se poser sur Evan et sa petite sœur.

— Qu'est-ce qui te travaille, Olivia ? demanda son père derrière elle.

— Zach et les enfants, répondit-elle sans bouger.

— Pourquoi ?

— Ils me manquent.

— « Ils » ? Pas seulement Evan ?

— Tous les trois.

— Tu sais à quoi je pense ?

— Que j'ai du souci à me faire. Pour la deuxième fois.

— Mais tu n'es pas enceinte ?

— Papa, protesta-t-elle en se retournant enfin. Je ne suis pas stupide à ce point !

— Je me pose la question. Zach n'était pas celui qui te convenait mais tu n'as pas su garder tes distances la première fois.

— Je l'aimais.

— Et maintenant ?

234

— Je suis en colère.

Il se tenait juste derrière elle. Sans le regarder, elle se laissa aller en arrière et s'appuya contre lui.

— Je veux qu'on me rende toutes ces années, dit-elle. Je veux savoir pourquoi il est parti sans me dire où il allait — sans me dire ce que je risquais de perdre.

Elle soupira malgré elle. En fait, si elle en jugeait par l'indigence des explications de Zach, elle n'avait pas perdu grand-chose. Tant de chagrin pour si peu !

— Il était pilote dans la Navy, répondit son père. Je ne sais pas ce qu'il ressentait pour toi mais tu peux parier qu'il n'a jamais sérieusement envisagé qu'il pourrait ne pas revenir.

Effectivement, les pilotes étaient réputés pour leur moral en béton. Cette idée sonnait juste... et elle pouvait tout changer !

— Papa, s'écria-t-elle, c'est pour ça qu'il ne peut pas se pardonner l'accident. Il n'a jamais pensé qu'il pourrait échouer. L'impossible est arrivé.

— Oui, mais quelle importance, Olivia ?

— Je ne sais pas, avoua-t-elle. Peut-être aucune. Sauf qu'en dehors de mon problème à moi, je veux qu'il soit capable de communiquer avec ses semblables. Il est le père de mon fils.

— Il aime Evan. C'est toi qu'il a oubliée.

Il dit cela sur le ton de l'évidence mais avec une certaine douceur, comme s'il s'efforçait de ne pas la blesser.

— C'est moi dont il ne veut pas, confirma-t-elle.

Son père se redressa comme sous le coup d'une décharge électrique. Elle aurait pu prévoir qu'il aurait une telle réaction à l'idée qu'on puisse ne pas vouloir de sa fille chérie, mais elle avait ressenti le besoin de le dire tout haut. Si elle le disait assez souvent, elle parviendrait peut-être à l'accepter.

— Tu n'as toujours pas renoncé à lui !

— Je suis bien obligée. Pour Evan, et aussi parce qu'il est brisé. Regarde sa façon de vivre ! Il passe son temps à courir

235

derrière les braqueurs et les bouilleurs de cru. Il se fiche de savoir à qui il a affaire, du moment qu'on lui tire dessus, il est content. Je crois qu'il a peur que s'il cesse de se démener un seul instant, le passé lui tombera dessus. Et moi, j'ai peur que ce jour-là, il ne se sauve de nouveau.

— Il ne plaquera pas Evan ou Lily.

Elle sourit, posant sa joue contre la manche de son père.

— Je sais que cela te coûte de le dire. Ecoute, oublie tout ça. Je ne suis pas sa femme idéale, voilà tout ; je ne vais pas en faire une dépression.

Son père la serra dans ses bras.

— Je ne montre pas mon amour comme Calvert, avec des nuits sous la tente et des sifflets de locomotive, mais si jamais il te fait du mal, je le tuerai.

Surprise, elle eut un petit rire. Il demanda :

— Ça n'a pas été si mal, tous les deux ?

— Non, pas mal du tout. Une famille.

Pas une famille comme les Calvert mais elle avait tout de même reçu beaucoup d'amour — même si son père la mettait hors d'elle trois fois par jour.

— Prends bien soin de toi, dit-il.

— Ouais.

— Sa mère m'a invité à leur pique-nique, demain.

S'écartant un peu, elle braqua sur lui un regard inquisiteur. Cette lueur dans son regard…

— Beth ? Que fais-tu avec Beth ?

— Je me bagarre avec une femme qui n'a pas la langue dans sa poche. Je couvre les arrières de ma fille. Tu te doutes bien que la meilleure place pour le faire c'est encore d'être perché sur le pommier voisin. Tu peux me dire qui cueille encore ses pommes alors qu'il suffit d'aller au supermarché pour s'en procurer ?

— A part les Calvert, je ne vois pas. Tu n'as pas remarqué comme c'est bon, quand c'est tout frais cueilli ?

— Non mais moi, je ne me crois pas amoureux.

Lui reprenant le bras, il ajouta :

— Et toi, tu devrais te demander si tu te préoccupes de l'avenir d'Evan ou du tien. Sa famille idéale brouille peut-être un peu tes priorités.

14.

Olivia s'endormit vers le matin, se leva plus tard que prévu et dut se préparer en catastrophe pour la cérémonie. De la salle de bains qu'il monopolisait pour se raser, son père beugla que Zach et les enfants étaient arrivés. Sautant à cloche-pied pour enfiler un escarpin vert sauge assorti à sa robe, elle se dirigea vers la porte. Voilà, elle était prête. Elle tira sur sa jupe, fit bouffer ses cheveux et émergea dans un petit matin glacial qui transperça instantanément sa veste de lin. Quelle importance ? Evan et Lily agitaient les mains de la banquette arrière ! Elle se précipita, oubliant le froid et remarquant à peine la façon dont le complet noir de Zach mettait en valeur ses cheveux clairs et son visage mince. Elle n'avait d'yeux que pour les petits.

— Salut, vous deux ! Vous avez survécu ?

— Il y avait pas d'ours, dit gravement Evan.

— Des ours ? répéta-t-elle en s'efforçant de cacher son effroi.

— On en a parlé quand Evan s'est réveillé vers minuit, intervint Zach.

Il parlait tout à fait sérieusement mais ses yeux verts étincelaient de joie.

— Papa a fait une danse devant la tente pour les éloigner, expliqua Lily. Alors on n'a pas eu peur.

238

Olivia détourna vivement la tête pour ne pas qu'ils la voient rire.

— Je comprends. Zach, vous pourrez peut-être m'apprendre cette danse à l'occasion ?

— Quand vous voudrez, dit-il gravement.

Oui, mais ce regard trop intime… Elle aurait pu le détester de montrer aussi effrontément l'attirance qu'il ressentait pour elle, mais elle le désirait aussi, sans toujours parvenir à le cacher…

— Qu'est-ce que vous avez mangé ? demanda-t-elle encore.

— J'ai attrapé un poisson, annonça Lily, mais il était trop petit alors on a mangé ceux que papa avait achetés.

— Une bonne organisation.

— Mon grand-père dirait que j'ai fait fuir le poisson par manque de foi, dit Zach. N'empêche, autrement, on aurait dû se battre pour le poisson de Lily.

— Non, dit tranquillement la petite en lissant sa jupe de soie rose sur son collant blanc. Il était tout pour moi.

— « *Ecoute rugir la femme !* », cita Olivia en claquant la petite paume de la sienne.

La petite joua le jeu avec enthousiasme, demandant :

— Ça veut dire quoi, Madame Livia ?

— Ça veut dire que tu es forte ! Tu traces ta propre route.

— Oui, mais tu aurais été égoïste de garder tout le poisson, objecta Evan.

Olivia caressa sa joue si douce.

— Tu as raison de mettre les choses au point.

— Maman, tu as une drôle de tête.

Elle leva les yeux au ciel.

— Je m'en doute. J'ai pu prendre ma douche mais ensuite, ton Grampy a monopolisé la salle de bains.

Se penchant à l'intérieur de la voiture, elle abaissa le pare-soleil pour s'examiner dans le miroir. Un gémissement lui échappa. Son rouge à lèvres ! Jetant un coup d'œil à Zach, elle grogna :

— Vous auriez pu dire quelque chose.

— Je croyais que c'était exprès, répondit-il innocemment. Il y a des lingettes dans la boîte à gants.

— Parce que des fois, je renverse des choses, dit Lily à l'arrière. Et je ne peux pas rentrer sale chez maman.

Sa petite voix flûtée venait de faire resurgir l'ombre d'Hélène. L'euphorie d'Olivia retomba. Elle croyait gérer ses sentiments mais en fait, elle se racontait des histoires. Si elle cédait d'un pouce, quelqu'un en souffrirait — Hélène, Lily, peut-être même Evan. Aucune attirance physique ne méritait qu'elle prenne de tels risques.

Sans un mot de plus, elle s'installa à l'avant et entreprit de rectifier son maquillage à l'aide des lingettes. Zach démarra. Elle devrait cesser de tirer des conclusions hâtives à son sujet, décida-t-elle. Malgré ses regards charmeurs, il restait le champion incontesté du saut en arrière.

— Il faudra faire le reste du chemin à pied, dit-il.

Elle avait à peu près repris figure humaine. Regardant autour d'elle, elle vit qu'ils se trouvaient sur la place et que toutes les places de parking autour de l'église étaient prises. Zach fit le tour d'un pâté de maisons et se glissa dans le premier espace qu'il trouva.

— Ce sera très bien, dit-elle distraitement.

Mettant pied à terre, elle se tourna tout de suite vers la portière arrière, frissonnant dans le petit vent froid tout en dégageant Lily de son siège. De l'autre côté, Zach fit descendre Evan, puis s'approcha d'elle en retirant sa veste.

— Tenez.

— Je n'ai pas froid.

— Olivia…

Elle hésitait toujours.

— Ce serait bizarre, expliqua-t-elle.

— Entre la mode et une bonne pneumonie…

— Je ne parle pas de mode, dit-elle tout bas avec un regard bref vers les groupes qui entraient dans l'église. Je vous parle de moi, descendant de votre voiture si tôt le matin, portant vos vêtements…

— Ah !

Il suivit son regard, puis reprit la main d'Evan.

— Ne vous en faites pas pour ça. Lily, boutonne ton manteau.

Le manteau était en laine rose, parfaitement assorti à sa robe.

— Tu es très belle, Lily, dit Olivia en refermant la veste de Zach autour d'elle.

— Merci, madame Livia. Mais toi, tu es drôle dans la veste de papa.

Peut-être… mais sa chaleur s'engouffrait en elle, l'étoffe était imprégnée du parfum de sa peau. Lily glissa sa main dans la sienne, Evan prit celle de Zach ; se hâtant vers la porte, ils se dirigèrent vers le fond de l'église. La lumière, très douce, provenait uniquement des cierges ; les bancs de bois sombre luisaient. Une véritable foule se massait à l'autre bout de la nef. Depuis plusieurs jours, des Calvert proches ou lointains arrivaient de tout le pays ; jeunes, vieux ou entre deux âges, ils étaient tous réunis ce matin, riant, bavardant et entourant le roi de la fête, un très grand vieillard aux cheveux blancs planté devant l'autel.

Beth et Eliza les virent entrer et leur firent de grands signes.

— Zach ! lança le « marié » en les remarquant à son tour. Amène ces bébés ici. Viens nous rejoindre !

Les groupes s'écartèrent pour les laisser passer et Lily bondit dans les bras du vieil homme.

— Grampy ! s'écria-t-elle en l'embrassant.

Il se pencha pour offrir sa main à Evan, qui s'y accrocha.

— Bonjour, Grampy, dit-il avec un charmant sourire.

— Bonjour. C'est bien d'avoir emmené ta maman.

Assez maigre, encore bel homme, Seth se pencha vers Olivia et scruta son visage de ses yeux très verts.

— J'ai rencontré ce grand garçon il y a quelques jours chez Zach, dit-il. Je me faisais un plaisir de faire la connaissance de sa mère.

— Merci. C'était très gentil à vous de m'inviter.

— Merci à vous ! Merci d'avoir amené Evan parmi nous !

Il hochait la tête d'un air approbateur, ses yeux verts remplis de chaleur. Son sourire semblait réchauffer l'église.

— La famille compte beaucoup pour nous. Nous nous sentons plus complets maintenant qu'Evan est là.

La gorge d'Olivia se serra. Elle sentit le bras de Zach se glisser autour d'elle et sa main se poser sur sa taille. Il aurait été plus sage de s'écarter… mais elle avait besoin de son soutien pour maîtriser son émotion.

— Je regrette de ne pas vous avoir cherché plus tôt, monsieur Calvert, souffla-t-elle. Evan aurait déjà pu vous connaître.

— Je m'appelle Seth. Vous ne serez plus si timide à l'avenir ?

L'*Hymne à la Joie* jaillit d'une source invisible, la cérémonie allait commencer. Les conversations s'éteignirent et la petite foule se dispersa en direction des bancs. Olivia se détournait à son tour quand, posant Lily sur ses pieds, Seth s'adressa à la famille :

— Vous n'allez pas rester là-bas ? Vous faites tous partie de cette cérémonie. Vous étiez tous avec nous dès le commencement : vous êtes l'avenir que nous allions nous donner, Greta et moi. Rangez-vous autour de nous aujourd'hui !

Un petit homme jaillit d'une porte latérale en ajustant sa longue soutane noire.

— Seth, elle veut commencer ! Elle dit qu'il fera trop froid pour que les enfants puissent jouer si on ne démarre pas.

La musique de Beethoven s'arrêta net et reprit au commencement — Greta s'était apparemment servie de la première diffusion pour attirer l'attention de l'assistance. Quelques instants plus tard, la mariée parut à la grande porte. Remontant la travée centrale à grands pas, sans se préoccuper de marcher en mesure, elle se dirigea droit vers Seth.

Olivia sentit Lily lui tirer la main et elle la souleva pour qu'elle ne perde rien du spectacle. Dans un premier accès de jalousie, Evan tira son autre main pour exiger le même privilège. Elle s'efforçait de le caler sur son autre hanche quand Zach attira son fils dans ses bras, le tenant tout près pour qu'il puisse presser sa joue contre celle de sa mère.

La musique se tut. Les yeux dans ceux de son mari, Greta leva la main pour interrompre le pasteur.

— J'ai un cadeau de remariage pour toi, Seth et je veux t'en parler tout de suite. Bientôt, je serai si ramollie par l'émotion que tu croiras que je t'offre ça sur un coup de cœur.

Seth éclata de rire. Il y avait tant de tendresse dans son regard qu'Olivia en eut les larmes aux yeux.

— C'est la seule chose que tu m'aies demandée, reprit Greta. Avec une certaine obstination, je dois dire…

Elle jeta un regard circulaire aux visages souriants qui l'entouraient, puis se concentra de nouveau sur son mari.

— J'ai soixante-seize ans, autant dire que je suis dans la force de l'âge en regard des critères en cours chez les femmes de ma famille, mais je prends ma retraite !

Se tournant à demi, elle fixa avec insistance une grande jeune femme blonde qui se tenait près de Beth.

— Dès que j'aurai trouvé une remplaçante compétente, je me vouerai entièrement à nous, Seth, jusqu'à ce que tu me supplies de reprendre le travail.

Olivia jeta un regard interrogateur à Zach par-dessus la tête d'Evan.

— C'est ma cousine Sophie, glissa-t-il. La fille de mon oncle Ethan. Elle est gynécologue et obstétricienne. Greta a décidé quelle devait la remplacer à l'Elevage.

Olivia se souvenait de ce visage dans les photos d'autrefois mais la Sophie de l'époque était plus mince, presque maigre. Aujourd'hui, elle était superbe, joliment rebondie… et ses joues flambaient, couleur pivoine. Greta venait de lancer sa campagne !

— Aujourd'hui est un nouveau départ, clama Seth. Allez-y, Révérend ! Nous avons des pommes à cueillir, un barbecue à griller et le reste d'une vie fructueuse à vivre. Ensemble !

Sur ces paroles, il renversa l'ordre de la cérémonie et embrassa la re-mariée avec tant de conviction qu'Olivia se sentit obligée de détourner les yeux.

Zach ne se souvenait pas de l'ancienne Olivia mais il reconnut l'instant où elle lui revint. Ce fut quand son grand-père confirma son mariage avec un baiser qui rendit le reste de la cérémonie parfaitement inutile. Olivia s'affaissa un peu contre lui, l'air tout à coup très jeune et très vulnérable. Par chance, il avait très envie de la soutenir.

Après la cérémonie, le clan s'égailla vers les voitures dans un concert de rires et de commentaires joyeux. Zach prit les mains de Lily et Evan, se retournant pour s'assurer qu'Olivia les suivait. Elle semblait absente, sans doute perdue dans ce temps indéchiffrable qu'ils avaient en commun. Si les enfants n'avaient pas été présents, il aurait été tenté de la prendre dans ses bras pour lui rappeler qu'il existait ici et maintenant.

— J'ai apporté des vêtements plus décontractés. Nous pouvons nous changer au camping-car si vous pensez que ça n'ennuiera pas votre père.

— Papa est probablement déjà parti. Votre mère l'a invité.

— Hein ? Pourquoi ?

— J'en suis à me demander s'ils ne s'apprécient pas. A moins que la cérémonie ne brouille mon jugement ? Votre mère a été touchée par son geste, quand il a... démobilisé les journalistes. Vous n'avez pas remarqué comme ils adorent se lancer des piques ?

Zach semblait outré. Elle se mit à rire en disant :

— Oh, au fond, vous vous ressemblez un peu, vous avez aussi vos idées fixes. Ne serait-ce que le fourrage pour les chevreuils et les braqueurs de banque.

— On va nourrir les animaux, papa ? demanda Lily.

— Demain, ma douce. Aujourd'hui, on va jouer avec Mamie Beth et les cousins.

— Je connais tous les cousins, dit Lily à Evan.

— Ce sont mes cousins aussi !

Zach se pencha vers Olivia pour lui glisser :

— La lutte pour le pouvoir commence.

— Avec un peu de chance, ils termineront ex-æquo.

— Oh, il ne fallait surtout pas !

Olivia venait d'offrir son cadeau à Greta. Effleurant des doigts le verre qui protégeait la photo d'Evan, celle-ci s'essuya discrètement les yeux.

— Pour tout vous dire, je comptais vous demander de faire un article sur notre Maison — mais je suis trop égoïste, j'adore mon cadeau.

Olivia chercha Beth des yeux. Autour d'elles, les arbres croulant de fruits étaient envahis par une foule multicolore de

Calvert armés d'échelles et de paniers. Un peu plus tôt, la mère de Zach s'était éloignée avec Lily et Evan, à qui elle racontait comment le premier Ethan Calvert avait acheté ces terres et les avait cultivées. Evan étudiait les arbres d'un regard possessif qu'elle ne lui connaissait pas.

— Greta, dit-elle très vite, je crois que vous devriez parler à Beth. Au sujet de votre idée d'un article sur la Maison des Mamans. La voilà justement. Beth, attendez !

Olivia agita furieusement la main pour attirer l'attention de Beth. Greta lui jeta un regard surpris et elle se sentit un peu ridicule, mais elle ne voulait pas révéler qu'elle avait déjà promis de faire un article si Beth tenait à se réserver la surprise ! Murmurant un mot d'excuse, elle se lança à la poursuite du groupe et vit que son père les avait rejoints. D'où sortait-il, et où étaient Ian et Jock ? C'était un peu bizarre de voir James dans un endroit aussi public sans ses grandes ombres silencieuses.

— Greta vient de me pressentir pour que je fasse un article, annonça-t-elle en les rejoignant.

Ennuyée, Beth plissa le front.

— Mais c'était mon cadeau ! Vite, allons lui parler.

Le groupe entier revint sur ses pas. Soulagée, Olivia sourit à son père qui la salua d'un hochement de tête. Voyant qu'Evan n'avait rien dans son panier, elle lui demanda :

— Tu as mangé tout ce que tu as cueilli ?

— Elles sont bonnes quand on les cueille sur l'arbre, maman !

— Oui, mais tu dois les laver, sermonna Lily.

— Elle en a mangé aussi !

Olivia préféra ne pas penser aux éventuels produits chimiques ou aux microbes que pouvaient contenir les fruits. Gaiement, elle renifla l'arôme du barbecue en lançant :

— Moi, c'est le déjeuner qui m'intéresse.

— Tu ne manges pas...

D'un regard sévère, elle empêcha son père de révéler qu'elle ne mangeait pas de viande. Aujourd'hui, elle mangerait tout ce que les Calvert lui proposeraient. Voyant qu'il secouait la tête, mécontent, elle lui glissa à mi-voix :

— Tu m'as appris la politesse.

— Je ne t'ai pas appris à accepter béatement…

Il eut la sagesse de ne pas aller au bout de sa pensée.

— Papa, quelqu'un a sûrement fait une salade ou des haricots. Tu as remarqué les tables de pique-nique ?

— Si j'ai remarqué ! Il y aurait de quoi nourrir toute la commune.

Beth rejoignit Greta la première. Elles échangèrent quelques mots et Greta se jeta dans les bras de sa belle-fille, puis dans ceux d'Olivia, qui tint bon sous l'assaut.

— Vous n'imaginez pas ce que cela va signifier pour nous, pour notre financement. On vous lit dans le pays entier…

— Je m'assurerai que l'article soit formulé dans ce sens, promit Olivia.

— Il se passe quelque chose ? demanda Zach qui venait de se matérialiser entre les arbres.

Greta s'expliqua avec passion, à la grande gêne d'Olivia qui dut affronter de nouveaux remerciements. Un article sur un sujet sensationnel, ce n'était pas une telle affaire ! Du coin de l'œil, elle surprit l'expression amusée de son père.

— Mais vous me rendez service aussi, en acceptant d'être interviewée ! protesta-t-elle enfin. Dites, je meurs de faim, je crois que je vais aller voir si quelque chose est prêt. Evan, Lily, vous venez ?

Les enfants se précipitèrent à sa suite avec des cris de joie.

— Je dois prévenir Seth, dit Greta en le cherchant du regard. Et peut-être aussi Sophie.

— Mamie, elle est bien à Washington !

Zach leva les yeux au ciel, prenant Olivia à témoin ; manifestement, ce n'était pas la première fois qu'il plaidait la cause de sa cousine. Olivia eut une petite grimace. Elle était heureuse de pouvoir rendre service, mais elle ne tenait pas du tout à prendre parti dans les conflits internes du clan ! Percevant sans doute son trouble, Beth lui prit le bras d'un geste familier en disant :

— Ne vous en faites pas, Sophie ne vous en voudra pas.

Puis, attirant Zach de l'autre côté, elle reprit :

— Je me disais, si ça ne t'ennuie pas, j'aimerais que Lily et Evan passent la nuit chez moi ce soir.

— Maman… Je ne les vois pas très souvent.

— Moi non plus. Bien entendu, si tu penses que je ne suis pas capable de m'occuper d'eux, tu peux venir aussi.

— Ce n'est pas ça…

— Bien, conclut-elle sans écouter la suite. Et vous, Olivia, qu'en dites-vous ?

— Je ne vais sûrement pas dire que vous ne savez pas vous occuper de vos petits-enfants ! s'écria Olivia. Dites, j'ai l'impression que mon père vous a appris quelques petites choses sur la négociation ?

— Comme si j'avais besoin de lui pour m'apprendre quoi que ce soit ! répliqua l'autre femme en riant.

Olivia capta le regard inquiet de Zach. Ce n'était pas difficile de lire ses pensées : il redoutait que son père ne se serve de Beth pour s'immiscer au cœur de la famille.

— Vous n'avez qu'à venir tous les deux les chercher à midi demain, décida Beth. Ils dormiront tard, je leur ferai un bon brunch. Olivia, vous me supplierez de vous donner mes recettes quand vous aurez entendu la réaction d'Evan.

Tout étant arrangé comme elle le souhaitait, elle alla rejoindre les petits, déjà occupés à goûter aux bonnes choses disposées sur les tables. Olivia la suivit du regard… et vit son père quitter l'arbre auquel il s'adossait pour la suivre. Si cela avait été possible pour un homme comme lui, on aurait dit qu'il ressemblait à un chiot perdu.

— Ce n'est pas un méchant homme, dit-elle.

— Mais qu'est-ce qu'il manigance ? s'inquiéta Zach. Je crois que je vais aller le lui demander.

— Il ne vous le dira pas.

Elle tourna lentement sur elle-même, cherchant des yeux les gardes du corps.

— Je me demande où sont passés Jock et Ian ?

— Ian portait le panier de Sophie il y a un petit moment. Je n'ai pas vu Jock. Vous êtes inquiète ?

— Nous pouvons voir tous ceux qui arriveraient en voiture ?

Il hocha la tête.

— Oui, mais j'ai tout de même envie de faire une petite ronde. Vous venez ?

Elle se mit en marche près de lui.

— Comment était la source chaude hier soir ?

— Complètement raté, dit-il avec un sourire qui la réchauffa tout entière. Evan n'a pas cru qu'elle serait vraiment chaude.

— Mais Lily y est déjà allée ?

— Apparemment, elle a oublié. Elle s'est rangée dans le camp d'Evan.

Olivia se mit à rire. C'était inexplicable mais elle avait l'impression que ses soucis s'envolaient ; marchant à grands pas dans les hautes herbes, elle se sentit toute légère.

— J'adore les voir ensemble, dit-elle.

— Moi aussi.

Zach l'entraîna vers la route pour passer en revue les voitures garées sur le bas-côté. Le regard perdu au loin, il demanda :

— Comment croyez-vous que deux enfants puissent instinctivement devenir frère et sœur ?

— Evan a toujours regretté d'être fils unique. Lily est un cadeau pour lui.

— Tant que c'est lui le patron, corrigea-t-il, amusé. Mais elle ne se laissera pas faire. Elle lui a donné un cours de cuisine hier soir. Apparemment, personne n'avait encore brûlé de marshmallows avec lui.

— Pour le camping, je préfère la version de mon père.

— Quatre étoiles ?

— Précisément.

Ils étaient parvenus au bout de la file de voitures. Zach parcourut la crête des yeux, Olivia les arbres. Un mouvement dans les branches attira son regard. Des bras entremêlés, des cheveux blonds coulant dans une main en coupe…

— Zach ? J'espère que vous ne vous sentirez pas tenu de protéger l'honneur de Sophie mais ne serait-ce pas Jock là-bas, avec elle ?

Suivant son regard, il marmotta, mal à l'aise :

— Ian.

— A moins qu'il ne l'ait surprise au moment où elle allait tirer sur mon père avec une sarbacane, il semble avoir oublié son boulot. Cet endroit a un drôle d'effet sur les visiteurs. Mon père ne pense plus à se protéger et Ian…

— Oui, c'est plutôt surprenant.

Se détournant de l'autre couple, il demanda tout à coup :

— Et toi, Olivia, que penses-tu des sources chaudes ?

Elle sentit son cœur s'emballer. La gorge serrée, elle cherchait encore ses mots quand il ajouta :

— Tu aimerais la voir ?

— J'aimerais assez, oui, mais pourquoi as-tu envie de me la montrer ?

Tant pis pour la courtoisie ; dans son état d'esprit actuel, elle se fichait de la subtilité.

— Il ne se passera rien si tu ne le veux pas. Nous sommes les parents d'Evan et nous apprenons à nous connaître. Nous devons apprendre à n'être que ça : ses parents.

Même lui ne semblait pas très convaincu par cette longue tirade.

— Vu de cette façon, c'est parfait...

Elle baissa les yeux vers ses mains. De belles mains, expressives, habiles et si sensuelles.

— Je ne suis pas une campeuse très aguerrie.

— Je ne te demande pas de dormir dans les bois. Tu n'auras qu'à reprendre mon lit, au retour.

Avait-elle tout à fait perdu la tête ? Elle ne parvenait même plus à se mentir sur ses propres motivations. Ce soir, elle voulait être seule avec Zach. Evan n'en saurait jamais rien, il n'aurait aucune raison d'espérer qu'ils se mettent à vivre tous ensemble. Levant la tête, elle scruta son visage. Pourvu que lui au moins parvienne à se mentir ! A faire comme s'il éprouvait réellement de la tendresse pour elle...

— J'aurai besoin de vêtements de rechange, dit-elle en sentant trembler ses jambes sous elle.

— Je te prêterai encore mon jogging.

Sa voix s'était enrouée.

Et elle, se sentait-elle prête à prendre ce qu'il voudrait bien donner, sans rien attendre de plus ?

15.

Le faisceau de la lampe de Zach se promenait sur l'épaisse couche d'aiguilles de pin hérissée d'herbes. Olivia ne distinguait aucun sentier. Les arbres au-dessus de leurs têtes, le cours d'eau invisible à leurs pieds semblaient bavarder à mi-voix. Zach en revanche ne disait pas un mot.

Ils atteignirent enfin la tente où lui et les enfants avaient dormi la nuit précédente.

— Vous l'avez laissée plantée là ? demanda-t-elle, un peu choquée par le son de sa propre voix.

— Je ne suis pas censé le dire mais Lily s'est réveillée effrayée et nous sommes rentrés à la maison à 2 heures du matin.

Olivia sourit avec fierté.

— Evan a gardé le secret de Lily !

— C'est un bon frère.

— Mais nous n'allons pas rester ici cette nuit ?

Le faisceau de la lampe vint se poser sur son visage.

— J'ai compris que tu n'étais pas amatrice des nuits à la dure. Et puis, ce ne serait pas très intelligent de dormir côte à côte.

— Je ne te comprends pas.

— Je sais bien. La source est par ici. Elle sent le soufre mais on s'y fait vite.

Se tournant de côté, il se glissa entre les branches basses d'un pin.

252

— Attention à la résine !

— Où ça ?

Elle levait la tête quand une jeune pousse lui frappa l'épaule.

— Sur les branches, dit sa voix quelque part devant elle.

Elle examina la manche du blouson qu'il venait de lui prêter, demandant à la nuit :

— C'est collant ?

— Ouais.

— Alors, c'est ça. Oh !

La lampe venait de révéler une petite mare féerique, blottie au creux d'une clairière à sa mesure. Zach posa le boîtier sur le sol et s'éloigna de quelques pas en disant :

— Il y a une corniche par ici.

Les effluves de soufre semblaient déjà moins âcres. Olivia laissa glisser le blouson de ses épaules, et s'arrêta là.

— Tu es sûr que personne d'autre ne va venir ?

— Par ce froid ?

Il contempla la vapeur qui montait doucement de la surface de l'eau et sourit en murmurant :

— Je me souviens d'avoir entendu mes parents ici, quand ils croyaient que je dormais sous la tente.

Elle eut un demi-sourire.

— Tu les entendais ?

— Juste des éclats de rire de temps en temps. Je ne me doutais pas de ce qu'ils faisaient. A supposer qu'ils aient fait quelque chose.

Le décor était pourtant idéal pour une rencontre amoureuse. Elle se décida à retirer son pull.

— Je suppose que ça ne t'ennuie pas si je garde mes sous-vêtements.

Il déglutit péniblement. Devant sa réaction, elle se sentit incroyablement nue dans un soutien-gorge qui n'avait pourtant rien de provocant !

— Non, marmotta-t-il. C'est bien. Très, très bien.

— Je n'ai pas envie de jouer à oui, non, oui non. Si tu me regardes comme ça, tu n'as qu'à attendre que je sois ressortie.

— Je ferais peut-être mieux de me retourner.

— A toi de voir.

Elle acheva de se déshabiller en vitesse et descendit en frissonnant dans l'eau.

— C'est presque chaud !

— Ouais.

Il avait pratiquement grogné. Elle se demanda comment il la voyait… Malgré toutes ses bonnes résolutions, elle voulait qu'il la trouve belle ! Repoussant cette idée, elle s'efforça de calmer son agitation. Non, elle ne ferait pas d'avances ; elle ne risquerait pas un nouveau refus. Elle se comporterait naturellement. Après tout, la situation n'était pas nécessairement équivoque, et ses sous-vêtements la couvraient autant qu'un maillot de bain ! Se coulant sous l'eau, elle nagea vers la lampe torche en lançant :

— Je réserve la corniche !

Ses mains tendues trouvèrent de la roche et de la terre ; elle se retourna pour s'accrocher au rebord, appuyant confortablement sa tête sur le sol moussu.

— Voilà, tu peux venir maintenant.

Il se déshabilla rapidement. Certaines choses ne changeaient jamais : il portait toujours des caleçons écossais et elle les trouvait toujours absurdement sexy.

— Alors, qu'en penses-tu ? demanda-t-il en se laissant glisser dans l'eau.

— L'idée de camper dehors me fait moins horreur tout à coup. On a l'impression d'être bercé. J'adore nager.

— Tu appelles ça nager ?

— J'adore l'eau, répliqua-t-elle avec un sourire. Tu es de mauvaise humeur tout à coup.

— Le désir me fait cet effet.

Il s'éclaboussa la poitrine et les épaules ; la lumière jaune de la lampe fit scintiller les gouttes sur sa peau.

— Ce qui me dérange le plus, c'est que tu sembles parfaitement à l'aise.

Elle se redressa un peu contre sa corniche.

— Pas si à l'aise que ça.

— Ça ne se voit pas.

— Je peux partir du principe que nous ne jouons plus.

Il se tourna vers elle, le visage ruisselant, les cheveux plaqués par l'eau.

— Je n'ai pas joué avec toi, dit-il. Je te veux, mais je refuse de te faire du mal. C'est difficile à expliquer…

Elle s'écarta un peu, irritée.

— Tu ne peux pas expliquer parce que tu ne comprends pas toi-même. Je ne sais pas si c'est parce que tu n'as pas assez vu tes parents ensemble, ou si c'était trop difficile avec Hélène… mais tu pourrais parfaitement te pardonner, pour Kim. Tu pourrais changer si tu le décidais.

Elle s'efforça de reprendre son souffle. C'était un grand discours pour elle… et un discours qu'elle n'avait aucun droit de prononcer. A la moue que fit Zach, elle vit qu'elle l'avait mis en colère. Et la colère le rendit injuste.

— Tu parles de changements, toi ! Ton seul changement en six ans aura été de prendre ton propre appartement. Qu'est-ce qui a changé dans ta vie depuis le jour où tu as su que tu attendais Evan ? Quels risques prends-tu ?

Paradoxalement, sa colère apaisa Olivia. Elle lui sourit.

— Je suis ici. Je sais ce que j'attends de cette nuit.

Ce n'était pas tout à fait la vérité. En fait, elle ne comprenait pas pourquoi elle voulait tant faire l'amour avec lui alors qu'elle était si sûre qu'il n'y aurait qu'une seule fois. Etait-ce seulement parce qu'elle avait besoin de l'adieu dont il l'avait privée en disparaissant aussi brutalement, la première fois ?

Sous l'eau, la main de Zach se coula sur la sienne.

— Tu parles comme si tu me connaissais…

— Je devine qui tu es.

Elle serra les dents. Ses doigts parcouraient son poignet, son avant-bras, montaient vers son coude…

— J'étais qui à Chicago ? demanda-t-il encore. Est-ce que je t'aimais ?

Ses yeux, braqués sur elle, étaient d'une telle intensité… Elle s'offrit à ce regard, décidée à ne rien cacher.

— Je le croyais. Je n'en suis plus si sûre.

— Qui étais-tu pour moi ?

Elle frémit en sentant ses cuisses écarter les siennes. Le désir se fit presque douloureux. Elle balbutia tout de même une protestation.

— Ne réfléchis pas, souffla-t-il. Sens juste comme c'est bon. C'est toi qui étais prête à prendre des risques.

Glissant les bras autour de sa taille, il l'attira contre lui. Pendant un instant, elle le détesta de tout son être.

— Je ne te fais pas confiance, articula-t-elle.

— Tu as raison.

Il frotta son nez contre sa joue. Un instant, elle croisa son regard torturé, sombre comme l'abîme, puis il pressa sa bouche contre son épaule. Elle sentit l'éraflure de ses dents, sentit ses bras se resserrer. Il promenait ses lèvres sur sa peau, se haussant peu à peu… Elle n'eut qu'à tourner la tête, baisser un peu le menton… et fermer les yeux quand il couvrit sa bouche de la sienne.

256

Les courbes de leurs corps s'imbriquaient à la perfection et c'était bon, oui, implacablement bon : cela s'imposait à eux avec une force primaire, très différente de la douceur avec laquelle ils faisaient l'amour quand elle avait vingt et un ans. Elle prit son visage entre ses mains ; il pétrissait ses seins gonflés, aux mamelons durcis.

Il l'interrogea du regard. L'espace d'un éclair, elle eut envie de le planter là. S'en aller, lui faire mal comme il lui avait fait mal ! Mais elle ne pouvait plus se défiler. Une dernière fois, elle voulait avoir l'impression qu'il l'aimait. Avançant les mains entre eux, elle s'attaqua à la fermeture de son soutien-gorge. Ses doigts tremblaient tant qu'elle ne parvint pas à la défaire ; il dut s'en charger, faisant glisser les bretelles de ses épaules, la touchant du bout des doigts comme s'il n'osait plus en prendre davantage.

Ce fut un incroyable soulagement de sentir sa peau nue rencontrer la sienne. Elle noua les bras autour de lui, promena ses mains le long de son dos, dessinant le contour de ses côtes.

— Non, dit-elle.

Elle voulait dire : « Tu m'as quittée. Ne me quitte jamais plus. »

— Non ? répéta-t-il, de très loin.

Son souffle était rauque contre sa gorge. Elle lui empoigna la tête à deux mains.

— Tu m'as plantée là, dit-elle. J'avais besoin de toi.

— Je suis là.

Elle lui tourna le visage vers son sein. Il aspira immédiatement le mamelon, le dévorant avec une fureur qui chauffa à blanc le désir qu'elle réprimait depuis si longtemps. Son propre halètement lui déchira la gorge. Haussant la tête, il balaya ses lèvres d'un baiser très doux — mais elle ne voulait pas de sa douceur. Se tordant entre ses bras, elle lui échappa sans interrompre le contact de leurs lèvres, et entreprit de le punir par sa passion, cette passion dont il avait fait si peu de cas. Elle voulait le rendre fou et elle y réussit ; bientôt, il oublia les prévenances dont il l'entourait toujours et se fit presque brutal. Elle lui refusa alors sa bouche et s'écarta à la nage. Il la suivit des yeux, le visage crispé.

— Ne t'inquiète pas, haleta-t-il en s'accrochant à la rive. Je ne te ferai pas un autre bébé.

— Je prends la pilule. Depuis Evan, je suis obligée pour… Je suis obligée.

— Tu vas bien ? Ta santé…

Elle tremblait. Maintenant que ses bras n'étaient plus autour d'elle, elle avait froid.

— Je vais bien.

Faisant glisser sa culotte le long de ses cuisses, elle s'en débarrassa d'un mouvement de la jambe. Au même instant, il retira son caleçon et saisit ses chevilles pour la ramener à lui. Elle mêla ses doigts aux siens, le clouant de tout son poids contre la berge, le torturant en frottant lentement son corps douloureux contre le sien. Puisqu'il croyait pouvoir la quitter quand il voulait, elle ferait en sorte qu'il ne puisse jamais l'oublier !

Libérant une de ses mains, il lui caressa la nuque. Pendant une seconde éternelle, dans un halo de tendresse, il l'embrassa. A bout de forces, elle l'accueillit tandis que le mouvement dè l'eau le portait vers elle. Eloignant sa bouche de la sienne, il laissa échapper un son, mi-soupir mi-plainte. Libérée de la douce passion de sa bouche, elle réussit à rompre le charme et entreprit de se servir.

Elle prit satisfaction, plaisir et vengeance — tout sauf de l'amour. Elle voulait qu'il explose en elle parce qu'elle-même avait besoin d'exploser, et parce qu'il fallait qu'il ressente de nouveau quelque chose pour elle. Pour la première fois sans doute, elle voulait être tout pour lui. Comme il l'avait été pour elle.

258

Dans un sursaut de tout son corps, il voulut la posséder. Elle s'écarta, le regard rivé au sien dans un défi muet. S'emparant de nouveau de ses mains pour les clouer à la rive, elle l'obligea à entrer dans son rythme. Ses tentatives désordonnées pour reprendre les rênes amplifiaient encore son désir, et aussi son envie perverse de le lui faire payer. Elle sentit les larmes couler sur son visage.

— Olivia…

Il se cambra et cette fois, elle céda. Comme lui, elle avait trop besoin que leurs corps se joignent.

— Olivia !

Sa voix brisée réveilla l'écho de toutes les fois où elle avait crié son nom dans son désespoir. Brusquement, il happa ses hanches, s'empara de sa bouche ouverte. Le grondement torturé de son orgasme l'emporta, elle aussi ; des volutes de couleur jaillirent derrière ses paupières closes, un plaisir inouï l'engourdit. Les jambes verrouillées autour de ses hanches, elle s'accrocha convulsivement à lui pour prolonger jusqu'au bout la dernière onde de choc.

Il l'embrassa avec beaucoup de douceur, encore et encore, la réconfortant jusqu'à ce que la folie se dissipe et qu'elle se débatte pour lui échapper. Pour échapper à la honte de l'avoir pris pour se venger. Il refusa de la lâcher, caressant ses cheveux, les écartant doucement de son visage. Enfin, elle lui rendit son baiser et s'affaissa contre sa poitrine.

— Tu te sens mieux ? demanda-t-il avec tendresse.

— Je n'ai pas été très…

A sa place, elle aurait été furieuse. Il enfouit son visage dans ses cheveux avec un petit rire tourmenté.

— Oh, si, tu as été très… ! J'aurais pu t'arrêter si je l'avais voulu.

— J'en doute.

— J'aime ta façon de te venger, dit-il. Du moment que tu acceptes de me faire l'amour, maintenant.

Elle baissa la tête, incapable de le regarder en face.

— Pourquoi n'es-tu pas en colère ?

— Nous sommes deux adultes, et je t'ai fait du mal. Ton corps parle au mien, le mien parle au tien. Tu avais des choses furieuses à me dire et maintenant, j'ai des réponses plus tendres à te faire.

— Je ne te comprends pas, Zach.

— Et moi non plus.

Lui soulevant le menton, il posa des baisers sur ses lèvres douces et s'aperçut qu'il la désirait déjà de nouveau.

— Mais je compte tout apprendre de toi, souffla-t-il.

Elle venait de l'agresser et en retour, il la chérissait. Là où elle avait pris, il donnait. Sa tendresse réveilla en elle une nouvelle passion, un désir différent mais tout aussi intense. Elle goûta sa peau salée, caressa son corps avec une intensité très douce. La soulevant sur la berge, il se glissa en elle ; chaque poussée faisait monter sa bouche jusqu'à la sienne. Elle qui depuis six ans brûlait de colère et de peur, elle qui en était arrivée à maudire cet amour qui lui volait sa vie — elle se laissa toucher avec compassion et partagea avec lui le plus généreux des plaisirs. Quand les couleurs explosèrent de nouveau, elle pleurait, plongée dans un océan d'émerveillement. Ils s'accrochèrent l'un à l'autre comme si une force inconnue menaçait de les séparer.

Quand il la lâcha enfin, elle resta effondrée sur la berge, incapable de tourner la tête. Il se laissa tomber près d'elle et l'attira sur sa poitrine.

— C'était mieux ?

Elle noua les bras autour de lui.

— J'aimerais dormir dans ton lit cette nuit.

Il ne répondit pas tout de suite — mais elle s'interdit d'interpréter son silence.

— Tu veux bien me laisser me reposer quelques minutes ? demanda-t-il enfin. Et ensuite, tu pourras marcher ?

— Nous aurions dû apporter des serviettes.

— Je n'ai pensé à rien.

— Moi non plus.

Demain matin, elle se remettrait à penser. Demain, elle retomberait sur terre — et sans doute assez rudement.

Zach ouvrit les yeux en sentant les lèvres d'Olivia sur son ventre. Il glissa une main dans ses cheveux, sans savoir s'il cherchait à l'encourager ou à la repousser doucement. La sonnerie du téléphone lui évita ce choix.

— C'est sans doute Lily, murmura-t-il, touché par le regret qu'il lisait dans son regard. Elle m'appelle le matin, parce que mes heures de boulot sont si imprévisibles.

Ce n'était pas Lily mais l'un de ses adjoints, qui lui annonçait un accident de voiture.

— Grave ? demanda-t-il.

— Plutôt. Un poids lourd a envoyé un monospace dans la rambarde sur la Nationale. Le chauffeur du camion n'a rien, les deux enfants non plus. Le père dormait devant, il lui faudra quelques points de suture au bras. La mère conduisait, elle a eu moins de chance. J'ai appelé l'hélico mais j'aurais besoin d'un coup de main.

— J'arrive. J'appelle la police d'Etat. Donne-moi ta position.

Il prit quelques notes rapides avant de raccrocher. Quand il se retourna, Olivia enfilait l'un de ses T-shirts. Avec son corps fin noyé dans ce maillot trop grand, elle était adorable malgré son visage inquiet.

— Je dois y aller, lui dit-il.

— Je sais, murmura-t-elle en plongeant les mains dans la literie bouleversée. Est-ce que tu reviendras ?

Elle voulait dire : est-ce que tu reviendras vers moi ?

— Je dois m'habiller, dit-il très vite. Viens me parler pendant que je me prépare.

— Combien de temps te faut-il pour admettre que tu tiens à moi ?

Elle s'arracha au lit… et s'en alla. Choqué et furieux, il resta planté là, une chemise d'uniforme entre les mains. S'il avait eu le temps de la renverser de nouveau dans les draps, il aurait pu lui dire tout ce qu'elle voulait savoir, et sans paroles ! Mais voilà, il lui fallait des mots. Mâchant un juron, il enfila son uniforme.

Bien sûr qu'il tenait à elle ! Et même beaucoup trop !

Il bouclait son arme de service dans son étui quand il entendit la douche de la chambre d'amis. Un instant, il hésita devant la porte… mais que pourrait-il dire ? « Je crois bien que je suis amoureux de toi, donne-nous notre chance » ? Cela ne ferait que déclencher une nouvelle dispute. Il voulait bien se battre pour elle, pour Evan, pour la famille qu'ils pourraient former avec Lily, mais s'il faisait une seule erreur, ou s'il ne parvenait pas à rester, elle ne lui pardonnerait pas une seconde fois.

Il fila vers le lieu de l'accident et fit son travail en s'efforçant de ne pas penser à son dilemme. Il y avait beaucoup à faire : réconforter de son mieux le père et les enfants affolés, faire venir une voiture pour qu'ils puissent se rendre à l'hôpital, disperser les curieux, dégager un tronçon de la Nationale pour permettre à l'hélicoptère de se poser. Enfin, l'engin fondit sur eux et atterrit délicatement sur sa piste de fortune, et la police d'Etat les rejoignit.

Pendant que l'équipe médicale s'occupait de la blessée, il patienta à l'écart avec la famille. Le père et lui se tenaient côte à côte, portant chacun un enfant en larmes dans leurs bras, quand l'hélicoptère décolla. Fermant les yeux et protégeant le visage du petit garçon du souffle de l'hélice, il pensa tout à coup : voilà le genre de travail que je devrais faire ! Les distilleries clandestines et les braquages étaient une chose, mais sa formation lui permettrait de rendre des services autrement importants à ses concitoyens.

L'image du tableau de bord du cockpit se projeta sur ses paupières closes. D'abord intact, puis tel qu'il était après l'accident, hérissé de tiges de métal, parcouru d'étincelles crépitantes. Le sang, la fumée… Etaient-ce des souvenirs, ou des faits si bien connus qu'il en avait élaboré une image mentale ? La terreur s'engouffra en lui, son corps se couvrit de sueur. Et s'il devenait pilote de secours, mais piquait ce genre de crise au cours d'un transport d'urgence ? Non, il ne pouvait pas prendre ce risque. Pas plus qu'il ne pouvait se permettre d'échouer avec Olivia comme il l'avait fait avec Kim, avec Hélène… et lui-même.

Sauver la vie de Kim, c'était son job. En la perdant, il avait perdu le droit de connaître les joies dont elle était privée. Pire encore, il avait peur. Plus jamais il n'endosserait la responsabilité pour la vie d'un autre.

Le premier réflexe d'Olivia fut de prendre Evan et de rentrer à Chicago. Depuis six ans, elle s'y sentait en sécurité, intouchable, quoiqu'un peu stérile. Si rien là-bas ne lui faisait jamais mal à ce point, les meilleurs moments n'étaient rien à côté de ce qu'elle avait connu cette nuit.

Elle se sentait furieuse et frustrée, mais elle ne pouvait s'en prendre qu'à elle-même. Zach, lui, jouait cartes sur table depuis le début.

Restée seule, elle s'habilla, fit du café et s'attaqua à la grille de mots croisés du journal dans un effort pour se calmer. Impossible de se concentrer sur les définitions, ses pensées revenaient sans cesse aux mêmes questions. Que devait-elle faire maintenant ? Rentrer à Chicago, convenir poliment des modalités d'un droit de visite pour Evan ? Se retirer sans se battre ? Non.

Tout le monde pouvait changer. Elle avait bien réussi à le faire ! Depuis six ans, de peur de souffrir de nouveau, elle refoulait tous ses sentiments à part son amour pour son fils. Mais elle aimait Zach et elle était prête à l'aider, même s'il ne pouvait pas l'aimer en retour. A terme, il serait un meilleur père pour Evan s'il parvenait à se libérer du passé pour se tourner vers l'avenir. Même un avenir sans elle.

En marge de la grille, elle se mit à noter tout ce qu'elle savait de l'accident. La morte s'appelait Kimberley Salva mais elle ne connaissait pas son grade. Elle griffonna la date approximative du crash et ajouta le nom de Kerwin Gould. Ce n'était pas suffisant, réfléchit-elle en tapotant le crayon contre ses dents. Hélène en saurait-elle davantage ?

Même en admettant qu'elle parvienne à retrouver les Salva, accepteraient-ils de parler à Zach ? Ils pouvaient parfaitement le croire coupable, eux aussi. Mieux valait s'en assurer auparavant. C'était risqué mais Zach lui en voudrait de toute façon, quoi qu'elle fasse. S'il y avait la moindre chance que la famille de la morte puisse apaiser son tourment, le risque était justifié. Se décidant tout à coup, elle composa le numéro d'Hélène.

— Zach ? explosa la voix acerbe de la jeune femme. C'est vrai que tu as ramené cette femme chez toi hier soir ?

16.

— C'est moi, dit Olivia.

— Que faites-vous chez mon ex-mari alors que votre fils est chez Beth ?

Comment savait-elle tout cela ? Olivia préféra ne pas poser la question. Comme si elle lisait ses pensées, l'autre femme cria :

— Vous savez à quelle vitesse les rumeurs circulent par ici ? Des amis bien intentionnés se sont hâtés de venir me dire où vous avez dormi hier soir.

— Je veux bien vous le dire, bien que je n'aie aucun compte à vous rendre. J'aime Zach. Il ne m'aime pas. Je m'y ferai mais je voudrais essayer, une seule fois, de l'aider. Vous connaissez les Salva ?

— La femme qu'il était censé sauver ? C'était un officier des Renseignements, comme lui.

— Mais sa famille, savez-vous où elle vit ?

Hélène hésita.

— Pourquoi ? Zach ne voudrait pas que vous leur parliez.

— Parce qu'il se croit responsable de ce qui s'est passé.

— Ils sont dans le Maryland, du côté d'Annapolis. Il passait quelquefois ses vacances chez eux quand il était encore à l'Académie.

— Vous connaissez son nom de jeune fille ?

— Je crois qu'elle a gardé son nom en se mariant.

— Il y a autre chose que vous pourriez me dire ?

— Non. En fait, vous vous trompez : c'est de vous qu'il a besoin. Il a peut-être encore envie de se punir pour sa précieuse Kim, mais je vous ai vus ensemble et je sais que c'est vous qu'il attendait.

Si seulement c'était vrai ! Olivia encaissa, et préféra répondre à côté :

— Je ne ferai de mal à personne en parlant aux Salva. S'ils ne veulent pas revoir Zach, je ne lui dirai pas que je les ai contactés. Hélène… vous ne lui direz pas non plus ?

— Bien sûr que non ! Ecoutez-moi une minute. Ne les contactez pas par l'intermédiaire de la Navy.

— Pourquoi ?

— Ça ne leur plaira pas qu'on s'intéresse de nouveau à cette histoire, d'autant plus que vous êtes journaliste !

— Vous avez raison.

— J'ai tort pour une chose : quand je vous ai demandé, pour vous et Zach… je n'aurais pas dû. Je suis mariée. Je ne suis plus amoureuse de lui et je devrais cesser de m'énerver parce qu'il n'a pas été celui que je voulais.

— Je ne veux rien savoir de votre mariage.

A cet instant précis, elle n'avait ni le courage ni la générosité de se montrer polie sur ce point.

— J'essaie juste de vous dire de ne pas faire de bêtise. Le problème de Zach, c'est peut-être vous. Il est différent, maintenant. Jamais il ne m'a regardée comme il vous regarde. Il veut que vous soyez heureuse. S'il est capable de se débarrasser de cette montagne qu'il porte sur son dos, il le fera pour vous.

Olivia hocha la tête, déconcertée.

— Pourquoi me dites-vous ça ?

Ce n'était pas une réaction très cordiale, mais que dire à une femme qui vous a traitée comme une ennemie quand elle vous offre une planche de salut ?

— Parce que moi, je m'en fichais de ce que Zach a pu souffrir quand je l'ai quitté. Je voulais lui faire mal. Vous essayez de l'aider, et je suppose que ça veut dire que vous l'aimez vraiment.

Sa voix restait agressive, impatiente.

— Encore une chose, dit-elle.

— Oui ?

— Lily me dit que vous l'aimez, elle aussi.

Olivia fondit dans un sourire.

— Je suis contente qu'elle le sache, dit-elle. Elle est très facile à aimer.

— Elle est la seule bonne chose qui reste de notre mariage, dit Hélène d'une voix qui s'étranglait un peu. Je fais encore des erreurs avec elle mais en gros, on se débrouille toutes les deux. Qui aurait cru qu'on puisse être aussi mal ensemble, Zach et moi, et élever une gamine aussi bien dans sa peau ?

Suivant les conseils d'Hélène, Olivia se mit en campagne. Se procurant un annuaire sur Internet, elle entreprit de joindre tous les Salva de la région d'Annapolis. Une heure et demie plus tard, elle parla à la mère de Kim, qui lui donna le numéro de son mari, Joël Bestowe. Raccrochant d'une main tremblante, elle marcha de long en large dans la cuisine pendant plusieurs minutes pour se donner du courage… puis elle l'appela.

— J'ai voulu parler à Zach depuis le premier jour, s'écria-t-il dès qu'il eut compris ce qu'elle voulait. Mais il était à l'hôpital et ensuite, le Capitaine Gould nous a expliqué les séquelles, sa mémoire… Et puis, j'étais tellement pris par le quotidien, ma fille, le chagrin… je n'ai pas insisté. Je vous en prie, dites-lui que j'aimerais le voir. Attendez… on ne parle pas d'une interview pour votre magazine ?

— Non ! En revanche, je vous appelle sans sa permission. Je voulais m'assurer que vous voudriez lui parler avant d'aborder le sujet avec lui. Kim lui manque, et il se sent encore responsable…

Elle s'interrompit en entendant un son derrière elle. Quand elle se retourna, Zach se tenait sur le pas de la porte, le visage figé dans une expression effrayante.

— Qu'as-tu fait ? souffla-t-il d'une voix méconnaissable.

Elle bafouilla quelques mots d'adieu, raccrocha le téléphone et se retourna vers lui, tête haute.

— Elle était ton amie, dit-elle, mais ta culpabilité est plus exigeante que n'importe quelle amante. Tu ne seras jamais entier tant que tu n'auras pas réglé ce problème, et Lily et Evan finiront bien par le remarquer. Ils méritent de te connaître heureux.

— Et toi, que mérites-tu ?

Elle ne baissa pas les yeux.

— Je crois qu'au fond de moi, je voulais une preuve que je comptais pour toi.

Infantile, humiliant peut-être, mais maintenant, elle pouvait tout admettre.

— Maintenant, reprit-elle, j'ai seulement besoin de savoir ce que j'aurais fait à l'époque. Je t'aimais, et je t'aurais aidé par tous les moyens. Même si cela signifiait que je ne te reverrais jamais.

Les mains moites et tremblantes, Zach s'agrippa à l'accoudoir de son siège. Dans cet avion, chaque rangée de sièges était équipée d'une carte où l'on pouvait suivre en direct le déroulement du vol et de tous les kilomètres sur lesquels l'avion pouvait s'écraser.

268

— Tu aurais pu te servir de l'avion privé, dit Olivia avec impatience. Tu n'étais même pas obligé de me demander de t'accompagner.

— J'ai pensé que tu aimerais voir comment ça se terminait.

Il se réfugiait dans l'ironie parce qu'il avait besoin d'elle et qu'il ne pouvait pas le lui dire. Elle se renfonça dans l'angle du hublot.

— Cela ne me regarde plus.

Rien n'aurait pu être plus loin de la vérité. S'il était capable de changer pour quelqu'un, ce serait pour elle. Il aimait Lily et Evan mais c'est pour Olivia qu'il voulait être libre. Elle avait bravé sa fureur pour l'aider, tout en sachant qu'elle le libérait peut-être pour en aimer une autre…

Chaque instant le rapprochait du mari de Kim mais Olivia comptait davantage que son angoisse. Pour une fois, il voulait penser à lui, à ses enfants, à la femme qu'il aimait. Il avait réservé cette place d'avion, remercié Joël de le recevoir et même accepté l'invitation à dîner de la mère de Kim, tout cela dans l'espoir que leur pardon lui permettrait d'entrevoir un avenir avec elle.

A l'arrivée, elle l'accompagna au bureau de location de voitures mais hésita à monter à son côté.

— Je devrais peut-être t'attendre ?

Sa présence lui était devenue indispensable. Son moindre regard avait le pouvoir de changer son humeur, pour le meilleur ou pour le pire.

— J'aimerais que tu viennes avec moi, réussit-il à dire.

— Ah ? fit-elle, surprise. D'accord.

Ils devaient se rendre chez la mère de Kim, où ils retrouveraient également Joël. Pendant le trajet, ils ne parlèrent que du temps et de leur itinéraire. Près de lui, Olivia ne cessait de faire des petits gestes nerveux. Incapable de supporter sa fébrilité, il couvrit sa main de la sienne et fut stupéfait de découvrir qu'en lui offrant son réconfort, il se sentait lui-même apaisé.

— Prochaine sortie, annonça-t-il.

Ils quittèrent la rocade, s'enfoncèrent dans un quartier résidentiel et ralentirent devant une maison blanche pareille à toutes les autres. Un grand brun les attendait sur les marches. Zach se gara, le visage figé, étudiant du coin de l'œil cet homme dont il avait irrévocablement changé la vie.

— Il a l'air anxieux, lui aussi, murmura Olivia.

Elle saisit la poignée de sa portière, puis interrompit son geste pour le consulter du regard.

— Tu préfères que je t'attende ici ?

— Non.

Ensemble, ils descendirent de voiture et s'avancèrent. Joël dévala les marches, main tendue. Zach lui offrit la sienne et à sa stupéfaction totale, l'autre homme l'attira contre lui pour une étreinte rapide.

— Salut, Zach. J'aurais dû te remercier il y a des années.

Il recula, puis saisit la main d'Olivia et la serra entre les siennes en lui disant :

— C'est bien d'avoir appelé.

— Pourquoi est-ce que tu voudrais me remercier ? articula Zach.

— Parce que tu as fait tout ton possible ! Tu as failli nous ramener Kim en un seul morceau.

— Failli…, murmura Zach avec une grimace douloureuse.

Olivia glissa sa main dans la sienne.

— C'est le « failli » qui m'empêche de vivre, avoua-t-il en l'attirant contre lui.

Joël le regarda, interdit.

— Qu'est-ce que tu veux dire ? Oui, bien sûr, elle m'a beaucoup manqué, elle me manque encore, mais ma fille avait besoin de son père. Il a bien fallu passer mon chemin ! Je pourrai tracer ma route la conscience tranquille, maintenant que je t'aurai enfin remercié d'avoir tout tenté pour sauver Kim. Je ne sais pas si tu le savais, mais ils t'ont choisi parce que vous étiez amis. Ils savaient que quand elle te verrait, elle foncerait vers l'hélico.

Aucune image ne lui revint, mais Zach crut entendre une femme crier dans sa tête.

— Elle a foncé, dit-il, mais elle avait besoin d'aide…

— Ils nous ont dit qu'elle a pris une balle dans la jambe en tentant de grimper à bord.

— Si je m'étais contenté de la tirer par la main, j'aurais peut-être réussi à décoller à temps. Mais j'ai quitté mon siège pour la soulever à l'intérieur et elle a pris une autre balle…

— Descends faire un tour dans le monde réel ! s'écria Joël en lui serrant le bras. Il t'aurait fallu un bras de cinq pieds de long pour l'atteindre. Tu avais deux choix : l'aider comme tu l'as fait ou la planter là. Je ne sais pas ce que j'aurais fait si tu l'avais laissée.

Zach comprit, et dut lutter contre une nausée subite. En ramenant Kim, même morte, il avait permis que le mari et la fille de Kim aient une tombe à visiter ; ses parents pouvaient y déposer des fleurs. Cela comptait.

— Tu as fait tout ce que tu pouvais, reprit Joël en massant machinalement sa gorge, sans doute comprimée par l'émotion. Je ne peux pas te remercier comme je le voudrais. Tu as ramené ma femme à la maison.

Près de lui, Olivia eut un mouvement involontaire ; Zach s'aperçut qu'il lui serrait la main à la broyer.

— Comment peux-tu pardonner au type qui l'a laissée tuer ? insista Zach, confus.

— Tu étais son meilleur ami à l'Académie, répliqua l'autre, les mains sur les hanches. Tu as risqué ta vie pour l'aider. Je devrais garder de la rancune au type qui a manqué mourir pour elle ?

Zach savait par les enregistrements qu'il avait réussi à faire voler l'hélico très amoché alors qu'il n'était qu'à demi conscient…

— Venez faire la connaissance de ma fille, s'écria Joël en se secouant. Et ma fiancée !

Il sourit à Zach, lui donnant le temps d'encaisser le choc.

— La maman de Kim a fait son repas préféré pour toi. Nous boirons en son honneur, elle saura que je t'ai enfin remercié et nous serons quittes.

Zach se tourna vers Olivia pour la consulter du regard ; elle fit un geste pour dire que c'était à lui de décider. Quelques semaines auparavant, il aurait sans doute battu en retraite… mais si Joël pouvait en aimer une autre, il était peut-être temps pour lui de laisser Kim reposer en paix !

— Je suppose qu'on va manger une dinde avec tous les flonflons ? fit-il avec un sourire hésitant.

Joël éclata d'un grand rire, mais son regard était plein d'émotion.

— Avec tous les flonflons, répéta-t-il. On n'avait plus entendu l'expression depuis six ans.

— C'était ce que disait Kim, expliqua Zach à Olivia. Elle adorait la dinde, pas seulement pour les fêtes mais toute l'année…

Puis, se penchant un peu vers elle, il lui glissa :

— Merci.

— Ça va ? demanda-t-elle sur le même ton.

— Joël a continué à vivre, souffla Zach. Moi, j'ai arrêté.

Joël, qui se dirigeait vers les marches avec l'énergie impatiente qui le caractérisait, fit brusquement demi-tour et revint se planter devant lui.

— Ecoute bien ce que je te dis, parce que je n'ai pas envie de me sentir coupable de n'être pas venu te trouver moi-même.

Il jeta un coup d'œil à Olivia comme pour s'assurer qu'elle aussi l'écoutait, puis fixa de nouveau ses yeux sombres et résolus sur le visage de Zach.

— Tu connaissais Kim presque aussi bien que moi. Elle te botterait les fesses si elle te voyait. Tu t'es battu pour elle et tu renonces pour toi ? Tu sais ce qu'elle te dirait ?

C'était vrai, Kim n'avait pas la langue dans sa poche ! Pour la première fois depuis six ans, Zach eut un petit rire en pensant à son amie.

— Si quelqu'un parvenait à revenir uniquement pour botter les fesses de quelqu'un, ce serait bien elle, dit-il.

Entouré des caisses et des cartons expédiés six ans plus tôt par la Navy, Zach soupesait un cutter au creux de sa paume, ne sachant par où commencer.

A l'époque, déprimé et déterminé à fuir le passé, il n'avait déballé que ses vêtements et les papiers indispensables, fourrant le reste au grenier. Au lendemain de sa visite à Annapolis, il s'apprêtait à se pencher sur son ancienne vie.

Les trois premières boîtes ne contenaient rien d'intéressant ; dans la quatrième, il trouva des photos d'Olivia.

Dans un sursaut de tout son corps, il se pencha sur les rectangles de papier brillant. C'était comme de voir un fantôme ! Cette Olivia était si différente de celle qu'il connaissait — plus jeune mais surtout plus libre, éclatante de vitalité. L'ombre ne s'était pas encore posée sur elle. Sur la première, elle jouait la grande dame sur le perron monumental de la maison de son père. Sur la deuxième, en short très court et débardeur, elle s'allongeait d'un air canaille sur le capot d'une voiture qu'il ne reconnaissait pas. La troisième le bouleversa. Noyé dans la pénombre entre les branches d'un saule, son beau visage souriait à peine et pourtant, il exprimait une joie profonde. Avec un nouveau choc intérieur, il reconnut sa propre main posée sur son poignet.

« C'est moi », pensa-t-il en posant ses doigts poussiéreux sur son visage. Il ne savait plus pourquoi il se sentait si ému : parce qu'il lui avait volé cette joie… ou parce qu'il la lui avait donnée ?

Il fouilla le reste des cartons mais ne trouva rien d'autre. S'essuyant les mains sur le fond de son jean, il emporta les photos au rez-de-chaussée… et trouva Olivia devant sa porte.

— La Navy m'a expédié ça avec mes affaires, dit-il en les lui montrant. Je n'avais jamais ouvert les boîtes.

Elle vint près de lui pour les regarder ; ses cheveux effleurèrent son avant-bras, le faisant frémir.

— C'est moi, dit-elle. Je ne m'en souviens pas du tout.

— Si je les avais vues, je t'aurais cherchée.

Avec un demi-sourire, elle mit les photos de côté sur la table la plus proche. Son attitude semblait suggérer que tout cela était de l'histoire ancienne, qu'elle avait tourné la page.

— Je promets de ne pas m'inviter tout le temps mais je me faisais du souci…

— Tu as l'air gelé, murmura-t-il en passant le bras derrière elle pour refermer la porte, profitant du mouvement pour respirer son parfum, aussi précieux pour lui que l'oxygène. Entre. Entre et reste avec moi.

Elle jeta un coup d'œil à sa montre.

— Je peux rester quelques minutes. J'ai laissé Evan avec papa et on ne sait jamais ce qui peut arriver. Le temps que je revienne, il sera peut-être en train de lui apprendre à conduire le camping-car.

— Tu essaies de me dire que tu as terminé ce que tu étais venue faire ici ?

Elle haussa ses beaux sourcils noirs.

— Ce n'est pas ce que tu veux ?

Il secoua la tête et prit son visage entre ses paumes, tout illuminé de tendresse.

— C'est toi que je veux, dit-il. Je croyais avoir quasiment assassiné Kim, je pensais sincèrement que tu ne serais pas en sécurité près de moi…

Le visage troublé, elle couvrit ses mains des siennes.

— Tu dois vraiment être sûr, prévint-elle. Je ne supporterai pas une nouvelle volte-face, et je ne resterai pas non plus dans l'espoir que tu te décides un jour. Je ne te demande pas de me promettre l'éternité mais il faut que je sache ce que tu envisages.

Il secoua la tête.

— C'est tellement plus simple ! Je t'aime, je te veux. Je te voudrai tout le reste de ma vie. Je ne veux plus perdre un jour du temps qui nous reste.

Elle se dégagea, le laissant frissonnant, les bras vides.

— Laisse-toi un peu de temps. Maintenant que tu t'autorises à retomber amoureux, je ne voudrais pas que tu te contentes de la première femme qui passe…

Incapable de s'exprimer autrement, il l'embrassa, lui offrant son avenir, ses enfants et sa vie. Elle eut un petit gémissement surpris et il sentit, enfin, ses bras se refermer autour de lui.

— Je ne voulais pas t'aimer, balbutia-t-elle.

Il l'embrassa encore, longuement, et releva la tête.

— Tu crois que Chicago a besoin d'un shérif spécialisé dans les distilleries clandestines ?

Son rire clair et joyeux le remplit de bonheur. Tout heureux, il entoura sa taille de ses mains. Cette femme était la sienne !

— Je crois que nous devrions vivre ici, dit-elle.

Elle accepterait de rester ici ? Il s'efforça de cacher sa surprise.

— Je veux bien aller à Chicago, mais je serais content qu'Evan soit entouré de sa famille Calvert.

— Il faudra construire une maison d'amis pour papa.

— Avant ou après que tu m'épouses ?

Elle se raidit un peu entre ses bras.

— Assurons-nous déjà que tout se passera bien. Nous avons le temps et il se trouve que moi, j'ai envie du grand jeu. Les cloches, les sifflets et les étoiles filantes. Un mariage, ce n'est pas seulement réparer une omission avec un peu de retard.

Le baiser qu'elle lui offrit le suppliait de comprendre.

— J'ai encore autre chose à te demander…

— Tout ce que tu voudras, soupira-t-il en la berçant dans ses bras. Mais ménage-moi tout de même. Je me sens si bête de n'avoir pas vu les Salva plus tôt, et je m'en veux tellement de ne pas avoir ouvert ces boîtes que je serais capable de te promettre n'importe quoi.

— Promets-moi seulement que si tu dois t'absenter de nouveau, tu me diras exactement pourquoi… et à quelle date tu rentreras à la maison.

— Tu ne demandes jamais suffisamment pour toi, murmura-t-il avec un sourire douloureux.

Puis il se redressa, l'obligeant à croiser son regard. Cette fois, il lui montrerait ce qu'elle signifiait pour lui. Pesant bien ses mots, il articula :

— Je n'irai nulle part sans toi.

— Jamais ?

C'était une promesse absurde mais son sourire si confiant, rempli d'un tel espoir, le poussa à jurer :

— Au grand jamais.

Épilogue

Chaque matin, dans le lit qu'ils partageaient, il lui refit cette promesse. Chaque matin, il lui demanda de l'épouser. Enfin, six mois après le jour où Evan et elle s'étaient définitivement installés dans le Tennessee, elle consentit à le croire.

Elle s'étira entre ses bras. Zach alignait des baisers entre ses seins, le soleil du printemps chauffait la courtepointe, les ouvriers de son père tambourinaient sur le toit du bureau-maison d'amis un peu plus loin sur la colline, et Evan dormait paisiblement dans sa chambre au bout du couloir.

— Oui, dit-elle.

— Quoi ?

Interdit, Zach releva sa tête blonde. Elle se mit à rire, plongeant dans son regard troublé par le désir et la tendresse.

— Nous sommes déjà ensemble depuis trois fois plus longtemps que la première fois. Ça doit vouloir dire que tu resteras.

— Il faut le dire à tout le monde !

Baissant la tête, il chercha des lèvres un grain de beauté qu'il aimait particulièrement, sur son flanc. Elle se renversa dans ses bras avec une confiance absolue.

— Ne disons rien avant vendredi soir, quand nous aurons Lily. Ensuite, il faudra l'annoncer à Hélène pour qu'elle n'apprenne pas ça par la rumeur publique…

— Hélène comprendra, murmura-t-il en lui embrassant la tempe. Dorénavant, on se concentre sur Evan et Lily, toi et moi.

— On pourra toujours essayer, mais mon père va sûrement vouloir louer la chapelle Sixtine, et Greta fera tout pour transformer la cérémonie en collecte de fonds. Ta mère devra leur rappeler que ce sont les choses simples qui m'ont rendue plus heureuse ici que je ne l'ai jamais été à Chicago.

— C'est bien vrai, ça ? demanda-t-il en l'embrassant.

Si passionnément que bientôt, elle ne se souvenait plus de sa question.

— Qu'est-ce que tu…

— C'est bien vrai que tu es plus heureuse ici ?

— Tu as besoin de demander ? Mon père m'accuse de transformer *Pertinence* en un « éloge de la béatitude ». Je chanterais dans les rues si je n'avais pas peur de te faire honte devant tes voisins.

Elle lui offrit une de ces étreintes d'ours dont Evan avait le secret. Il rit et lui saisit la main, s'écriant à brûle-pourpoint :

— Pour en revenir à la famille : maman m'a proposé leurs alliances, la sienne et celle de mon père.

— Tu veux bien ? J'aimerais beaucoup !

— Je suis content parce que j'ai déjà accepté.

Avec un soupir de bonheur, elle posa la tête sur sa poitrine.

— Tu sais ce que diront Evan et Lily ? demanda-t-il.

— Ils chanteront avec moi, pourquoi ?

Il l'embrassa comme s'il la goûtait. La texture de sa peau ne changeait guère d'une fois sur l'autre mais il tenait à vérifier souvent.

— Ils vont nous demander quand nous allons leur donner un petit frère ou une petite sœur.

— Nous leur avons donné un chaton ! protesta-t-elle.

Se retournant d'un bond, elle s'étira vers le portefeuille de Zach, posé sur la table de chevet.

— On parie ? Je suis sûre que tu te trompes, parce que ces deux-là en sont encore à lutter pour être le premier. Ils ne voudront surtout pas d'un autre concurrent !

— Donne-moi ça !

Riant de bon cœur — comme elle aimait son rire ! —, il lui reprit son bien.

— D'accord, on parie.

— J'offre la lune de miel. Je pensais à la Grèce.

— Tout ce que tu veux sauf de l'argent !

— Ce n'est pas de l'argent, c'est un itinéraire. Et on emmènera Evan et Lily.

— Non, je te veux pour moi. Ma mère pourra s'occuper des enfants.

— Le gagnant décide !

Elle roula sur lui et en quelques minutes, il accepta tout ce qu'elle voulait.

Le vendredi soir, pendant que Zach et Evan partaient chercher Lily, Olivia décora la petite salle à manger avec des guirlandes de comètes, de petites cloches et de sifflets d'argent. Elle prépara des hot dogs pour Evan, du poulet frit pour Lily, et du gratin de macaroni pour les deux.

Quand ils firent leur habituelle entrée fracassante, elle débouchait une bouteille de jus de raisin pétillant — le champagne était au frais pour quand ils seraient seuls, Zach et elle.

— C'est quoi ? demanda Evan en s'arrêtant net, étonné. C'est un anniversaire ?

— C'est joli ! s'écria Lily en levant les mains vers les cloches suspendues au-dessus de sa tête. Regarde, Evan, encore des sifflets !

Zach partit d'un grand éclat de rire. Se sentant rougir, Olivia expliqua :

— Je t'avais bien dit que je voulais le grand jeu.

Il l'embrassa avec un enthousiasme qu'elle n'aurait jamais imaginé trouver chez lui, quelques mois plus tôt. Que la vie allait être belle ! S'appuyant contre lui, elle se tourna vers les enfants médusés.

— Nous avons une grande nouvelle à vous annoncer, déclara Zach.

Prenant la main d'Olivia, il sortit de sa poche une simple alliance de platine et la lui passa au doigt.

— Nous allons nous marier !

Olivia referma sa main sur la sienne. La gorge serrée, elle se perdit au fond de ses yeux.

— Vous marier ? couina Lily, très impressionnée.

Se retournant, Olivia serra dans ses bras la petite fille qui était aussi un peu la sienne.

— Maman, lança Evan avec impatience, on peut avoir un frère ? Parce que moi, j'ai besoin de plus de garçons.

Elle se retourna vers Zach.

— Tu t'es mis d'accord avec lui ? accusa-t-elle.

L'homme qu'elle aimait depuis toujours fondit sur elle et se remit à l'embrasser en riant. De très loin, elle entendit Lily déclarer :

— Non ! Il faut qu'on ait une sœur pour commencer. C'est moi la fille, c'est moi qui décide !

Chère lectrice,

Vous nous êtes fidèle depuis longtemps?
Vous venez de faire notre connaissance?

C'est pour votre plaisir que nous avons
imaginé un rendez-vous chaque mois
avec vos auteurs préférés, vos
AUTEURS VEDETTE dans les
collections Azur et Horizon.

Les AUTEURS VEDETTE vous
donneront rendez-vous pour de
nouveaux livres vedette.

Pour les reconnaître, cherchez
l'étoile... Elle vous guidera!

Éditions Harlequin

HARLEQUIN

LE FORUM DES LECTEURS ET LECTRICES

CHERS(ES) LECTEURS ET LECTRICES,

VOUS NOUS ETES FIDÈLES DEPUIS LONGTEMPS?

VOUS VENEZ DE FAIRE NOTRE CONNAISSANCE?

SI VOUS AVEZ DES COMMENTAIRES, DES CRITIQUES À
FORMULER, DES SUGGESTIONS À OFFRIR, N'HÉSITEZ
PAS… ÉCRIVEZ-NOUS À:
      LES ENTERPRISES HARLEQUIN LTÉE.
      498 RUE ODILE
      FABREVILLE, LAVAL, QUÉBEC.
      H7R 5X1

C'EST AVEC VOS PRÉCIEUX COMMENTAIRES QUE NOUS
ALLONS POUVOIR MIEUX VOUS SERVIR.

DE PLUS, SI VOUS DÉSIREZ RECEVOIR UNE OU
PLUSIEURS DE VOS SÉRIES HARLEQUIN PRÉFÉRÉE(S)
À VOTRE DOMICILE, NE TARDEZ PAS À CONTACTER LE
SERVICE D'ABONNEMENT; EN APPELANT AU
(514) 875-4444 (RÉGION DE MONTRÉAL) OU 1-800-667-4444
(EXTÉRIEUR DE MONTRÉAL) OU TÉLÉCOPIEUR
(514) 523-4444 OU COURRIER ELECTRONIQUE:
AQCOURRIER@ABONNEMENT.QC.CA OU EN ÉCRIVANT À:
      ABONNEMENT QUÉBEC
      525 RUE LOUIS-PASTEUR
      BOUCHERVILLE, QUÉBEC
      J4B 8E7

MERCI, À L'AVANCE, DE VOTRE COOPÉRATION.

BONNE LECTURE.

HARLEQUIN.

VOTRE PASSEPORT POUR LE MONDE DE L'AMOUR.

COLLECTION HORIZON

Des histoires d'amour romantiques qui vous mènent au bout du monde!

Découvrez la passion et les vives émotions qu'apportent à la Collection Horizon des auteurs de renommée internationale!

Captivantes, voire irrésistibles, ces histoires d'amour vous iront assurément droit au coeur.

Surveillez nos trois nouveaux titres chaque mois!

GEN-H-R

GEN-RP-R

HARLEQUIN

COLLECTION
ROUGE PASSION

- Des héroïnes émancipées.
- Des héros qui savent aimer.
- Des situations modernes et réalistes.
- Des histoires d'amour sensuelles et provocantes.

LAISSEZ-VOUS TENTER
par 3 titres irrésistibles
chaque mois.

RP-1-R

69 **L'ASTROLOGIE EN DIRECT**
TOUT AU LONG
DE L'ANNÉE.

(France métropolitaine uniquement)
Par téléphone 08.92.68.41.01
0,34 € la minute (Serveur SCESI).

Composé et édité par les
éditions Harlequin
Achevé d'imprimer en mars 2005

BUSSIÈRE
GROUPE CPI

à Saint-Amand-Montrond (Cher)
Dépôt légal : avril 2005
N° d'imprimeur : 50438 — N° d'éditeur : 11180

Imprimé en France